许辉长篇小说典藏

王 WANG

时代出版传媒股份有限公司
安徽文艺出版社

许辉，安徽省作家协会主席，中国作家协会全国委员会委员，中国作家协会全国散文委员会委员，安徽大学兼职教授，曾任茅盾文学奖评委。著有中短篇小说集《夏天的公事》《人种》等，长篇小说《尘世》《王》等，散文随笔集《和地球上的小麦单独在一起》《和自己的淮河单独在一起》《又见炊烟》《涡河边的老子》等。短篇小说《碑》曾作为全国高考、高校考研大试题，中短篇小说《碑》《夏天的公事》等被翻译成英、日等多国文字，收入大学教材。作品多次获国内文学大奖。

许辉长篇小说典藏

王

WANG

许 辉 ◎ 著

时代出版传媒股份有限公司
安徽文艺出版社

图书在版编目（ＣＩＰ）数据

王/许辉著. —合肥：安徽文艺出版社，2018.10
（许辉长篇小说典藏）
ISBN 978-7-5396-6286-2

Ⅰ．①王… Ⅱ．①许… Ⅲ．①长篇小说－中国－当代
Ⅳ．①I247.5

中国版本图书馆 CIP 数据核字(2017)第 312353 号

出 版 人：朱寒冬　　　　　出版策划：朱寒冬
责任编辑：韩　露　　　　　装帧设计：徐　睿　　张诚鑫

出版发行：时代出版传媒股份有限公司　www.press-mart.com
　　　　　安徽文艺出版社　　www.awpub.com
地　　址：合肥市翡翠路 1118 号　邮政编码：230071
营 销 部：(0551)63533889
印　　制：安徽新华印刷股份有限公司　(0551)65859551

开本：880×1230　1/32　印张：9.5　字数：200 千字
版次：2018 年 10 月第 1 版　2018 年 10 月第 1 次印刷
定价：32.00 元(精装)

(如发现印装质量问题，影响阅读，请与出版社联系调换)

版权所有，侵权必究

目录

第一卷 / 001

第二卷 / 023

第三卷 / 044

第四卷 / 067

第五卷 / 089

第六卷 / 112

第七卷 / 138

第八卷 / 164

第九卷 / 190

第十卷 / 219

第十一卷 / 244

第十二卷 / 269

第十三卷 / 299

后记 / 300

第一卷

太甲在商国的王位上执政,许由告诉他许多闻所未闻的事情。

刘康未成年时,曾经有一个高士许由来宫中游说。许由戴着北方兽皮制成的银白色的帽子,帽檐上插着不死的松枝。当时大雪正从空中飘落,远近的山岭平原呈现一种苍茫的乳晕色。许由来到刘康的房间,对他说:"人间有三样最愉快的事情,你想不想知道?"刘康少年的锐利眼睛放射着光芒:"请你告诉我,高士,也许以后我有实践的机会。"许由说:"人间最愉快的三样事情,一样是权力,一样是女色,一样是赌博。权力人人都可以得到,但有大小之分;女色人人也都可以得到,但有放纵和拘谨之别;只有赌博对每个人来说都是平等的,实际上每一个人一生下来就已经具备了赌博的权利,他的赌资就是他自己,而且一个真正的赌徒,他是永远不会收手的,不管是输还是赢。"刘康似懂非懂,只以锐利的目光盯住许由。许由微笑着告辞。三年后,刘康父姜炎去世,朱响立刘康为王,这时的刘康已成青年,身材高健,发育良好。春暖花开时,高士许由从深山里下来,来到宫中游说。刘康在正厅接待了他,他们坐在豹皮铺成的椅子上,喝南山出产的桂圆浓茶。刘康坐姿笔直,目光热情洋溢,敞开的大门外杏林成片,杏花如云,间以早绽的粉红色桃花,绮烂无比。

刘康说:"高士,三年前你的话我都还记得,权力,我已经得到了,普天之下,没有比我更有权力的人了;女色,我自然可以得到,天下的女人都是我的妻子;赌博,我已经不需要再赌了,我已经得到了一切,难道我还不是最大的赢家吗?"许由的脸上依然是三年前那种深奥而又平和的微笑。许由说:"当然,看起来你已经得到了一切,这都是上天的安排,你真是唾手而得啊。可是,权力、女色、赌博,这里面还有许许多多的讲究,你怎么能说你已经知道一切了呢?"刘康说:"还有什么讲究?"许由说:"权力的范围是无限的,你可以支配人民,但你不能支配干旱、洪水、暴雨、飓风、冰冻、疾病和死亡,况且被你所支配的人民,心灵未必受你的支配,在你支配他们的同时,他们也在利用你的力量造福于自己,造福于社会;而赌博是一生的事情,你的生命还很长远,你怎么能说已经是彻底的大赢家了呢?女色的乐趣更是无穷无尽,你才接触到皮毛,难道就已经满足了?"刘康被许由的一段话说得面红耳赤,惭愧难当,他把目光转到厅外,春天的蜜蜂已经出动了,做"之"字形的舞蹈,雀鸟争飞。刘康鼓足勇气又问:"那么高士,请问女色都有些什么深奥的一般人所不知道的乐趣呢?"许由说:"女色的魅力来源于灵与肉,如果只有美妙、丰腴、滑腻的肉体,而没有色的技巧、目光、姿态和感觉,那么享受起来必然味同嚼蜡,也许第一、二次新鲜些,但新鲜必然不会长久,那只会令人好遗憾,但如果只有挑逗、感觉和配合而没有姿色呢,那看起来就不舒服,别说做进一步的尝试了。"刘康说:"请教高士,欲色都有些什么样的技巧和感觉呢?"许由说:"一要健康有力的体魄,二要苦尽甘来的无尽的欲望,三要变幻无穷的姿势和方位。"刘康说:"我的身体非常结实有力,我可以骑着烈马奔驰一整天而不劳累,我也有无尽的欲望,我可以一晚上占有三个女子而精力充沛,至于变幻无穷的姿势和方位,请高士告诉我。"许由说:"变幻无穷的姿势和方位也都是上天赐予我们的。有心的人可以从动物、兽类、花草的动作中受到启发,进行模仿,从而得到无比的快乐;有智的人可以在自己的体会和实验中总结出来,从而获得无上的享受;而无心无智的人呢,就只能进行单调的发泄,那样既不能持久,享受也很有限,他们只是为了繁衍而蠕动……"刘康打断许由的话说:"高士,你还没有告诉我变幻无穷的姿势和方位。"许由说:"那都是具体的东西,简单说来也就是九法十修。"刘康问:"什么叫'九法十修'?"许由说:"所谓九法,第一是龙翻;第二是虎步;第三是猿搏;第四是蝉伏;第五是龟腾;第六是凤翔;第七是兔吮;第八是鱼接;第九是鹤交。这就叫九法。"刘康听得面色红润,喘气都粗了,又问:"那什么叫十修呢?"许由说:"十修就是十种关于方向、速度、深浅方面的事情。"刘康听了许由的密法,暗暗记在心里,嘴上却说:"高士,你的这些密法虽好,却都是毒药,一般的人吃了,不思劳作,家道势必衰败,而一国之君吃了,沉迷其中,难道不就要亡国了吗?"许由说:"这些密法都是客观存在的,我不说,你也会从其他途径知道;况且人有享乐的本能,丰富的高级的享乐,才更能激发人的力量和智慧;再说,作为一国之君,应该具备比常人更坚强的承受力,假若连一点点普通的诱惑都禁不起,那还能领导好一个大的国家吗?"刘康点头称是,送走许由。天气渐暖,地里的麦子都拔节抽穗了,冬末产的羊羔也都长得有点大了,南方来的风也渐渐加强了,宫内的狩猎准备也完成得差不多了,各处的军队正在进行春暖花开时的第一场演练。刘康来到朱响的住处,向朱响请安,朱响说:"国泰民安,全在于君主的明智,再强盛的社会和人民,如果没有一个强有力的智人的组织和领导,那终究只能衰微下去。"刘康说:"您说得对。"转眼麦子已经熟了,滩浍平原上黄浪滚滚,南边山里的水果也已经吃到嘴里去了,香甜无比,宫里狩猎的准备差不多完成了,街道两边又盖起了不少松木结构的小店和铺子,出售竹制品、糕食、水果和米酒、肉蛋,军队的演练已经到了完美无缺的地步。麦子收完,刘康派出四支精锐部队,分别去南方的赤地、北方的黑地、东方的白地和西方的黄地。派往南方的部队由丁昆率领,他们愈走愈热,脚下的土地也愈加赤红,水的颜色都如鲜血染红似的,水流也很是湍急凶险,赤地上的植物却愈是茂盛,鲜翠欲滴,叶面宽大丰厚,丁昆的将士都将衣服脱去,愈脱愈少,渐成赤膊。赤地人却生性散漫,丁昆一路得了少女,都押在队伍中,专人看守,待数量足够时,便分出一队战士,押送少女们返回。往北地去的部队由奚仲统领,却是愈行愈冷,脚下的土地也愈加黝黑,植物都呈针叶状,长相尖利,水也都暗黑猛悍,涣然洇漫。北地的天地却很是广阔,鸟在天上群飞时,有如一些散点,丝毫不影响天的漠大;兽在地上聚奔时,有如枝叶的淡影,丝毫不妨碍地的阔绰。北地的少女也如北地的风土,健悍强壮,奚仲得了一批,也都押送回商地了。往白地去的部队由单孟统领,走了些时日就到了水上,水浩大无边,单孟命人砍倒树木,做成大筏,战士都乘筏入水,向水之极限划进。水上日出日落,波平浪静,时而有一些宽大的鱼脊浮出水面,犹如小岛。数日后,他们看见了水里的地平线。他们踏上一片土地,土地淤白,白地上的人都清秀淡雅,两日后他们走尽了陆地,原来这是个岛子。往黄地去的部队由孙季统领,他们愈行愈干,战士们的口鼻都干出血来了,地也愈走愈高,愈走愈黄,黄尘滚滚,常有风沙卷起,三五里地看不见物影,黄地的人都掘土而居,庄稼和植物都长在尘土里,结出的果实都如蚁卵大小,水流也黄浊浓稠,喝进去就是一嘴的土。秋将尽时商都起了一阵阵的骚动,原来是丁昆、奚仲、单孟和孙季的部队陆续回来了。商地沿路各地都设了宿站,备了大量的食品、饮水、衣物和杂品,供归来的将士食用。往四个地方去的将士都已疲惫不堪,蓬头垢面者居多,随军而来的少女们也都被尘乏遮了面貌,容颜顿失。刘康派蔡弥来看了,然后下令各路人马,都在离商都毫地一百里的地方停住,同时征用五万人彻夜搭建住房、厨房和浴室,叫四方来的战士和少女原地休整进食和沐浴,待第二年春暖花开时再大张旗鼓地进都,那时候远途奔波的乏累都消散了,美女云集,各争艳色,必定是一次盛举。商地人知道了这个消息,互相传告,愈炒愈热,都相约在春暖花开时的那一天上亳城看如云美女去。这年冬日天气却不怎么好,孟冬里下了鹅卵大的冰雹,雹阵从高纬度向低纬度推进,一路击砸,大者可以毁屋,小者可致鸡鸭于死命,地里的冬小麦也毁了不少。仲冬里却又是奇寒连日,先降了十天大雪,雪厚盈膝,道路、低丘、矮房,都被大雪封住了,原野间看起来一抹平坦。雪后却是奇寒,勉强起飞的鸦、雀,在空中飞行不足两箭地,就冻僵翅膀掉下来了。河里的冰愈冻愈厚,终日不化。落大雪的日子里,刘康在宫里待得闷了,忽然兴致上来,招呼人备马配鞍,在暴雪中率了一批人上雪原上驰骋去。出了商都亳城,雪野无垠,万物绝迹,刘康觉着情绪上来了,禁不住策马狂奔起来。那马都是打北方草原掳进的良种马,却也受不了雪中的狂鞭猛喝,不一时就倒下去,倒在雪中。如此连续跑倒了三匹马,刘康兴致才稍减,命令转返亳都,一路进宫喝酒吃肉烤火去了。朱响的官邸在亳城另一边的一条不大的小街里,这里居处幽静,气氛宁和,利于思考。天降大雪时,朱响在家里召见了丁昆、奚仲、单孟和孙季等将领,听取他们远征的情况汇报。丁昆说:"南方赤地极热,习俗也异于商地,树上结的果子个大汁浓,经年不断,部队愈往南去,愈难适应,有两成战死,有两成病死,有两成失踪:或被当地人掠去强迫做了女婿,或走失散了,或看好南地的丰饶,留下垦荒定居,与当地人合流了,回来的仅有两成。"奚仲说:"北地截然相反,气候宁静,土地黝黑,寒季悠长。部队愈往北去,愈觉土地广袤,无有止境,森林浩瀚,际涯难觅,天空肃穆,冶炼人格。部队深入极北,又折向偏东,尽头处路窄地清,极洼处有一道水隔开两岸,水不甚宽,先渡两成人过去,水却突然涨了,浩大无边,往南、往北,又都是大水,部队只好退回。因此,有两成人遗在对岸,有两成人为寒冷所噬,有两成人落于兽腹,回来的将近四成。"单孟说:"东方白地气候宜人,只是被大水隔断,行动不易。过了大水,又是大地,地四面为水所围,上产稻米、水果,景物极佳,山水青蓝,莺歌燕舞,所去的十成人,有两成人落于水中,三成人留恋异地不思归返,因此回来的仅有五成。"孙季说:"西方黄地干旱异常,草木稀少,牛羊匍匐,腥膻弥漫,不着边际。黄地人水色都不甚好,都像老了十岁的样子,嗓音却异样嘶长,隔着三五十里的歌号都听得真切响亮,绝无半分差错。部队崎岖向前,蔓延百里,有两成散落,两成旱死,两成战毙,回来的仅有四成不到。"朱响点头不语。天寒地冻,渐入冬季。从虹地、灵地、宿地、符地、濉地,以及浍水、泗水、濉水、瀙水、沱水、颍水、涡水、淮水、滁水、汨水沿岸的一些地方,陆续有一些基层官吏和民众,来商都亳城反映实情。他们自带干粮、被褥,在王宫门前的大理石广场上,三五结群,夜宿昼立,等待刘康或是其他高级官员的接见。广场上泥雪水渍,结冰化冰,那些人都弄得不成样子,三五日以后,便不断有人被紧急抬送医馆抢救。有人把广场上的情况报告给刘康,刘康说:"告诉他们,所有的问题都会解决的,让他们离开广场回乡去。"有人把广场上的情况报告给朱响,朱响说:"最可怜的历来总是民众。"有人把情况报告给了向阳王李中,李中说:"在不同的位置,我会有不同的考虑和决定。"李中说完,就往南边的沱水钓鱼去了。沱水早已结冰,冰厚近尺,两岸的刺槐树林、柳树林、槐树林、枣树林,都枝秃叶尽,瑟缩在大地上。李中只带了五个人,在河里他亲自操钎凿冰,冰孔方正,大如筛箩,孔成鱼出,鱼头都贴近水面吸气。李中命人拿来捞网,一网下去,便有十几斤收获,但一网捞过之后,李中命令不准再捞,隔一二百米再凿一孔,孔成鱼出,又只捞一网,便弃之而去。随行有问的,说:"这样未免太浪费了吧,费力又多。"李中说:"任何事情,都应该思谋再三而后行动,结果如何那是另一回事了。"凿冰疲乏时他们在岸边清出一块黑地来,生火取暖,饮酒吃肉。青烟袅袅而升,在广阔的雪原上消散。随行中有人向李中讨教陶冶情操的事,李中说:"没有一种情操是完美无缺的,在许多时候,你得捏着鼻子跟另一些人打交道。"在李中的王宫里,装饰和房屋的面积既不豪华也不宽大,李中说:"我现在还没有在此过完一生的打算,一个人至少应该在尚未年老时有些远大的抱负吧。"亳都来的消息更糟糕了,更远些地方的人也都冒着严寒去了,牛橇、马橇和驴橇带着泥水冰碴停在亳城的大街小巷。但聚集而来的乡民,情绪也并不分外激动,他们只想把灾情介绍给王刘康听,争得他的同情。乡民们投亲靠友,在繁华的商都亳城里来来往往,无依无靠的人则以大理石广场为家,夜卧昼立。刘康终于出来了,他告诉大家天气将会进一步转坏,因为宫内最老的一面墙上渗出了水珠并且结成了冰片,一切问题到春天都将解决,但他现在不能答应大家什么。刘康在一丛人的簇拥下,匆匆而来,又匆匆而去,他身上裹着最高级的虎皮大衣,虎皮是奚仲的部队从北地得到的,但即使如此,烤惯了火的刘康还是在室外的寒风中连打了三个喷嚏,引起广场上的一片骚动和不安。刘康离去后有许多战士来到广场,他们是奚仲和丁昆的部队,他们开始驱赶那些乡民回乡。乡民们和少量的地方基层小官吏,这时已经决定返回了,他们卷起铺盖,一身泥泞冰雪地离开广场,离开亳城,踏上了返乡的道路。朱响一直注意着事态的发展,这时有人向他报告了事态发展的最新消息,他听了以后,沉默不语,慢慢地走向巨型的青铜烤火盆边,盆里炭火正旺,火苗幽蓝。朱响在炉边椅上坐下,他的胡须都已经发白,像漫山遍野最初的一场冬雪,他听见自己咯吱咯吱踏雪的声音从山岗那边传来,他看见自己走过来,转过山岗,身强力壮,在山岗上走着,直走得冰消雪融,万物复苏,继而溪水清凌凌流出,山岗上已经绿成一片。朱响微微皱皱眉头,他用手抹了一把脸,火盆里蓝色的火苗重又蹿起,朱响说:"奏个乐儿来听。"打屏风后面转出几个女孩儿,支起乐架,一根弦儿轻轻地弹起来。刘康这时也已经回到深宫里的火炉边,他今个气色不佳,心绪也不太好,一路走一路踢踢打打的,在火盆边坐了,招手叫人进来,问道:"大宰那边有什么话?"手下人道:"没有话,大宰那边只是守着火盆,听弹歌奏乐。"刘康心里更火,随口道:"他倒过得轻巧,我是王刘康,他不过是以前我们家老奶奶带来的一个奴仆,凭什么我倒要事事向他请示汇报!"手下人道:"这都是汤爷定下的规矩,您可不能乱说,那时要不是大宰装扮成个奴仆,来辅助咱们汤爷,夏桀还灭不掉呢,咱们商国还兴不起来呢。"刘康说:"屁,他那阵子的事,扯到现在,也太远了点,难道他做成了一件事,就可以吃喝依靠一辈子啦!那样做人也太容易了。行了,你下去吧,叫我好生静一静。"手下人去了,刘康一个人坐在火炉边,火烘在他的脸上和身上,热乎乎的。第二天下午,刘康正坐着,手下人来报,说:"高士许由来了。"刘康很高兴许由这时候来,忙传令:"请许由进来。"许由仍戴着北方兽皮制成的银白色的帽子,帽檐上插着不死的松枝。两人在火盆边坐下,刘康说:"高士,我还得请教您一个问题,不知高士肯不肯回答我。"许由笑道:"哪有不回答的道理。"刘康:"我不明白为什么人的欲望在冬季里就会萎缩,即使身边围着成群的美女,也打不起精神来,这岂不是一种浪费?"许由道:"人是从土地里来的,自然就要与土地合节合拍。我们考察一下山岭,山岭春绿秋枯,我们考察一下森林,森林在夏天长得非常茂盛,但到了冬天它就收敛多了,地里的庄稼、地里的野兽也无不如此。春天是生命的母亲,而冬季却是一种休息,一种调整,这都是自然界的规律。"刘康说:"那么冬季是一种调整,怎样调整才算好呢?"许由说:"修身养性,进补聚气。"刘康说:"怎样才叫修身养性,进补聚气呢?大鱼大肉我已经吃够了,并不觉得好吃。"高士许由说:"修身养性和进补聚气并不是一回事,当然如果只谈进补聚气,我也有一些妙法,一些食法。"刘康问:"有哪些食法呢?"许由说:"既然你已经吃够了大鱼大肉,那倒不如改变一下食谱,吃些素雅的粥类流食,这样既换了你的口味,于你身体的强健也大有益处。"刘康说:"粥也能烧出许多的名堂来吗?"许由说:"任何事物都可以有哲深的东西在里面。"刘康说:"高士,请你告诉我粥的种类和制法。我晚餐就要食用。"许由说:"第一是菠菜粥,白米一两,菠菜适量,米熟入菠菜煮烂即可,此粥和血脉、开胸膈、通肠胃,释热、止渴、润燥;第二为芹菜粥,白米一两,芹菜适量,米将熟入芹菜熬至极烂,此粥清热止血,利大小肠;第三为油菜粥,取白米一两,油菜适量,米半熟时入油菜熬至极烂,此粥行血散瘀消痈,凡因风毒热郁引起的丹毒、疮痛皆可辅食此粥;第四为萝卜粥,白米一两,大白萝卜一个,先煮萝卜,熟后绞汁去渣,用萝卜汁汤煮米成粥,此粥消食利气,宽胸膈,祛痰和中;第五为胡萝卜粥,取白米一两,胡萝卜三根,将胡萝卜切成小碎块与米同煮做粥,此粥利胸膈肠胃,安五脏,令人健食;第六为马齿苋粥,马齿苋适量,白米一两,米将熟入马齿苋煮沸即可,此粥清热解毒,除湿止痢,亦可外洗疮疡肿毒,但因其性寒滑,不宜久食;第七为荠菜粥,白米一两,荠菜适量,米熟加荠菜同煮沸即可,此粥甘温无毒,清热明目,利肝和中;第八是丝瓜粥,取白米一两,鲜嫩丝瓜一条,南方蔗糖适量,米半熟时放入洗净切成粗段的鲜丝瓜,待粥熟去丝瓜,加糖即可,此粥清热解毒,凉血通络,可作为疮疡痈疽,热盛未溃或已溃而毒热未清者的辅助治疗佳品。"刘康插言说道:"现今是三九隆冬,地里寸草不生,我虽为商王,又到哪里去弄鲜丝瓜、鲜荠菜、鲜菠菜去?"许由说:"南方热季长久,即使隆冬腊月,那里的果木菜蔬也不会凋败的。"刘康说:"高士所言极是。"许由接着道:"第九是芥菜粥,取芥菜头适量,白米一两,同煮成粥,此粥通鼻利窍,通肺利膈,下气消痰;第十是葱豉粥,白米一两,葱白三段,豆豉五钱,米将熟入葱白、豆豉煮沸,此粥通阳发汗,升散解肌;第十一是山药扁豆粥,鲜山药去皮切片六钱,白扁豆三钱,白米六钱,南方蔗糖适量,先煮白米、白扁豆,继入山药片,煮粥加糖,此粥健补脾胃而益阴气,和中止泻,和胃止渴,补中益胃,调中固肠,可治乏力倦怠,气短懒言,饮食无味,口干欲饮,大便溏软等症;第十二为海参粥,白米一两,海参六钱,将发好的海参切成小块,与米同煮成粥,此粥能润补肾脏,为补益精气之精品,适用于因肾之精气素亏,复感燥热疾患,以致引起形体消瘦、皮肤枯燥、低热盗汗、干咳无痰、舌无苔、脉细弱等症;第十三是山药酥油粥,生山药一两去皮为糊,酥油适量,白蜜适量,白米一两,山药为糊后用酥油和蜜炒,令凝,用匙捣碎,另煮米成粥,放入山药搅匀,此粥为滋补肾脾之品,补益虚劳,润脏腑,和血脉,益气补中,可治肾之精气不足,脾失温煦而引起的腰酸腿痛,男子遗精早泄,食欲不佳,大便不实等症。"刘康插言道:"这两味粥中的海参、酥油,都到哪里得去?"许由说:"海参可往东海捕捞,酥油可往西方去寻找。"刘康点头称是。许由说:"第十四是牛乳粥,第十五是鸭汁粥,第十六是芝麻粥,第十七是花生粥,第十八是粳米粥,第十九是红芋粳米粥,第二十是鲜藕粥,第二十一是藕粉粥,第二十二是茴香粥,第二十三是韭菜粥,第二十四是薤白粥,第二十五是葱白粥,第二十六是芋头粥,第二十七是葵菜粥,第二十八是白扁豆粥,第二十九是冬瓜粥,第三十是豆蔻粥,第三十一是葱姜粥,第三十二是枣姜粥,第三十三是二姜粥,第三十四是紫苋粥,第三十五是木耳粥,第三十六是银耳粥,第三十七是荷叶粥,第三十八是蚌粥,第三十九是蘑菇粥,第四十是鸡汁粥,第四十一是内金粥,第四十二是小米粥,第四十三是神仙粥,第四十四是莴苣粥,第四十五是桑耳糯米粥,第四十六是杏霜汤,第四十七是高粱米粥,第四十八是三米粥,第四十九是大麦粥,第五十是小麦粥,第五十一是椒面粥,第五十二是豌豆粥,第五十三是青豆粥,第五十四是绿豆粥,第五十五是赤豆粥,第五十六是鲤鱼赤豆粥,第五十七是鲫鱼豆腐粥。以上这些都是进补聚气之物,冬夏不同,适时而用,对健体有极大的好处。"两人谈得投机,不觉天已经晚了,刘康留许由共进晚餐,许由生性飘洒,婉谢而去。当晚刘康即命煮枣姜粥,吃了通体舒畅,因此对高士许由的话深信不疑。当晚又找了丁昆、奚仲、单孟、孙季来,命他们抓紧准备,征召训练兵士,一开春就率队远征,丁昆仍往南方赤地,去夺取蔗糖、热带果蔬以及红土地;奚仲仍往北方黑地,去夺取银白色一流的兽皮和松枝;单孟仍往东方白地,去夺取海鲜水产以及大洋中的岛屿；孙季仍往西方黄地，去夺取牛乳、酥油和草原。四位统领一一听命，退去后加紧征召战士，冶制兵器，准备粮草。这时严寒已稍缓解，腊月也快要过尽了。朱响得到汇报，就召了丁昆、奚仲、单孟和孙季到府邸中来，对他们说："你们谁能说出远征的必要和好处来？"丁昆说："疆界需要不断开拓，眼界才能放开，智慧才能激发，生命之火才不会熄灭。"奚仲说："生命只有不断地更新、淘汰，才能培育出更强壮有力的种子。"单孟说："王国只有不断进取，才能积累、丰富、发展、壮大，成为世界上最强的国家。"孙季说："开拓是一件绝好的事，但劳民伤财、不顾国力、动机褊狭，就不可取了。"朱响说："那么动机是什么呢？"孙季说："动机是夺取域外之物，供个人享乐。"朱响说："什么域外之物呢？"孙季说："南方的蔗糖、果蔬，北方的兽皮、松枝，东方的海鲜水产，西方的酥油、牛乳。"朱响说："这些算不算褊狭的动机呢？"丁昆说："将士执行命令时有一种豪壮感，将士的生命就是为搏斗而存在的。"奚仲说："动机从来都是物质的，从眼下看或许有褊狭之感，但放眼看却可能有益于民族。"单孟说："生命、智慧和流水一样，只有运动才能不腐。"孙季说："民众的利益高于一切，盲从只能导致失败和灾难。"朱响说："你们各人有各人的道理，但道理的探讨却是无止境的，它必须服从于权力的调配啊。"三天以后朱响撤换了孙季西方部队统领的职务，任命鲍镇为统领。向阳王李中听到这个消息，沉默着坐了五个半钟头，炭火烤红了他的脸，他一动不动，犹如一尊雕像。管谷问道："大王你为什么这样，呆坐了五个半时辰也没有一点动静？"向阳王李中抬起头来说："有许多事情都是很耐人寻味的呀。"王刘康听到了这个消息,很有些生气,他咆哮了几声,摔砸了一些东西,火气也就过去了。天开始放晴了,冰下流水的声音渐渐响亮起来,山头上露出了黑的颜色,红嘴鸟偶尔地叫着从树林里飞出来了。腊月里征召的战士陆续集中到指定的地点,他们都是身强力壮的青年,臂力过人,面相粗实。正月底他们的训练已经达到了高潮,这时遍山遍野的冬雪也差不多化完了,地都酥碎松软,显现出一种极好的墒情,麦苗已经有了返青的迹象,鸟雀大批地飞在空中叫着,嘀嘀嗒嗒的,清脆声不断。刘康终于确定了美女入城、狂欢达旦的日期,那是一批商国积传下来的最优秀的师傅们近一个月来,在淮河南岸的八公山上画押抽签的结果之一。八公山历来是商国拜神、卜筮、择日的圣地,那里山不甚高,但起伏有致,峰不甚险,但景观佳绝,登高可俯瞰淮水、颍水、东淝水,远眺可遥见江水、濉水、浍水、黄水、涡水以及东海。日期选在春暖花开、万物复苏的仲春的第十天。王令传到商国的四面八方每一个角落,又有特快专递将公文传至各邦国、王国和群落,各邦国的邦主、王国的大王和群落的首领,收到了公文,都备足贡品,挑选良驹,择日往商国都城来,参加狂欢聚会,凑个绝大的热闹。灰古王冠先,是个喜欢钓鱼的人,灰古在濉水南岸,林木成片,城池有近万居民,民风淳朴英武。冠先钓的鱼,或者出售,拿到集市上去,装成个渔翁的样子,价钱定得不高不低,趁鱼还游动的时候,就全部出手了;或者送人,或送给路上走过去的人,或送给赶集的人,或送给在河边看他钓鱼的孩子,或随意走到一户农家,把鱼倒在人家的水桶里,鱼在桶中游动,丝毫没有痛苦不安的样子,冠先轻松悠闲地就走了;冠先钓的鱼,有时候随手随地就放掉了,他用的渔具,也很普通,打水边的柳树上,折一根飘浮的柳丝,就做成鱼竿了,他的鱼钩也很钝,不锋利。他还喜欢种无花果,灰古城内城外,都是无花果树,果树的种苗,据说是冠先从绥山上移植来的。每到冬天,喜温暖的无花果树就会冻死,但根却活着,到第二年开春,从根部发出芽、冒出叶,长出枝干来,到夏秋交接时,即可硕果累累。冠先喜欢吃无花果的果实,用无花果的叶子泡茶喝。王令传到灰古,陈军来问冠先:"咱们去还是不去?这倒是一次热闹的聚会,说不定刘康还能分些美女给咱们呢。"冠先想了想说:"那就去呗,机会难得呀,再说真的分了些异地的女子给咱们,对改良咱们这地方的人种,也不是没有好处的。"王令传出的第三天,起了大雾,大雾三日,遮天蔽阳,天上和地上都是湿漉漉的。朱响早早就起来坐在屋廊下沉思。孙季来问候他,说:"大宰,你起得这样早?"朱响点头不语。大雾里传来叽叽的鸟叫,但既看不见鸟飞动的影子,也看不见鸟的形状,属于哪一个种类的。孙季向朱响请教智慧和事业的问题,朱响说:"夜晚睡不着的人,才有大智慧和大前途。你可以找几个靠得住的手下人,去了解了解刘康晚上睡觉的情况,还可以去打听一下各邦主、大王和首领的睡觉情况,速来告我。"孙季真派人去打听了,回来告诉朱响说:"王刘康睡得很好,他年轻,白天和夜晚又欢乐不尽,所以真正要睡觉的话,上床倒头就睡了。各邦主、大王和首领里,倒有两个睡得不太好的人,一个是向阳王李中,一个是灰古王冠先。向阳王李中为人较严谨,做事认真,在向阳一带,民风务实,百姓都扎根于土地上勤恳劳作;灰古王冠先却飘逸洒脱,喜欢逗趣和闲暇,听说他钓的鱼不是送人了就是放生了,要么就是出售,过得很是轻松,但在灰古一带他却倡导一种英武精神,地方也治理得生机勃勃的。"朱响默语道:"这个冠先倒是对我的脾气啊。"三日后大雾退去,但近郊的百姓又传说在西边的大别山里,有楮桑合生的奇闻,说强的楮攀附在弱的桑上,或强的桑攀附在弱的楮上,并且流出浓稠的白汁,一到晚间就传出私语的声音,桑葚子都提早挂出,紫晶饱满。消息传播十数日后才刮到王刘康的耳朵里,刘康很生气,对家里人狂发了一顿脾气。丁昆来见刘康,对刘康说:"这可能是有人故意散布的。"刘康说:"是谁呢?"丁昆说:"大宰已经安排孙季负责指挥亳城远郊的一些部队了。"刘康怒不可遏,扬手击碎了一尊陶器,命令蔡弥:"马上派人入山,查清事实真相,再有危言耸听的,轻者剁去手指,重者剜去膝盖,再重者砍去双脚,再重者割去性器,再重者分尸八块!"蔡弥带人连夜去了大别山,传言很快消散不复。这时天已经完全晴朗了,春雨连绵的日子逐渐退去。商都内外,方圆数千数万里,草芽萌出,莺飞鹿鸣,春水滋润,整个大地上的气氛又欢快明朗了。王刘康再传出一道命令:狂欢之后,由丁昆、奚仲、单盂、鲍镇统领的四支商国最大、最强有力的部队,将分赴南方赤地、北方黑地、东方白地、西方黄地,执行一项"粥的远征"的计划,这项计划的实施将为商国的巩固和强大,增添物质上和精神上的无尽源泉,这将是一次名垂千古的壮举。暖气日盛,刘康的心情逐渐变好了,到了春天,他的情绪开始浮动起来,终日亢奋激昂,荒踏田狩的欲望也旺盛了。这一日他早早地醒了,带了手下的一帮人,策马出城,奔驰到一望无际的滩淮大平原上。野雁正横空穿梭,由南往北阵列而过。野地里、河坡上一片片绿茵正四漫开去,鼇兔惊起,猎犬蜂拥而上,疾飞的马蹄几近将春踏烂。河波里鱼脊隆起,弋手把带索的箭速射过去,正击中巨鱼的腮下,拖拽拉扯,又是一番血腥的争斗。紫鹿从岗林中窜起,后头一片狂喝呐喊之声,有那最快的枪手,俯身掠马冲上前去,更快的却是箭镞,噌的只一声,远处即有失蹄者卧地。一直畅奔到暮晚,刘康回到宫中,兴都未尽,并且越发张扬,便继续饮酒听歌与美女周旋。美女有许多都是先行从郊外的各营阵中挑选来的,都属色气俱佳者,刘康便依了高士许由教给他的享色办法,尽情享乐,尽情享受,通宵达旦,歌舞不歇。第二日上午,整个宫中便静了,残余的喧哗慢慢散去,闲散人等既不准入宫,更不准随意走动,每一处都响着微微的或响亮的鼾声,到太阳西偏时,宫内的响动便多了,直到刘康起床,洗面漱口,喝令起舞奏乐,新的一夜享乐就此开始。在这些日子里,各方的邦主、大王、首领都陆续来到商都亳城,宫里专门有人接待安排他们在城内各处住下,住下后也坐不住,都城到底是都城,繁华无比,车流、人流不尽。他们有的忙着去走亲访友,有的忙着打探王宫里和大宰府里的情况,有的抓紧时间到街上逛遛,体验商都的繁华气氛,有的则去寻花问柳,并打算可能的话,带一些都城的美女回去。那些天天气一直晴朗无比,温度一天比一天升得高。朱响官邸里人流不断,各邦国的邦主、王国的大王、部落的首领以及名流贤士,有带着礼品的,有空手的,都来拜见朱响,朱响与他们一一相见,谈各种各样的话题,互相加深了印象,联络了感情,大部分人出来都说:"朱响是国家的元圣,还能这样亲切待人,敬佩,敬佩。"刘康那段时间兴趣在别处,对求见的邦主、大王、首领和贤士,一概告知:狂欢前一天,在王宫里统一召见,到时可各自献上贡品。春日倏忽,眨巴眼又过去了好几天,八公山上的草木也日见青葱了,在山的高处,术士和星相家们又支起了大鼎,搭起了草棚,开始了观星卜筮的活动,这次活动是狂欢前的最后一次了,今年这一年的收成、经济和政治的发展、大事的成与败,都在这一次了,所以这一片几个相关的山头都被军队封锁起来,星相学家和卜手们处于与世隔绝的境地,这样就可以更好地拂净心尘,增强感应能力,营造一个超时空的天人合一的仙境。山上还开了素伙,每日有一些厨子往山的南坡以及水边去,寻掘些早生的水荠菜、野苋菜,做成稀汤或熬成糊糊或捏成菜团,供那些观星卜筮的专家们充饥。狂欢临近前的两天,八公山上发生了一场小小的骚乱,太阳升起来的时候,一只野鸡飞到司母戊大方鼎上站立了半分钟,并且啄落了自己的几根羽毛,野鸡飞走后山上的师傅们召开紧急会议,讨论这个突发事件,大多数人的看法是,从天相、星相和筮相看,今年未必是个好的年头,野鸡事件不大可能改变已经进入轨道的运气,所以不必报告王刘康,以免引起不必要的混乱,另外扫了王刘康的兴,扫了大伙儿的兴,也是毫无道理的。山上负责的几位领导都发了誓以后,这件事在龟甲上记录了下来,但没有向上面报告。狂欢的前一天,整个商都已经热闹万分了,小吃摊、茶水摊从郊外二十里处就开始排开,内城、外城到处都挤满了人,牛、马、驴成群成片地拴在一起,各地的农人、商人、市民都拖家带小或全族出动,来观看这百年千年不遇的盛大场面,更有些漂洋渡海从不知道多么远的地方来的人,他们的长相跟商国的人相差很远,他们个个身上都有些臊腥气,商国人都不太能看得起他们。王宫里早已焕然一新,花团锦簇,这天一早,各邦国的邦主、王国的大王、部落的首领,都带了副手,带了贡品,来参加王刘康的召见会。他们在各自的位置上坐定,在王宫宽大无比的正厅里坐成了一个半圆,王刘康的宝座在他们的对面,成群的武士面孔严肃地站立着,他们都是从各部队挑选出来的最精良优秀的勇者,个个以一当十,王刘康的宝座周围簇拥着成群的美女,她们个个袒胸露臂,丰润性感。王刘康高高地坐在宝座上,从他的那个角度看过去,不仅能居高临下地看清各个邦主、大王、首领的动作和面孔,还可以看到大厅外王宫里巨大的园林,刘康在一瞬间想起他初为王时,高士许由来访,他们坐在厅里说话的情景,那时也是盛春,厅外杏花如云,桃花如血,虽然桃杏并非同时开放,但晚杏和早桃交织在一起,就构成一幅令人热血沸腾的图景,那真是人生中最为难忘的绚烂时刻之一啊。刘康的心思从厅外收了回来,因为礼宾长官已经宣布召见开始了。第一个站起来的是润河王,润河王献上十条淮水大鲤鱼,礼宾长官说:"请润河王简单介绍一下自己的王国。"润河王说:"润河王国在淮水之北,淮水鲤鱼久负盛名,请君王品尝。"刘康嗯了一声。第二个上来的是夹沟王,夹沟王献上一担香稻米,道:"夹沟有一片高地,水流清净,所产香稻米举世无二,每年产量只有不足千斤,又香又白又黏,非常好吃。"刘康说:"这种米我吃过,不错。"夹沟王欢天喜地回座了。第三个上来的是芒碣首领,芒碣首领献上几条花蛇,道:"俺那里也不出产什么,就是蛇蝎多些,蛇蝎都是中药,蛇肉也好吃,请君王收下。"刘康点头收下了。第四个上来的是泗洪王,泗洪王献上两包黄花菜,道:"黄花菜又叫金针菜,在我们泗洪,家家房前屋后都有种植,泗洪的黄花菜颜色金黄,饱满丰腴,既是药材,又是厨间必备珍物,到五六月间黄花菜似绽未绽,要开未开时,那整个平原都充盈了一种奇妙的清香气。"刘康说:"那倒值得去看看。"第五个上来的是濉溪王,濉溪王献上五罐好酒,道:"濉溪有一种传统美酒,叫'口子'酒,这种酒开罐十里香,入口醇甘无比,我们那里方圆几百里都喝这种酒。"刘康说:"喝过,很不错的。"第六个上来的是古井王,古井王也献上了五罐好酒,道:"我们那里特产一种美酒,叫'古井酒','古井酒'用的水,是古井里的水,古井还是先圣成汤伐桀路过时挖的呢,水质特佳,造出酒来,是天上难找、地上难寻的美酒。"刘康说:"喝过的,你们这两种酒都不错。"第七个上来的是灰古王,灰古王空着两手,上来说:"我们那里特别的出产,就是古朴的民风和憨厚的性格,我们那里的人走到哪里就把它们带到哪里,但却无法把它献给君王您。"刘康对他的直率觉得有趣,张嘴说:"你们那里不是出产一种沙滩青萝卜吗?那东西吃起来也不错,清脆爽口,皮薄汁厚。"灰古王冠先说:"那东西有些土气,来时也带了一些的,怕拿不出手,都分给亳城的市民了。"第八个上来的是向阳王,向阳王上来时,刘康已经疲乏了,他对这次召见本来就没有什么太大的兴趣,勉强坚持到现在,已经很不容易了。向阳王说的话和进的贡,他都没有听进去看进去,连着打了几个哈欠,就退场了,余下的数十个应酬,都由礼宾长官去对付。当晚宫内设了华筵,招待各方首脑,亳城内外鼓乐喧天,酒色四弥,一直延续到凌晨。第二天太阳升起来后,刘康率首脑百官,浩浩荡荡来到大理石广场的检阅台上就座,这时阳光暖好,晴空万里,亳城的主要街道两边和大理石广场四周,到处都挤满了人,人山人海,万头攒动,喧哗声一阵接着一阵冲向天空。这时就座的各地邦主、大王和首领中,有人发现商国元圣、当朝大宰朱响没有到,有些奇怪,便互相打听,打听到了朝官那里,朝官都不说,但消息还是传播开来,说大宰早有退休隐居之意,今晨带了些随从,骑马还乡了,大宰的部落就在浍水的北边,名叫桑梓。听到消息的官员和首脑,各有感慨,却都藏在心里,并不外露。太阳升得高了些的时候,刘康传令检阅开始,整个商都都震动起来,人声、鼓乐声、兵士的呐喊声以及兵器的有节奏的撞击声,此起彼伏。先走过来的一支大部队,是丁昆的即将远征南方赤地的十几万将士,他们中有一大部分是新召入伍的,年轻气盛,热血澎湃,他们或骑马,或乘车,或步行,通过大理石广场后,立即就出城往南方远征去了。第二支走过来的大部队,是奚仲统领的精锐之师,他们带足了厚衣厚被,他们中的一大部分也是新近征召来的,个个体格健壮,又进行了数月的训练和集群生活,因此格外精壮有力,他们通过大理石广场后,也立即远征北方去了。第三支过来的部队是单孟统领的大部队,这支部队的大部分都极富作战经验,成熟而且饱满,他们营养好,技能全面,因此看上去每一位战士都自信而有力,他们通过大理石广场后,立即向东方进击,去进行夺取土地和海产品的远征了。第四支过来的是鲍镇统领的大部队,鲍镇性格刚倨,因此他的部队也倔强无敌,他部队中的一大部分是新近才从靠北的地方征召来的,这些兵士体格高健,行动有力,锋芒外露,给人以极大的鼓舞,他们通过大理石广场后,立即向西征进,去夺取土地、牛乳和酥油。亳城里夹街夹道的人都看呆了,转瞬又惊又喜,欢呼声不绝于耳,震天动地。四支青铜般的大部队才过去,各方的美女们又出现了,她们在营寨里休整保养了一个冬天,个个体态丰腴,情绪上佳,容颜惊绝。她们也分成四队,第一队是南方女,她们个头较矮,面相较黑,但神态活泼,眼神顾盼有力,极富性感;第二队是北方女,北方女个个高大健美,她们胸乳饱满,臀部丰硕,泼辣朴实,眼神经常处于熔点状态;第三队是东方女,东方女小巧玲珑,皮肤白皙,水色极好,举止轻软优雅,眼神偎然蒙眬,极能惑人;第四队是西方女,西方女体态丰腴,眼神苍茫,亲切温厚,有家庭感,品性旺盛,对男人的吸引颇大。四方女郎走在街上和大理石广场上时,商都亳城轻飘得简直就要飞起来,王刘康看到这样花哨繁艳的场面,嘴也禁不住时时咧开来笑了,各邦国来的邦主、王国来的大王、群落来的首领,哪里见过这种阵势,都按捺不住激奋的心情,有大声喝喊的,有站起来叫唤的,有跑到美女群中拉扯的,民众也都欢呼雀跃。检阅完毕,王刘康下令尽欢,顿时歌舞飞升,佳酿四溅。狂欢一直进行到第三天凌晨,人们累极、乏极了,才逐渐平歇下来。各地的来客玩够、乐够,陆续都要回去了,走前刘康送给每一位邦主或大王或首领三十名美女,由他们自个挑选去,他们挑好选足,满载而归。各地来的观客也都陆续回去了,商人上路经商,农民也都归乡种地去了,商都亳城渐渐安静下来,但刘康在宫内却一直浸淫在轻靡的气氛里,同挑选来的最貌美的女孩子们周旋尽欢,畅享不辍,品味着春日里的时时刻刻。

第二卷

伊尹带着随从返回家乡看看,他在洽水沿岸逗留了很长的时间。

朱响轻车简从,出了商都,顺潩水、洽水,慢慢地往家乡桑梓的方向去。潩水、洽水都是平原上的大水,潩水稍微短些,在九湾那左近倾入洽水,使洽水浩浩荡荡,奔腾而下。朱响一行人走走停停看看,春野的风气确实非同一般,与亳城的气氛也完全两样,草木葳蕤,春风拂面,让人心里头暖洋洋的。朱响下了车,沿着潩水的水岸步行,水岸曲折,视界开阔,无有半点遮拦,因为在这个时候,芦苇、菖蒲什么的都还没长起来,挡不住人的眼目。但毕竟季候到了,春水虽还匮乏,水边湿地上的草芽儿、芦苇芽儿、菖蒲芽儿、九节鞭的芽儿以及别样灌、草的芽儿,都已经冒出来老长老尖了,芽儿大多都呈着红色、紫红色,嫩嫩硬硬的,看上去叫人欢喜。湿地也很是广大,湿地又都是洼地,春末夏初时,第一场大的春水就能叫它们变成水泽,到了盛夏,雷雨频频,没有止歇,湿地就都变得汪洋一片了,那时候再来看潩水、洽水,就认不出来了,因为盛夏的大水与春日的小水相比,那是完全不一样的。水边湿地里时常有些鸟儿在春天的晴朗阳光下升起抑或降落,升起时它们尽量地展开翅膀,增加升力,尽量能升得高些,升得快捷些,它们叽叽呱呱地叫着,相貌文雅,与天地间的平衡状态相吻相合,它们升到一定的高度后,就在一个与大地平行的轨迹上往前飞去,它们或者往前直飞,或者向左转舵,或者向右滑翔,直到看不清身形为止;它们的降落也很是文雅,很是悠闲,它们从弥散的太阳的光里缓缓飘下,轻如羽毛,没有半点嘈杂的声音,直到落在湿地的草芽上,它们才发出一两声小小的依恋不止的鸣声,然后相互偎靠,或者欢快地在小水洼里轻啄,或者在无边的大湿地上散步。但是野鸭的叫声就截然不同了,它们呱呱地叫着,笨重而又突然地向湿地的斜上方扑去,飞升的轨道与地面的夹角不会大于四十五度,它们起飞时总显得准备不足,有点跌跌撞撞的勉强味道。朱响立在湿地边看得呆住了,久久不愿挪步。朱响说:"我们总容易忘掉大自然造物的和谐,它们才会对人有最大的启示呢。"沿着湿地的边缘,一行人慢慢地往前走。灂水转着很大的弯子,水在转弯处忽然就大了,形成水结,水面望去似无际涯,水边有两间土坯草房,几只鸡在门口啄食,一个汉子在门口的平地上削桩,一个女人在平地上结网,两个小孩在地上玩。朱响走过去说:"请问这位大哥,你们这里是属于哪个邦,哪个国,或是哪个部落?"那汉子说:"这地方都是商国向阳王李中的地方。"朱响说:"向阳王李中有没有治理王土的能力?"那汉子说:"向阳王春行春令,夏行夏令,秋行秋令,冬行冬令,老百姓没有不适应的。"朱响说:"春水即将泛滥,鱼汛将开,你很快就能使用渔桩和渔网了。"那汉子说:"春汛不可捕捞,一则鱼瘦,二则鱼群繁殖,这时候捕捞,就犯了大忌了,这也是向阳王所不许的。"朱响点头称是,又向前漫行,不觉被原野的温馨气氛所吸引,便偏离了水岸,往野地里桃杏梨交杂的地方走了去。走了一时,望见前头果树底下,几个人在拥土施肥,挖沟掘槽,朱响走近了问道:"请问这几位小哥,这里是谁的地方?"那几位直起身来说:"这里是商国灰古王冠先的地方。"朱响说:"听讲灰古王冠先手下有个徒弟,叫陈军的,有些本事,是不是这样呢?"那几个人说:"陈军小时候受过苦,三岁时爹娘就死了,所以养成了他吃苦能干的品格。"朱响说:"听讲冠先还要把王位传给他呢。"那几个人说:"人家王国传位,都传给自个的儿子兄弟,咱们灰古王倒是要传给他的徒弟,这就是新鲜事了,但这对咱们百姓好,咱们就打心里头拥护。"朱响说:"那灰古王冠先又是个什么样的人呢?"那几个人说:"灰古王冠先是个悠闲的人,也上俺们这来过,还攀在俺们这树上看果儿呢。"朱响一行离了林子,又回到水边走,走了不少的时候,便见着浍水了,浍水跟瀚水交了合,汇成了一片大水。朱响望着大水呆呆地不走。孙季过来说:"大宰,望什么呢?"朱响说:"一股力量再强大,也强大不过两股力量,这就是倍加效应啊。"孙季说:"您说得对。"朱响说:"驿站的人来了没有?"孙季说:"现在还到不了,恐怕总得到晚上或者明天吧。"一行人又走,看见前边水畔的高地上,有十几间草屋,几个年岁大的老人,坐在墙边上搓着绳晒太阳。朱响走近前去拱拱手说:"几位老哥,这是哪个邦国、王国或者群落的地方?"那几位老哥说:"这是咱们商国元圣、当朝大宰、桑梓首领朱响的地方。"朱响说:"听讲朱响不大想干了,想退隐还乡,他群落里的人不知道是什么态度?"那几位老哥说:"退了对他自个好,他自个轻快了,但退了对商国却是不好,商国失控了,必然衰落下去。"朱响说:"商国有国有君,朱响只是名气大些,资格老些,并不掌握实权,他退了,为什么商国一定就衰落下去呢?"那几位说:"凡事太轻松、太潇洒而没有制约了,那件事就要坏了,要是有压力、有制约,虽然人不大舒服,但办出来的事,都能成气候。朱响便是那无形的制约和压力。"朱响谢过几位老者,一行人沿河蜿蜒而下,天将晚了,到了浍水水结处,朱响叫人在水边寻了一处高地,搭起了棚子,埋锅造饭,准备过夜。饭开得快,吃过饭了天才黑透,星却是上来了,跟着月又上来了,朦胧清白,照得原野和大水清幽遥远。这时驿站的人来了,报告朱响说:"商都的狂欢还没有散尽,各邦主、大王和首领都得了一些美女,远征的部队已经离开了商地,正向四面八方进击。"报告的人退下,朱响命随行的舞女在棚处的平地上,浴着月光,轻曼舞动,他坐在草席上似赏非赏,沉沉而思。清风拂动,舞影若凝若幻,棚前的浍水水面,波光粼粼,看上去浩渺无边。朱响自言自语说:"君王、商国,其实已经没有什么优势可言了啊。"侍立在侧的孙季,还以为朱响是跟他在说话呢,但他又没听清,便凑前一步说:"大宰,您说些什么?"朱响如大梦初醒,忙定定神道:"我是说,水是咱们所离不开的,这潫水、浍水,还有北方的濉水,南方的淮水,西南的涡水,东北的泗水,都扼南北而连东西,阻遏敌人需要它们,发展城市经济也需要它们,必有一天,在懈、浍两岸,咱们走过的一些地方,有一些城镇要发展起来,那时候濉浍平原就将与现在大不一样了。"孙季说:"那是的。"朱响说:"咱们走过的这些地方,都有没有地名呢?"孙季说:"大都没有地名。也有些地方,当地活动取食的人随口叫出来,叫惯了,就成了地名。"朱响说:"咱们今天走过的湿地那左近,叫什么呢?"孙季说:"叫'芦白',因为那里的芦苇到夏秋长起来,很是盛呢。"朱响又问:"那咱们现在住的这块岸边的高地,又叫什么呢?"孙季说:"叫'清水',因为这里水清月白星密,故有了这个名字。"月偏西的时候,一行人都早已睡去,唯朱响睡不着,便披了衣裳,沿水边漫步,对岸远近,不时有豺狼的嗥声传来,春虫都在草芽儿里唧唧地叫唤。隔日他们又宿在浍水的一个水湾子处,驿站的人到了,向朱响报告说:"商都亳城狂欢的气氛消散了些,各地的邦主、大王和首领,陆续都回去,路途近的都已经到家了,各路名者贤士也都离开商都,往四方云游去了。远征的部队远近不等,都在路途上。东南西北诸方冬里遭过灾的,现在都补种了春庄稼,午季的收成还把握不准。西北的地有少数人想闹事,但并没有闹起来。春火在南肥的森林里已经烧了半天了,火势现在还并不很盛,但天旱地干,草木易燃,灾情难料。"朱响说:"王刘康都在干些什么呢? 我猜想他该远近地跑跑看看了,他在宫室里待的时间也够长的了。"驿站的报告说:"王刘康依然在宫室里,每天并不露面。"晚饭后朱响命名这个地方叫"宿湾",这一夜的月色、星光、水声仍然都好。隔日朱响一行人移居浍水南岸,悠然向前。春光艳艳,驿站的来报,道:"南肥的森林大火愈烧愈烈,近滁水、洛水、东淝水时才被阻隔,减地的人已经开始攻打减城了,另外归仁王拖延了去年的贡品,什么也没向商国君王贡献,拖贡不交的还有半城邦邦主、安阳邦邦主、龙亢王和枯河王。"第二日他们仍住在原地,漫观春野万物。午饭后孙季向朱响请教,道:"请问取胜的法宝是什么呢?"朱响说:"取胜最好的法宝就是离开原地。"第三日他们仍住在原地,朱响命名这个地方叫鹿湖。第四日驿站来报,道:"减人继续用兵,南肥的大火还在烧着,各地的旱象都重了一些,远征的部队愈走愈远了,消息也传回来得慢。"朱响听了驿站的报告,低头沉思,半晌,自言自语道:"烧的烧,打的打,旱的旱,走的走啊。"商国的都城里,很快便传播着一些流言了,道:"烧的烧,打的打,旱的旱,走的走,离的离了。"流言传到宫里,王刘康问道:"这些话都是怎么个讲法呀?"手下的人说:"烧的烧,是说南肥的森林大火烧个不歇。"刘康说:"南肥的大火不是已经被滁水、东氿水、洛水挡住了吗?"手下人说:"拖的拖,是说那些不进贡的邦国、王国和群落拖延交贡的时间。"刘康说:"给他们各下一道最后通牒,再有拖延,将发兵攻打。"手下人说:"旱的旱,是说商国属地的许多地方都遭了旱灾。"刘康说:"上天的事,人无力阻抗哪,命八公山卜筮求雨,以解旱情。"手下人说:"打的打,是说减地暴乱,乱民攻打减城。"刘康说:"发五万兵去镇压掉。"手下人说:"走的走,是说参加'粥的远征'的四支大部队,都远离了商地,愈走愈远了。"刘康说:"他们会凯旋的。"手下人说:"离的离,是说大家跟君王您都不一心,连大宰都离开了您。"刘康说:"大宰年岁高了,想隐退回乡,我怎么能挽留他呢?"刘康恼怒了几天,气慢慢就消了。流言传到灰古王那里,灰古王微笑不语,每日仍整理了渔具,到滩水边钓鱼去。春水鱼活,菜花鲜黄,灰古王冠先钓到瘾头上,经常中午饭都不回去吃,只叫一个小丫头在蒲草编成的小筐篮儿里,放一双筷子,一块馍,一样半荤半素的菜,捎来给他吃,吃过了,再饮几口滩水里的清流,过得怡然自得。他的徒弟陈军晌午来寻他,见他正坐在水边的矮树丫巴上,慢条斯理地起钩,便说:"大王,商国城都里传来许多令人担心的消息,您难道一点都不往心上去?"冠先说:"又有了一些传言了吗?"陈军说:"亳城人都传播说,现在是烧的烧了,拖的拖了,旱的旱了,打的打了,走的走了,离的离了。"冠先说:"烧的总会灭掉。拖的呢,要么就拖下去,要么就补交上去。旱的呢,旱久了雨就该下了,还说不定大水会泛滥呢。打的打到最后,你死我活,难道会没有结局?走的走了,走了还何必再替他操心呢,既然已经走了。离的离了,离久了就想合,合久了呢,又想离,这是人世的规律呀。"陈军说:"大王难道就没有一点点担心?国家动乱,迟早会影响到我们的。"冠先说:"既然一定要担点心,那么你就带一些人,去看看商王刘康在干些什么,大宰朱响在干些什么,枯河王在干些什么。"陈军领命而去。天继续晴旱,商王刘康的心绪已经稳定下来,这天午睡刚起,有人报道:"高士许由来访。"刘康请许由进来,两人在椅子上坐下,许由头上插着南方出产的无花果树叶,刘康道:"高士从哪里来?"许由说:"我游历了南方的大地和海洋,南方的大地丰厚,南方的海洋浩瀚无边,归程中我从灰古王冠先的无花果树林走过,顺手采摘了这些新生的叶片,它们开胃止泄,功力强劲,是宫中应备之良药啊。"刘康说:"高士在南方赤地,可看见了我的部队?他们由丁昆统领,是'粥的远征'的计划的一部分,他们将夺取南方的土地,获得南国的果蔬,他们将大胜而归。"许由说:"他们正在南征的路途上,他们的气势仍在盛时,但结果总是难以预料的。"刘康说:"高士今天想教导我什么呢?"许由说:"我想告诉你关于风的一些事情。"王刘康说:"风还有什么事情呢,风就是风,我们每天都可以碰到的,难道是关于风的分类吗?"许由说:"风在各个地方有各个地方的不同。在北方,寒风肃杀;在南地,熏风暖人;在潍浍平原这里呢,风可以分为八类,它们昼夜吹拂,没有止息。"刘康说:"分成哪八类呢?"许由说:"第一类叫条风,是立春时从东北方向吹来的连续性的风;第二类叫景风,是春分时从东方吹来的暖风;第三类叫炎风,是立夏时从东南方吹来的热风;第四类叫巨风,是夏至时从正南方吹来的炙热之风;第五类叫凉风,是立秋时从西南方吹来的凉爽之风;第六类叫飓风,是秋分时从西方吹来的凉风;第七类叫丽风,是立冬时从西北方向吹来的冷风;第八类叫寒风,是冬至时从北方吹来的严寒的风。"刘康说:"那么这些风都有些什么意义呢?"许由说:"不同的风告诉我们不同的信息,条风、景风吹来了,人们的志气就雄壮起来了。"谈至将晚,王刘康留许由吃饭,许由辞谢而去。这时景风已经大盛,从东方吹来的甚暖的风吹动着杨、柳、田原和山岗。管谷在煦暖的景风里回到王宫,向向阳王李中报告一些新的情况。他说:"大宰他们一行,在鹿湖东边的浍南湾,已经住了五天了,还不知道他们会往哪里走或者何时能走。"李中说:"现在我们可以去拜望他了。"李中立即命人备好土特产品,用马车拉着,向浍南湾出发。第二天上午,向阳王李中一行来到大宰住地,朱响召他们进去,问道:"立春以来,向阳王在做些什么呢?"向阳王李中说:"春气盛时,民心也盛,又是一年的开端,因此在我的土地上,从立春开始,人民就忙碌起来了,修建城郭疏浚河道,整修农田,清点农具,栽桑植果,养鸡育猪,观察鱼汛,习兵练武,各人有各人的事,没有闲散人员。"朱响说:"向阳王是怎样治理人民的呢?"李中说:"在国中提倡一种务实的风气,一年两年滚动发展,不性急不浮躁,循序渐进,必有所成。"朱响说:"那么向阳王的观念又是怎样的呢?我听说向阳王冬令捕鱼时,每孔只捞一网,为什么要这样呢?"李中说:"万事万物都应留有缓冲的余地,不可走向极端,并且要给对手一个机会,这样才不至于同归于尽。捕鱼时鱼是我的对手,心境褊狭,希冀一网捞尽,对鱼对己都是一种失误,对鱼,它的数量势必骤减,你的食品还会有长久长远的供给吗? 对己,既不利于个人品行的修炼,也是一种贪婪的表现,有许多人机关算尽,争夺虚利,连起码的操守都摒弃了,其实是一种自杀的表现,结局必定不妙。"大宰点头同意,说:"你的这些话,和我的想法很吻合,你愿意和我一道,赏月饮酒再作一次深谈吗?"向阳王李中说:"当然愿意。"李中在浍南湾住了一个晚上,第二天早上返回向阳。陈军探得了这些消息,带着人匆匆赶回灰古,因为路上跑得太急,马都跑死了两匹。陈军回到灰古,灰古王冠先已经坐在河边的草丛里,开始了一天的垂钓,陈军向前报告说:"大王,各方的消息都探听到一些。"冠先说:"都有哪些新鲜的事儿呢?"陈军说:"在商都,君王刘康任命丁昆的儿子丁兴为亳城近郊部队的统领,任命蔡弥为副统领,又下达了春野踏荒的王令。"冠先说:"王刘康为什么要这样呢?"陈军说:"大宰还乡,数十日了,仍在浍水边逗留,向阳王李中已经带人去拜见过他了。"冠先说:"大宰和向阳王为什么要这样呢?"陈军说:"枯河王治地无方,他那儿的经济和政治状况都糟得很呢。"冠先说:"枯河王为什么要这样呢?"冠先钓鱼钓到下午,鱼儿游上游下,游左游右,飘忽不定,水边的柳条儿落在水里,鱼儿飘动像柳条上的柳叶儿,岸上的柳条倒映在水里,柳影又像游鱼。冠先说:"陈军,我决定了两件事,你一一替我办好。"陈军说:"哪两件事呢?"冠先说:"第一件事是枯河王国的事,第二件事是大宰朱响的事。"第三天的上午,陈军带领访问团来到枯河王宫,陈军说:"枯河王国太小太弱了,拖欠贡品不交,商都自然不会放过;灰古王国国力愈盛,经济发展很快,我们应该联手协作,枯河王国拖欠的贡品,我们可以代交,这样对我们双方都有好处。"枯河王任昌睡了一夜,第二天早晨告诉陈军,他答应了灰古王的要求。陈军回来报告冠先,冠先说:"我不知道我为什么要让世人瞩目。"这时天气开始转阴了,下了些零星的小雨,但阳气仿佛太盛,阴雨又被驱散,阳光每天升起。灰古王冠先带了陈军等人,携了土特产品,到浍水边拜访大宰,大宰朱响召他们进去,朱响说:"灰古王最崇敬什么呢?"冠先说:"我最崇敬闲暇的趣味。"朱响说:"什么叫闲暇呢?"冠先说:"闲暇是一种操行。"朱响说:"闲暇都有些什么用处呢?"冠先说:"闲暇是对生活的一种感觉,既可神领又可附着,闲暇是人生命的究底。"朱响说:"那么灰古王闲暇时做些什么呢?"冠先说:"垂钓是我最大的爱好。"朱响说:"我听别人讲,灰古王钓具简单,钓上来的鱼总是送人、出售或者放生,这是为什么呢?"冠先说:"送人可以得到一份人情,出售可以获得利润,放生可以沽得传世美名。"朱响说:"灰古王真是这么想的吗?"冠先笑而不答,辞了大宰,归返灰古。王刘康在商都听说了向阳王、大宰和灰古王之间的这些事情,心里有些不高兴,丁兴来觐见的时候,对刘康说:"灰古王说的未必是真心话,但谁又知道他说的真真假假呢?"这期间踏春围猎的事情都准备好了,丁兴调集了近郊和远郊的部队都来参加围猎和踏春。老士萧远来见刘康,说:"君王,春日正是生命恢复的日子,斫一损百,伤一灭千,有的人说,在任何时候都要给对手留下机会,禁绝极端,以免对人对己都造成失误,请君王三思。"刘康很不高兴,没说多余的话就打发萧远出去了。老士孔庆又来拜见刘康,说:"春季是发展生产的大好时机,踏春围猎既费钱又耗人力,还要践踏大量农田,难道不可以缓缓再搞吗?"刘康说:"这也是练兵习武的一种手段,我不能让国家衰亡下去。"数天后,声势浩大的踏春围猎就开始了,地点在淮水之北,涡水之南,兵数万,战马数万,战车数千,鼓手数千,从西北兜起,人密如墙,步步为营。第一天只有些小的猎获,晚间露营时,篝火四起,绵延数十里,与淮水南岸的森林余火遥相呼应。王刘康说:"任何事物都有它的反面,淮水之南的大火,正好为商国开垦出无数的良田,这难道不是上天在帮助我吗?我要迁移一大批人到淮水之南去,开荒种地,植果养畜。"士巩林说:"那些犯了罪的人,还有不听话的人,还有附和造反的人,都应该首批迁去,让他们在体力劳动中悔过。"刘康说:"这是个好办法,商国亳地也因此而干净了,这件事交给蔡弥去办。"王令很快传达到各地,各地都点齐了一批符合条件的有罪之人、不听话的人和附和造反的人,一并押送商都,再由商都分押淮水之南,把他们划分了等级,编排了序列,在淮水之南的森林余烬之上,三五里或三五十里置设一点,定下了粮油畜的指标,放手由他们干去。王家的围猎仍在继续,到第三天,猎物就增多了,人墙更密,围中的猎物惊叫长嗥,只能不顾一切地向淮水和涡水相夹的尽头奔跑,到了晚间,篝火照例升起,绵延数十里,随行的舞女歌会乐音不绝,舞姿翩翩。王刘康喝了些酒,兴致很高,他高声说:"当今世界上还有比我再强的人吗?"巩林说:"没有了,您是世界上最强的人。"刘康说:"祖先为我留下了这样大的家业,我保持了它,并且扩展了它,商国必将万代不朽。"第四天,猎物更多,大批野物被兜在围中,入夜一片绝望的嘶嗥声。刘康仍命燃起篝火,严令:有放猎物突围者,立斩。老士孔庆说:"先王成汤张网时,方法并不是这样,先王成汤总是网开三面,愿者入网后,他也总是挑拣几个合用的,其余都放归了,难道我们现在断了口粮了吗?"刘康说:"坚毅刚强的民族精神,就是这样培养出来的,也许后人会指责我,但他们必定会从中获益,终生受益,这就是我和你们的区别,你们只看到眼前,又空谈些什么道理,但我看到的却是后代的利益。"孔庆不再说话,低头喝闷酒去了。老士萧远又说:"先王成汤在世时,授重臣朱响为国家元圣,又任命他为大宰,统领百官,处理政事,并且有推举选定后代君王的殊权,那么现在君王您的这些行动,大宰都是什么样的态度呢?"刘康说:"大宰早有隐退还乡的意愿,今年春天又不辞而别,到浍水、澥水处游荡去了,那么请问他这叫怎样的态度呢?"萧远也不再说话,低着头喝闷酒去了。到第五天,亳城王宫里来了人,向刘康汇报政情。来人说:"减城的暴乱已经剿灭,暴民四散逃窜,抓获的都杀了头。"王刘康说:"在减地实行重税,以示惩戒。"来人说:"各地的旱情仍在加重,许多地方的冬小麦都已经干死了,小些的河沟干出了河底,有些人离开家园四散流亡了。"刘康皱皱眉头说:"再令八公山卜筮求雨,以缓旱情。"来人说:"四方远征的部队都有了不少胜利,他们征服了土民,夺取了土地和物产,正向纵深发展。"刘康很高兴,说:"他们必将凯旋!"来人说:"大宰仍在浍水南岸逗留,每天只是赏风观水。"刘康没说话。来人又说:"已向归仁王、半城邦主、安阳邦主和龙亢王、枯河王发出了最后通牒,现在枯河王已经交来了丰厚的贡品。"到第十天,围猎已经接近尾声,惊恐万状的野物被围困在淮、涡两水的交汇处,两侧为水,水宽流急,一侧为人,追喊声如雷,野物纷纷入水,或被激流冲走,或淹死在半途,或又退回岸上,被射中和被擒住的数以千计。围猎结束后,王刘康命在围歼处立一石碑,记述此事,以颂王德,然后移师亳城,凯旋了。到这时候,天候已入了孟夏,白天太阳晒人了,夜晚却仍有凉意。田野里的油菜花已经败落,结荚挂果,冬小麦也已经抽穗灌浆了,但因为冬日遭过雹袭,春里旱象又重,所以粮食都长得稀零凋落,午季的收成不会好的。亳城远近的农工都多少有些议论,大胆些的便把情绪讲到都城。大宰朱响这时已经从浍水南岸转到浍水北岸,向着桑梓慢慢移动,一路走一路看,看田里的庄稼,地里的果树,草地上的牛马羊,池里的鱼鳖,不几日便到了家乡。家乡的人自然欢呼不迭,晚上住下来,朱响招呼家庭中的老年人、中年人和方方面面的负责人来聊天。聊到当今国事政事,朱响说:"大家对当朝政事都有些什么看法呢?"内中一人说:"国家的发展其实已经停滞了,君王并不是最理想的。"朱响说:"君王怎样才是最理想的呢?"内中一人说:"最理想的君王应该是最能够鼓动起民族精神的人。"内中另一人说:"最理想的君王应该是最有威望的人。"内中再一人说："最理想的君王应该是智谋双全的人。"内中第四人说："最理想的君王应该是上天专派的人。"朱响说："那么什么叫最能鼓动起民族精神的人呢?"第一人说："最能鼓动起民族精神就是最能够激发全民的向上精神、创造精神和发展精神。"朱响说："那么什么叫最有威望呢?"第二人说："最有威望就是最有魅力,最有号召力,他的话人人自愿去听,去照着做,去真心维护,去为它战斗、死亡和新生,这就叫最有威望。"朱响说："那么什么叫智谋双全呢?"第三人说："智谋双全就是既有智慧又有谋略,在大事上使用智慧,让人感觉到思想的光辉和理性的灿烂,在小事上和具体的事情上使用手腕和手段,达到一种世俗的效果,使人折服于你。"朱响说："那么什么叫上天专派呢?"第四人说："人都是上天专派的,但分工并不相同,有些人做奴隶,有些人做将军,有些人做君王,本来不是君王角色的人做了君王,就没有统治的能力,就会遭到众人的指责,就会把国家拖垮。"朱响说："那么假如不是上天专派的人做了君王,有什么办法改正呢?"第四人说："改正有三种办法,一种是暴卒,一种是推翻,一种是放逐。"朱响说："这三种办法是怎么解释的呢?"第四人说："暴卒是上天的直接改正,推翻是上天假借民众的武力,放逐就是罢免,是上天借助了法律的力量。"朱响说："那么现在世上还有上天专派的君王角色吗?"内中一人说："大宰您就是上天专派的君王角色啊。"朱响说："我已经老了,先王成汤只赋予我推举更换的权力和统领百官的权力。"内中第二人说："我听讲在向阳王国里,有一个玩耍的小孩掉到河里去了,当时河边没有一个人,只有一个晒太阳捉虱子的丐人,丐人便救了小孩。向阳王李中听到这件事,感慨地说:'任何人,哪怕是个乞丐,都有他的位置和作用啊。'"内中第三人说:"我听讲灰古王冠先治理国家时,总是从农业、渔业、林果业和畜牧业抓起,然后才发展了砖瓦制作、青铜冶炼和军事装备。灰古王有一次对别人说:'一个人做事,得先找到起点,经历过程,然后才见到结果,如果直接去追求结果,那必然本末反置,导致失败。'"朱响频频点头道是。七天后,天突然暴热,朱响与家乡人聚遍了,带领一行人又回到浍水北岸的高地宿湾。宿湾居水之上,高眺远望,视界开阔,白天朱响一个人在宿湾左近闲踏,远则十数里,近则一二里,各处都走了,都看了,晚上叫了孙季等人进来,命他们明天起砍伐树木,烧制土砖,平整土地,在宿湾高地附近依地形曲展回合,造一些住房、营房、厨房、仓房、牛马房、舞乐房以及观望台等等,建筑要造得结实、坚固、耐用,可以长期住下去。孙季说:"难道大宰要在这里安家落户吗?"朱响说:"我看这浍水两岸土地肥沃,鱼禽聚汇,却少有人家,就想先在这里开个头,以便带动整个浍水流域的发展。假如我们真要离开,这里的房屋仓室正好让给当地的人民来住,这难道不是好事吗?"孙季领命而去。第二天,兵士们就开始砍伐树木、烧制土砖、平整土地,建房垒屋了。日子一晃又是月余过去,向阳王李中来到麦田里,看到麦子长势不错,问管谷道:"整个商国的农田,都是丰收在望的吗?"管谷说:"不是这样的,商国的大部分农田,都受了很重的灾,午季收成都不会好,粮食将要紧俏,饥饿的人将会增多,商国的局势可能会有动乱。"李中说:"那么现在看起来,作物长势比较好的,有哪几个地方呢?"管谷说:"好些的地方就是咱们向阳王国和灰古王国,因为这些地方农田的基础设施比较完备,一般的灾害都能减轻或者抵抗过去。"李中说:"听讲枯河王国里已经驻扎了灰古王的军队,灰古王的一些统治办法也已经在枯河王国里实施,情况是这么严重吗?"管谷说:"枯河王国已经附属于灰古王国,它们的军队已经合二为一,灰古王国的经济援助已经到达枯河王国的人民手里。"李中说:"这种强力的占领就这么容易得逞吗?难道君王刘康会熟视而无睹?"管谷说:"王刘康正为围猎的巨大成功而陶醉。另外,灰古王已经代枯河王献了重贡,贡品的品种多达十五个,王刘康十分高兴。"李中沉思不语,数日后,他和管谷带了礼品到宿湾去拜访大宰,远远望见了宿湾的高地,却已经不是原先的模样了。孙季带他们进去,到了朱响的客厅里。李中说:"我听讲泗水岸边有一种小蓬雀,它在水边的灌木里找到一个住处,就再也不肯挪动了。大宰您难道是想在宿湾这地方安家落户吗?"朱响说:"我修建这些房屋,是想要发展浍水这一带的经济。经济发展了,人民强盛了,那想做什么事情还有做不成的吗?"李中说:"您说得对。"朱响说:"向阳王,您想告诉我什么呢?"向阳王李中说:"和发展经济这样的事情相比,大宰,商国人民还对您寄予更厚重的期望。"朱响说:"难道还有比发展经济、繁荣经济更重要的事情吗?"李中说:"发展经济有一个实干的人就可以成功,但是调节国势就需要更大的智慧了。"朱响说:"难道现在的国势还需要调整吗?"李中说:"我听说灰古王冠先吞并了小小的枯河王国,南方的巢湖王也在蚕食山区的银屏王国,灰古王开了不好的先例,如果各地纷纷效仿,弱肉强食,那么商国还有发展经济的余暇吗?"朱响说:"您说得对。"三日后,天候渐入雨季,云层增厚,小雨淋漓,时断时续,朱响坐在敞开的亭子里,一面听人弹琴,一面看水里密密的小雨点。水面浩浩荡荡,偶尔有一两只捕鱼的小舟从渐淡的雨雾中显露出来。朱响从午时一直坐到暮晚。第二日,老士萧远、孙庆从亳城来到宿湾,他们一路走了五天,日夜兼程,午时才赶到。朱响在望水亭招待他们。喝酒的时候,萧远说:"大宰,浍水这里土肥鱼丰,难道您真的要在这里安家落户了吗?"大宰望着亭外的云雨说:"雨刚下起来,难能下大,但是雷闪要是到了,天河就会决口而倾。"老士孔庆说:"大宰您在等什么雷闪呢?商国的形势实在已经很糟糕了。减地被击散的暴民,在各地聚成了小股,他们随时会形成更大的暴乱力量;灰古王借援助之口,已经吞并了枯河王国;各地的庄稼都遭了大灾,人民的心已经不安分了;拖贡不交的邦国、王国和群落,形成一种风气,会越来越多;远征的部队并没有带来鼓舞人心的好消息,他们现在离商国越来越远。这意味着什么呢?"朱响说:"让我再想一想。"五天后,天上下起了大雨,闪电和雷鸣也发作了,驿站的人来报告大宰:"远征的部队都走得更远了,他们现在的处境似乎不是太好。"朱响说:"怎么不是太好呢?"驿站的人说:"他们碰到了一些我们从前未曾见过的事物,有些战士已经死去了。"朱响站起来看着水面沉思。再五天后,驿站的人又报告:"远征的部队仍在勉力向前,他们现在离商国,离亳城,比任何时候都远。"朱响对孙季说:"我们现在返回吧,天将要很热了,蚊虫也将会繁盛起来,亳城的空气现在肯定好得多了,沿途还有些从未到过的邦国、王国和群落,也都值得看看。"此后几天,桑梓群落一些瘠地的人民纷纷迁来浍南湾,他们搬进了新建的房舍,会捕鱼的捕鱼,能种地的种地,善狩猎的狩猎,还有些具备车马条件的,就套了车,往远近左右各地去拉些缺货进来,再运些余货出去。朱响一行就离开浍南湾。往浍水、澥水、沱水、灉水的上游方向漫行而去。他们晓行夜宿,不计时日,逶迤向前。这时节雷雨天气愈加频繁,上午还出着大太阳,过了午时,乌云厚聚,推涌而来,铺天盖地,继而电闪雷鸣,暴雨狂倾,平地积水盈尺,三两个时辰后,雨过天晴,水渐退去,日照又盛。孙季说:"大宰,要是像这样下雨,各地又要发生洪涝灾害了,亳城筑在涡水两岸,水势一大,很容易决堤淹城的。"朱响说:"这都是些隐患哪。"雨季难行,道路泥泞一片。这时在商都亳城内,穿城而过的涡水水势渐大,黄浪滚滚,翻卷而下。水畔新设的几个观察点,每天都有军人值班测水,百姓日日聚在水边看水,评水,因为在能记住的过去的年月里,涡水曾有两三次决堤,冲倒了亳城的许多房舍,淹死过一些居民。雨时渐长,有几日是从夜里下到白天,再从白天下到晚上,雨时大时小,时缓时骤,王刘康被淫雨下得心情极烦,每日在宫内摔东砸西,坐卧不宁。丁兴来见刘康,向刘康报告:"涡水又涨了半尺,百姓和军队都在抬土搬石,加高堤埂,大雨若再连续几日不止,涡水可能决堤淹城。"刘康说:"再调一些人上去。"丁兴说:"远征的部队这几日都没有消息,因为大雨阻隔了道路,驿站有几处已经关闭了。"刘康说:"八公山上的师傅和专家都干什么去了呢?他们为什么不祈筮止雨呢?"丁兴说:"前一段时间求雨操作时间很长,很多筮具都在大修保养。"王刘康愤愤地哼了一声。丁兴说:"大宰和孙季离开浍南湾后,一路闲行,虽然是向亳城方向来的,但速度很慢,这几日似乎又停顿下来,沿途会见一些当地的领导,并不急于赶回商都。"王刘康没有说话。第二天上午蔡弥来见刘康,蔡弥说:"大雨若再不止,洪灾就会横行,到时候,必然有人以此为口实,向君王发难。"刘康说:"那能是谁呢?"蔡弥不便直说,告辞去了。刘康坐在椅上发闷,这时厅外的雨帘正密,树啦、花啦、其他的物件啦,都看不清了,鸟雀的叫声也都消逝无踪。刘康想起遥远的以前的某一天,那时他才刚刚成年,他带着随身的几个军士,骑着马儿在原野上奔跑,暮春将尽,气候干爽,小溪七折八弯,叮咚而下,溪边有着好大好大的滩地,滩地平缓,上头长着些野草、灌木,开着些发黄、发红、发白或发蓝的野花,偶尔还有些大些的小些的石块点缀其间。乡姑们结伴去林子里采晚熟的桑果,她们挽起裙角过溪,她们的腿和胳膊都是丰满而柔韧的。她们的头上簪着就地采摘的野花,以红、黄的居多,间有粉白、鲜蓝、淡紫。她们笑起来无忧无虑的,走起来妖娆并富有弹性,她们都健康、快活、畅达。远处上游的溪边出现一个扛耙过溪的乡间青年,他憨憨地看了一会儿她们,没言没语就走了,下地干活去了。刘康的马蹄踩过溪畔的野草,奔驰向前,跑到溪水拐弯的地方他们停下来,回头看被马蹄声惊扰了的姑娘们。姑娘们惊动了一会儿之后,慢慢又安静了,在恢复了原状的天地里干着自个的事情。王刘康想起这些,心里松弛了一些,他命南方来的女孩跳舞娱乐。南方的女孩身段柔美,肤色微黑,有舞蹈的天才,王刘康时时看得入迷,乐曲响了起来,丁兴伺立在侧,刘康说:"最近有什么新鲜的事情吗?"丁兴说:"有一件新鲜的事情,宿地乡下有一个姑娘下地干活,走到田埂上时,忽然旋起了一阵大风,风把她直撮到天上去,在天空运行了很远才放她下来,她掉下来时落在几十里外一户人家门前的桑树上,那家人恰巧又是她家的亲戚,赶忙就备了小驴,送她回家了。"王刘康听了这个故事,脸上露出了一些笑容。雨色连绵,日日不断,仍然没有止息的样子,商国的许多地方都陷在涝灾之中。朱响一行走得更慢了,并且偏离了水道,在原野上随意行进。暴雨如注的时候,朱响仍命队伍行进,孙季说:"咱们为什么不避一避雨呢?"朱响说:"世上最能使人清醒的,就是不寻常的环境了。"他们来到南照王国,南照王在郊外欢迎他。朱响说:"南照王现在最牵挂的是什么呢?"南照王说:"是不间断下着的暴雨。"朱响说:"暴雨倾盆的结果会怎么样呢?"南照王说:"会冲决堤防,改变世界。"朱响辞别南照王,又来到涧溪王国,涧溪王在松林处迎接他。朱响说:"涧溪王现在最牵挂的是什么呢?"涧溪王说:"是今年的收成。"朱响说:"为什么是今年的收成而不是眼前的大雨呢?"涧溪王说:"大雨总会过去,收成不好,社会就不会稳定,社会不稳定,就会使国家波动,就将有大的灾难来临。"朱响辞别涧溪王,来到山头王国,山头王在岗顶迎接他。朱响说:"山头王现在最牵挂的是什么呢?"山头王说:"是民众的情绪。"朱响说:"为什么是民众的情绪而不是眼前的大雨和今年的收成呢?"山头王说:"大雨总会过去,收成不好那是天意,民众的情绪则是一盆盖住的火,它爆发的时候,比大雨和饥荒,要厉害千百倍。"朱响辞别山头王,来到渔沟群落,渔沟首领在水畔迎接他。朱响说:"渔沟首领现在最牵挂的是什么呢?"渔沟首领说:"是一国的首脑。"朱响说:"为什么是一国的首脑而不是眼前的大雨、今年的收成和民众的情绪呢?"渔沟首领说:"大雨总会过去的,收成是天意,民众的情绪也有倾向性,假若一国的首脑有召唤精神,那么大雨冲决五十道堤坎人民也会奋力地堵上,收成再差人民也能耐住饥寒,情绪再坏人民也会以悲为喜,以苦为乐,假若一国的首脑失去了召唤精神,再小的雨也能让一百道堤坎决口,因为堤坎早已溃烂,再好的收成人民也会埋怨生活水平太低,再平和的情绪也会酝酿成闹事的引火线。"朱响说:"那么现在雨的情况将会怎样?收成的情况将会怎样?人民的情绪将会怎样?首脑的情况将会怎样?"渔沟首领说:"雨再下一阵子就会停止,收成比好年景差,人民的情绪总处于波动之中,首脑每天都在自己的生活轨道上生活。"朱响说:"渔沟首领是不想明白地告诉我吗?"朱响辞别了渔沟首领,在路上走了三天没开口说一句话,第四天他们来到泗水回旋处,朱响看着白白的大水说:"我还等什么呢,每一个人不都说得很明白吗?"孙季来问他:"向哪个方向走呢?"朱响大声说:"回亳城去。给马喂最好的草料,给车轴加上油。涡水的情况怎么样了呢?"孙季说:"涡水仍未退去。"朱响说:"远征的部队怎么样了呢?"孙季说:"远征的部队都陷入了可怕的困境里。"朱响说:"刘康的情况怎么样了呢?"孙季说:"王刘康每天都过得很苦闷。"朱响说:"那我们还等什么呢?"早晨的雨雾还没有半点消散,朱响的车队就在路上飞奔起来,车轮溅起了高高的水花,驭手的喝声在一里外都能听见,途中倒下的马、骡都就地扔在路边,三天后他们就远远地望见商都亳城了。路也好走得多了。

第三卷

太甲被伊尹放逐了,太甲没有办法,只好到一个叫草滩的地方去住。

王刘康仍然每天陷在苦闷、烦恼和乏味里,日子过得很不痛快。一个大雨倾盆的早晨,高士许由来到他的面前,在正厅里和他相对而坐。王刘康说:"高士,您有一段时间没来了,这次您想告诉我什么呢?"高士许由说:"我听说君王您很烦闷,就顺道来看看您,难道您不知道人世有许多决定,都是上天借助一些偶然事件来校改的吗?"王刘康说:"这怎么讲呢?"许由说:"我还听说一些大户人家,平日里对女儿尽量宠惯,待女儿长成后她的行为举止无意中就表现出名门淑女的大家之气,那是多么好的事情啊。"王刘康说:"高士是叫我顺其自然吗?"许由说:"我有一些朋友,他们操持着不同的职业,他们的肚子里有讲不完的奇闻逸事,我想请他们来陪伴您,帮助您度过苦恼的时光。"王刘康说:"那么您要到哪儿去呢?"许由说:"我要到一个山高水远的湖边去,我在梦中梦见它,它使我魂绕梦牵。"许由告辞走了。第二天晚上来了一位占星术家,他坐在刘康对面的椅子里,对刘康说:"外面的天空露出了晴天的迹象,但这肯定只是短暂的间歇,我们到外面坐坐好吗?"他们来到室外的花园里坐下,天空这时果然晴朗了,乌云散去,月亮偏在一边,星星晶亮闪烁,风儿微微泛起,吹动树枝和花叶沙沙响动,夜游的虫雀在远处的夜色里飞动,更远的地方传来夜的呓语,并且夹杂着搬运重物的人的喊喝声。占星术家说:"每个人都有他的来龙去脉,于是天、地、人之间就有一种常人所不了解的相通关系,占星的艺术就是根据星座的排列和秩序与人的出生年月相对应,来宏观地考察一个人的命运的。比如一个人出生于仲春时节,他的星座就是白羊座,假如这个人是个男人,他可以活到七十岁,假如这个人是个女人,她可以活到将近七十岁。出生于白羊星座的人,勤劳、吃苦、能干,身体健康,他需要注意的就是减缓生活的节奏,以免积劳成疾。"刘康看着他,点了点头。占星术家又说:"再比如一个人出生于仲夏时节,他的星座就是巨蟹座,假如这个人是个男人,那么他可以活到六十岁,假如这个人是个女人,那么她可以活到六十岁以上。出生于巨蟹星座的人爱好吃喝,贪图享乐,所以节食和节欲对他们来说至关重要。"刘康说:"那么出生于仲秋的人有什么特点,又需要注意些什么呢?"占星术家说:"出生于仲秋的人,他的星座就是天秤座,假如这个人是个男人,那么他可以活到七十岁以上,假如这个人是女人,那么她可以活到八十岁。出生于天秤座的人有很强的代谢能力,他们生命力旺盛,想法奇特,富有创造性,但应该注意精力分散和循序渐进的问题,随着生命的推移,他们就逐渐能够深思熟虑了。"刘康说:"您这是暗示我吗?"第二天上午,来了一个算数师。算数师手里拿着榆树皮,榆树皮上画着一些方格形的图案。王刘康说:"您也是高士许由的朋友吗?您要告诉我什么呢?"算数师说:"请允许我向您讲述一个算数的故事。"王刘康说:"请您告诉我。"算数师说："很早以前，那时也是洪水泛滥的年代，夏王禹治理淮水、涡水、濉水、浍水、汜水、黄水、洛水，水正盛的时候，洛水里出现了一只很大的乌龟，乌龟的背上驮着一张纵横图。图上有九个方格，每个方格里有一到九之间的一个整数，它们每三个数相加都等于十五，也就是每一行、每一列、每一条对角线上的三个数相加都等于十五。您知道它们的排列吗？"王刘康说："我不知道。"算数师向刘康展示了纵横图的图样，他留下图样就走了。

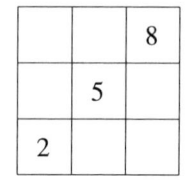

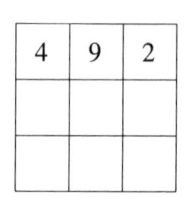

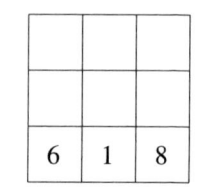

		8
	5	
2		

4	9	2

6	1	8

第三天上午，来了一个身上有纹样的人，他随身带来了许多棉布的图案。王刘康说："您也是许由的朋友吗？您要告诉我什么呢？"文身人说："我要告诉您关于纹样的一些事情。"王刘康说："条纹图样还有什么深奥的东西在其中吗？"文身人说："纹样有许多种不同的走向，不同的图形，不同的旋转和不同的变化。比如太阳纹，太阳纹有光体和光芒两个部分，层层光环把光体和光芒团团围住，使它的光和热不易散发出去。再比如翔鹭纹，一道主晕装饰着一圈展翅飞翔的鹭鸟，外部的轮廓用硬直的阳线勾勒，羽毛用斜直的线条和方点表示，它的喙端下面挂着食囊，细长的颈和尖细的喙刺破晴空，看上去有一种按捺不住的动感。再比如鹿纹，鹿头有角，长颈、短尾，四肢细长，身有斑点，鹿生活在森林的边缘和山区的草地，以青草、树叶、嫩芽和苔藓为食，它

是祖先们的主要食品之一,看见它们难道就起不来一点悠远的遐思?"刘康说:"您说得对。那么您随身所带的,还有什么纹样呢?"文身人说:"还有云雷纹、钱纹、席纹、圆圈纹、矛纹、鱼纹、船纹以及其他几何纹样,您想一一了解吗?"王刘康说:"我都想知道一点,借此打发无聊的时间。"但这时丁兴的到来,打断了他们的对话。文身人起身离去。丁兴报告说:"大宰上午回到了亳城,文武百官都在城外迎接他。"王刘康很扫兴,他不痛快地说:"他难道这样自由和随便吗?想走就走想回就回了?"丁兴说:"因为他是大宰,是百官之首。"王刘康站起来走进内屋去了。这时天上的大雨已经有了疲乏的迹象,每次间断的时间都在加长,灰古王冠先叫人在滩水边搭了个可以移动的柴棚,他坐在柴棚里的木板上钓鱼。滩水现在也很盛了,浊浪东进,滚滚向前。冠先扔到水里的鱼绳和鱼钩,在水里站立不住,总是被水冲得发直,冲出很远。陈军来看他,看到他这样钓鱼,觉得很奇怪,说道:"大王,我听有经验的人说,夏季洪水时节,应该丢弃鱼竿而使用捞具,您这样钓鱼,会有收获吗?"冠先说:"有。"陈军说:"那么从早晨到现在,有多少鱼咬了您的钩了?"冠先说:"还没有。"陈军说:"那么从早晨到现在,您钓到几条鱼了呢?"冠先说:"一条都没钓到。"陈军说:"您的收获在哪儿呢?"冠先说:"别的王国的领导,在洪水季节,都派出许多壮丁和军士,在堤防上日夜巡视,他们听取汇报,再做出决定,那是一种领导的办法。而我现在修造了这个可以浮起移动的柴棚,水涨时它也就涨上去了,水落时它就落下来了,水落时我坐在棚子里,可以看见城外人家的房顶,水涨时我就可以看见城外人家的墙基,所以我随时知道该发布什么样的命令,既不会无故地惊扰百姓,也不会坐失良机,这还不是我的收获吗?"陈军说:"您是对的。"五天以后陈军又到潍水边去看冠先。陈军说:"大王,您不想知道都城的事和农果的事吗?"冠先说:"请你告诉我。"陈军说:"大宰朱响已经回到了亳城,并且指派丁兴为涡水防洪的最高指挥;各地的无花果都已经茁壮成长了。"冠先说:"无花果是一种嗜水嗜肥的植物,严酷的环境对它是致命的威胁,但像这种温湿的气候,它们就会长得特别好。"陈军说:"您上次的谈话我仍然记得很深,您现在还是那样看吗?"冠先收了鱼竿:"不,我已经改变了看法,请你指派一些士兵到潍水堤埂上巡逻,以代替我的观察,再请你派人到商都去,告诉有关的部门,灰古王国对枯河王国的经济援助,已经大致上停止了,我们的重点,现在放在自己的无花果园里。"陈军说:"我明白您的意思。"沱水在夏季也狂涨起来。沱水一直下泻到沱湖里,沱湖浩大无边,春、秋和冬季汛枯水浅时,沱湖可以显出大片大片的滩地,而到了夏季汛期,这些滩地就可以接纳大量的洪水。向阳王李中带着管谷等人到沱水边看水,对岸烟雨蒙蒙,李中说:"连天的大雨使葡萄和石榴怎么样了呢?"管谷说:"石榴落了很多花,葡萄落果很多。"李中说:"有什么办法能够挽救呢?"管谷说:"听说北山上出产一种石灰,石灰可以使土地和空气干燥,因此就减少了落花和落果。"李中说:"这种办法有实验的结果吗?"管谷说:"结果到秋季才能知道。"李中在沱水边巡视了两天才返回宫中。大宰朱响三天前回到商都他的府邸中后,第一件事就是任命丁兴为涡水防洪的最高指挥。王刘康说:"为什么要这样呢?"蔡弥说:

"君王您在说什么?"王刘康说:"先王成汤为什么要做这样的安排呢,为什么要任命一个统领百官的大宰和推举君王的元圣呢?"蔡弥回答不出来。王刘康硬着头皮到朱响家里去拜见他。两人在椅上坐定,朱响说:"我已经任命丁兴为涡水防洪的最高指挥。涡水横流商国,两岸城池村宅很多,又一分毫城为二,所以极其重要。"王刘康说:"元圣的安排是正确的。"王刘康回到王宫,心中憋闷难耐,招呼蔡弥备车备马,西去大别山天堂寨避暑解闷去了。这时雨水已渐小,但并没有完全停息。四方远征的部队都传来了不好的消息。往南方赤地去的部队由丁昆统领,一路征服了许多蛮地,得到了甘蔗、大米和各种蔬果,但是他们在最远的热地的森林,被一种不知其形的瘟疫所袭击,将士大多葬身异地,连丁昆也未能幸免。往北方黑地去的部队由奚仲统领,他们走到了陆地的尽头,又渡过了一道很窄的水道,但是大水突然充盈了水道,他们被阻隔在水道的另一边,像上一次远征的一小股部队一样,绝大部分军队都在另一块陆地上消失了。往东方白地去的部队由单孟统领,他们来到上一次经过的大水边,伐木造筏,远渡汪洋,但是大水突然翻卷过来,骇浪惊涛,无边无际,等浪涛平息下来以后,只有极少的兵士游回到岸边。往西方黄地去的部队由鲍镇统领,他们在戈壁和沙漠里迷散了,失去了踪影。不好的消息陆续传到宫内,并且很快扩散到亳城以及国内各地,引起了不少猜测和骚动。减地又传来一些零星暴乱的消息,在减城附近方圆几百里,太阳一落下就没有再敢行路的人了。东南方向和西北方向的许多邦国、王国和群落都来亳地诉说他们的灾情,要求减免贡赋并且给予援助,他们沿途发出大量的牢骚,在都城诉说以引起普遍的同情。这时汛期仍未过去,暴雨时时降临商都,涡、淮、颍、滁、淝、沱、濉、浍、瀤、泗、黄、汴、洱、泉、润等水的沿岸,已经或大或小地发生了洪涝灾害,决堤的地方淹死了一些人,房屋被冲毁,牧畜被激流卷走,树木被连根拔起。在汛期的最后一场暴雨来到之前,大宰朱响在他的书房里会见了一位过路的游士。过路的游士随身带着一个小巧的铜鼓,铜鼓上装饰着一些凸起的青蛙图案。朱响说:"游士这是从哪里来呢?"游士说:"我从南方来,我周游了南方,看到了南方安定丰饶的生活和奇妙的祷告。"朱响说:"南方安定丰饶的生活是一贯的吗?"游士说:"商国军队的统一给南方带来了平定。"朱响说:"南方奇妙的祷告是什么样的呢?"游士说:"南方用铸有青蛙的铜鼓祈祷雨神,让雨神在适当的季节赐给他们雨水,因此南方的空气是湿润的,南方水土丰满,南方的植物茂盛而葱茏。"朱响说:"为什么要用带青蛙的铜鼓祈祷呢?"游士说:"青蛙是雨神专派的,青蛙生活在湿地、水洼和沟渠边,它们浑身描绘着青翠鲜艳的色彩,让人一看就产生悠远的清凉的遐思,每到夜晚或大雨来临之前青蛙都呱呱地叫着,欢迎从天而落的来自它们家乡的生命之源,它们是雨神的发言者。"游士说这番话的时候,大宰院中池塘边的青蛙都呱呱呱呱地叫起来了,随后整个亳城和濉浍平原上的青蛙都呱呱呱呱地叫起来了,叫声此起彼伏,不绝于耳,在近暮晚的阴云密布的天空下雄浑而响亮。大宰朱响说:"现在大地上的青蛙都叫了,这意味着什么呢?"游士说:"这说明将有不寻常的事情到来。"朱响送走了游士,在池塘边听着青蛙的叫声,陷入了沉沉的思索之中,然后他叫来了孙季,询问远郊部队的情况、近郊部队的情况和涡水防洪的情况。孙季说:"丁兴正和巩林等人在城里的花巷内看南方舞女的欢舞。"朱响说:"不要打扰他,他们需要轻松轻松了。"城里的花巷内这时灯火初盛,美女如云,南方的舞女们正扭动她们柔韧的腰肢,做着一些富有弹性的诱惑性的动作,她们全裸而舞,她们的皮肤略带黑色,脸形小巧流畅,肌肤饱满,她们细长的手指时时从耻处滑过,途经脐眼、耸乳而到达微张半开的红唇,她们的舞姿放浪、水性而且火热,她们在地上蠕动时极度地渴望、极度地陶醉并且极力地耸迎,她们张开的腿暴露黧黑的阴圈,她们微闭双眼而纤指在阴圈处旋转地、顺时针地抹去,又旋转地、逆时针地抹回,她们的阴洞柔唇半开,艳如桃花,她们的手指在阴唇处做着挑拨扯拉的时轻时重、时缓时急的动作。这时夜已渐深,暴雨突然降临,巩林不知何时已经去了花屋,丁兴坐在柔软的椅上,听着室外雨倾树动的声音,看着眼前南方姑娘的火辣辣的动姿,突然置身于那一年的赤地远征、雨打芭蕉的现实之中,想到父亲在南国热带雨林中的殒殁,心中动了感情。豪雨如注,威猛异常,凌晨时亳城城郊的处处水堤突然决口,水如瀑布,席卷直下,郊外顿成一片汪洋。大宰朱响凌晨睡不着,已经起来了,他听见急骤的锣鼓声和人喊马嘶的声音从远处一直向城内传来,便派人出去查看,家人查看后回来向他报告:"郊外的一处水堤决了口子,郊区已经淹了一大片了,城里地势高,水一时还上不来。"凌晨时王刘康也睡不着了,他派人请了山里的一名隐士来,两人坐下,王刘康说:"请问隐士,人可以分成几种呢?"隐士说:"人大致可以分成六七种。"王刘康说:"哪六七种呢?"隐士说:"一种是诚实而无用的。这种人惯于平静地生活,惯于被人支配,惯于被有才华的人组织起来,世界上最多的就是这种人。"王刘康表示同意。隐士说:"第二种是古板实干的人。这种人不能说没有一定的智慧,他们有具体的工作能力和认真负责的工作态度,但他们像金属一样古板不灵活。这种人最宜于负责具体的事务。"王刘康说:"您说得对。"隐士说:"第三种人是刁滑多变的人,他们善于见风使舵,拍马逢迎,得利忘义,他们目光一般都较短浅,从根本上说成不了大的气候。这种人较适宜做迎来送往、插科打诨、从中联络之类的工作。"王刘康说:"确实是这样。"隐士说:"第四种人是阴暗险恶的人。这种人阳奉阴违,设计圈套,用心险恶,极端自私,他们对任何事情都算计得很精,而做事又从不光明磊落,是一种最典型的小人。"王刘康点头同意。隐士说:"第五种人是有智慧的人。这种人不卑不亢,不巧取豪夺,有责任心,对自己的工作有深入的了解,踏实能干。这种人在任何岗位上,都能独当一面,成为基石。"王刘康说:"您是对的。"隐士说:"第六种人是有大智慧的人。这种人目光远大,有感召力,他们心胸宽广,朴实无华,做事有很强的连续性,善于在逆境中崛起,也善于利用顺境更快地发展,他们是做领袖的人。"王刘康说:"您说得对。"隐士说:"第七种人是上天专派的人,他们初出现时与普通人并无两样,还经常显出一种钝讷和愚笨的姿态,但他们生而为一件事情来,死而成一件事情去,他们在自己的领域内是精神的领袖,他们的成就是任何世俗的人都无法阻挡的。"王刘康说:"您说得太对了。那么请问隐士,我是属于哪一种人呢?"隐士说:"请君王原谅,我只能做出宏观的分类,没有能力再做具体的测定。"隐士告辞而去。这时蔡弥来到刘康身边,向刘康报告说:"君王,汛期的最后一场暴雨,冲决了亳城郊外的水堤,大宰朱响锁押了丁兴,将以渎职罪斩决他。"王刘康非常生气,叫蔡弥火速派人到亳城告诉大宰:"不准斩人!"同时命令立即备马备车下山,日夜兼程往商都赶。车马星夜下山,这时天已转晴,山外热浪滚滚,原来是暑末在发挥余威,刘康心里焦急,叫快马加鞭,急速前进。才到淠水水湾,又有人来报告:"大宰已经把丁兴处决了,堤口也已经堵起,商都外的水都开始退去。"刘康心里又恨又气,命令车马在野地路边停住。暑热渐次退去,立秋日已逼近。刘康茫然不知所措,在野地里立着半天都不动。蔡弥过来说:"咱们是住下明天走呢,还是继续往前走?"刘康想了想说:"你再派人立即赶往商都,告诉大宰,我已经安排你负责亳城近郊的部队了。"蔡弥派人去了。车马又往前走,车轮疾驰,星光闪耀,才渡过淮水,有人来报告说:"大宰已经任命孙季为商都近郊部队的统领了,近郊和远郊的部队正在戒备。"王刘康问蔡弥:"你带了多少部队呢?"蔡弥说:"只有保护您的少数部队。"王刘康说:"丁昆在哪儿呢?"蔡弥说:"丁昆在南国的热林中死去了。"刘康说:"奚仲在哪儿呢?"蔡弥说:"奚仲在北方的黑土上消失了。"刘康说:"单孟在哪儿呢?"蔡弥说:"单孟在东方的大洋里死去了。"刘康说:"鲍镇在哪儿呢?"蔡弥说:"鲍镇在西方的黄地里失踪了。"王刘康沉默不语。车马辚辚而进,人声沉寂,车马过了泉水,前方有人来报:"孙季正在前方迎候。"王刘康叫车马都停下来,这时已经立了秋了,秋凉渐厚,刘康裹紧身上的衣服,各地都想了一遍,各人都想了一遍,并没有最适当的去处,他更沉寂下去,叫车马继续前行。车轮一路碾轧,马蹄一路踏踩,刘康一句话都不说。车马过了颖水,孙季的部队前来护住,一路缓缓往商都慢行。暑热尽已过去,秋凉更加浓厚,天也晴朗无杂了。在朱响的府邸里,从昨天到今天已经开了一夜的会了。老士萧远说:"作为君王,不以国家为重却屡次耗兵远征四方,折损巨大,这种过失是可以原谅的吗?"老士孔林说:"春日踏荒,绝猎野兽,这违背了最起码的自然法则,这种过失是可以原谅的吗?"向阳王李中说:"经济和社会的发展,对君王来说是第一位的事情,君王做得极其不够啊!"士巩林说:"责任心对君王来说必不可少,但君王的责任心在哪里呢?"会议开到清晨,晴朗光艳的太阳已经出来了,空气里飘散着秋果的芳香,月季的大红的花朵绽开在绿叶丛中,池塘里的鱼儿都已经肥硕笨重,它们在清清的水中拨动出深厚的浪花来,牧童都正在往原野水草肥美的地方去,他们坐在颠动的牛背上望着尽远处的山影。这时有人进来向朱响报告:"丁昆的部队正在返回商国的途中。"这个消息在会场上引起了很大的骚动,只有大宰朱响稳坐在椅中,用平常的声音说:"丁昆的部队现在在哪儿呢?"来人说:"已经渡过江水。"朱响说:"丁昆带回来多少部队呢?"来人说:"带回来大约四分之一的部队。"朱响对孙季说:"请你在淮水南岸迎接丁昆,并且把他流放到江南的深山里去。"孙季转身出去了。大宰朱响说:"我要免去刘康的王职,让他在滩水附近的草滩反省。先王成汤赐予我元圣的殊荣,就是要我恪守天职,光大商国。百姓需要明智的君王,如果没有明智的君王,他们就不能互相扶助而生存下去;君王也需要安定敬业的百姓,如果没有安定敬业的百姓,他的统治也就结束了,国家将会陷于分裂和动荡之中。那时候我辅佐先王成汤,汤王在深夜里想着天明的事情,因而就坐到天明;在盛夏想着严冬的事情,就在整个秋天都辛勤工作;在牧畜还吃奶时就想着它怀胎生仔的事情,因此每一次喂草都不敢马虎。这样,商国才强盛起来,人民才有吃、有穿、有住。我让王刘康到草滩附近去劳作反省,就是要让他明白这些道理。七年以后,他有了全新的面貌和品格,我将再迎接他回王宫。"王刘康凌晨已经回到王宫,他坐在正厅里,厅外和花园中都有孙季的部队在巡逻。太阳出来时,一位戴着软帽的贤士走到他的身边对他说:"高士许由仍在山高水远的地方游历,他委托我来看望您,并且向您表示祝贺。"王刘康说:"我的前途凶多吉少,我也正在等待他们的判决,为什么还要祝贺我呢?"贤士说:"'一时一地的失败或者挫折并不能说明什么,您能获得一次更换生命的机会,难道不是值得庆贺的事情吗?况且人生最大的快慰和满足就是成熟。您难道不为此而高兴吗?'这正是高士许由要我捎给您的话。"王刘康说:"我想不出更好的办法来。"贤士说:"那么您现在想些什么呢?"刘康说:"我恨他们所有的人,我要报复他们,杀掉他们,一个不留!"贤士说:"那么您将活不到明天早晨。"刘康说:"难道我一定要屈从于现实吗?"贤士说:"您顺应的是自然法则。"刘康说:"为什么上天这样不公平地对待我?"贤士说:"您还不够幸运吗?"太阳更高地升起来,山川河流都明亮而鲜艳了。孙季带领他的部队渡过淮水,在巢湖的左岸等候丁昆。丁昆率领他疲惫不堪的部队来到孙季面前。孙季迎上去说:"大宰要我在这里迎候您,赞扬您的功绩,并且把您流放到江南的大山里去。"丁昆说:"为什么会这样呢?我为国家远征南地,将士流血牺牲,以此扩展了疆土,夺取了蔬果甘蔗,并且带回来南方的风俗习惯、美女和技艺,我在什么地方做错了吗?"孙季说:"王刘康已经被放逐,那是因为他管理不好国家,而您呢,我想这都是命运的安排。"丁昆说:"您的话和大宰的决定,都不能使人钦服。我可以和您做最后的搏击吗?"孙季说:"您和您的部队都已经疲惫不堪,我不想做不公平的事情。"丁昆说:"请您给我一夜的时间。"丁昆的部队在巢湖南岸的银屏王国扎了营寨沉沉地歇息。第二天早上,孙季来到丁昆的营地,丁昆说:"我还有其他的选择吗?"孙季说:"您的儿子因为失职的过错,已经在汛期被斩决了。"丁昆说:"请您再给我一天的时间。"丁昆回到营寨中,近午时他的卫士发现了他的尸体。孙季带着丁昆的尸体渡过了淮水,在淮水边停住,然后派人去询问大宰处置的办法。大宰朱响沉默了很久才说:"请把丁昆葬在南方的赤地。"孙季派了副手,在南方新征得的赤地中,选一处青山秀水的地方,葬了丁昆。孙季回到亳城时,大宰主持的会议已经全部结束。王刘康被带到大宰府来见朱响,朱响离开座椅在门边迎接他。王刘康说:"我是商国的君王,请您告诉我您为何这样对待我的权力。"大宰朱响说:"先王汤赐我为元圣,就是为了商国的昌盛与繁荣,我有推举更换君王的权力,有统领百官的权力,如果我不能坚持自己的职责,如果我置商国的衰微于不顾,如果我已经丧失了我原先的德贤,那么我就会令先王的灵魂失望,先王的灵魂也会惩罚我的。"王刘康说:"政令都是人制定的,是一国的君王制定的,我后悔我以前过于软弱和无能,没有发布君王的法令,废除您的职能。"大宰朱响说:"我并不是为你一人而存在的,虽然你是一国之君,先王这样安排我,是要我为整个国家服务,为整个时代尽责,您的怨恨动摇不了我。"王刘康说:"那么请您告诉我您这样对待我的理由。"大宰朱响说:"在先王成汤和别的先王那里,德行被看作最重要的东西,成汤在世时,符离国北面的山里有一个采药的老汉,他以松果为实,两只眼睛可以在天空中随意对调方向,他的目光可以赶到闪电和雷声的前面去,他把采下的松果放到竹编的斗笠里送给成汤,但先王成汤日夜操劳国家的大事,没有时间服用符北山里的松果,而当时服用了符北山里松果的人,后来都活到了三百岁以上。这难道不是王的德行吗?先王说过,为君的人更要去掉自己的私心,不要傲慢、放纵和追求安逸,要做忠直良善的人,要始终如一,坚持不懈,这样,老百姓才能比照着君王的榜样行事,更远处的国家里的人民也会希望成为明君的臣民。农民从事田间劳动,就会认真地铲除杂草而保留秧苗;渔人在水里捕鱼,也会齐心协力;猎人在狩猎时也会比平时更有力。这都是君王贤明的德行带来的结果。而君王您呢?您为了个人的私利屡次发兵征战远方,给国家的实力造成了很大的损害,您狩猎总是在春天,并且以绝灭的方式来对待商国土地上的动物,您每天过问政事的时间很短,而且总是匆匆忙忙,因此商国发生了骚乱,洪水也泛滥了,老百姓的口粮很少很少,城市也没有发展起来,您的失职难道是可以宽恕的吗?"王刘康说:"您夸大或者歪曲了所有的事实。我向四方派出了精锐的部队,是为了扩大商国的疆域,夺取果蔬、稻米、皮毛、渔产、乳品和别的食物,征服带回来的习俗和美女,还可以改变我们已经变得僵滞的习惯,促进人民的发展。我迁移居民开垦生荒的土地,使商国的粮食收成有了进一步的基础,我在春季狩猎是为了宫室和百姓的家里能有新的动物驯化,经受过死亡的考验而遗留下来的无疑都有更强盛的生命力。春天的狩猎还因为军队需要不断地运动和奔跑,那样他们才能承担起保家卫国的重任。处理政事的时间的短长难道是衡量君主智慧的标准吗?我听说睿智的人都是悠闲而从容的。"大宰朱响说:"您的答词都是华而不实的巧辩,也许您的动机最初都是积极的,但因为您的虚浮和品行的疏忽,产生了相反的结果,我不想再列举这方面的大量的实例,我的决心已经下定了。"王刘康说:"那么您想怎么样对待我呢?"大宰朱响说:"我要免去您的王职,放逐您到滩水附近的草滩去劳作反省,七年后您得到了君王的品行后,我将带着君王的帽子和服饰,到草滩去迎接您回来,并且把政权重新交给您。在您劳作反省的七年间,商国将推举一位新的君王,主持政事、治理国家、发展经济。"王刘康黯然不语。大宰朱响说:"您还有什么要告诉我吗?"王刘康说:"我难道没有第二种选择?"大宰朱响说:"我已经决定了这件事。三天后您就得起程去往草滩,在离开商都之前,您还可以提出三个合理的要求。"王刘康说:"请您给我考虑的时间。"朱响送走了刘康,即命向全国发布元圣训告。训告如下:"商国的臣民们,你们听清楚我的话,不要忽视了我的忠告。商国现在正经历着巨大的困难,灾害频繁,人民的粮食储存降到了最低点,秋季的作物和牲畜也不可能再有大的收获。我要告诉你们,你们的王刘康考虑到自己的失职,已经离开王位,到濉水的岸边反省去了。我将要推举一位新的君王,新的君王将带给你们丰衣足食的生活。商国的臣民们,你们听好了我的话,我郑重地告诉你们,你们不要轻举妄动,假如有人心存不善,胡作非为,我就要灭绝他们,用最严酷的刑罚惩处他们。商国的精锐的部队都已经戒备起来了。你们不要互相疏远,你们要互相依从,互相扶助,和衷共济,服从我的命令。"刘康回到王宫里,闷闷不乐,在椅上呆坐着。这时一位敞着怀的闲士走到他的身边,对他说:"君王,高士许由委托我来看您,您在考虑什么呢?"刘康说:"我不知道我还有没有别的选择。"闲士说:"您没有别的选择。"刘康说:"那么我提出哪三个合理的要求呢?"闲士说:"第一,是给你一块相当面积的自耕的土地;第二,是给你在自耕地上种植、建设和经营的自由;第三,是给你思考、反省和悔改的自由。"刘康说:"这难道算是要求吗? 我不想要什么自耕的土地,我要的是王宫一样舒适的建筑;我不想要什么耕作的自由,我要的是君王的尊严;我不想要什么反省和悔改,我要的是报复和清算。"闲士说:"请您原谅,我并不想说服您,我只是转达许由的问候和委托,君王您可以三思而后行。"闲士说完就离去了。第二天孙季的部队带着刘康来见朱响。大宰朱响说:"您考虑好了吗?"刘康说:"我真的没有其他的选择了吗?"大宰朱响说:"我的决心已定。"刘康说:"那么请您满足我的三个要求。"大宰朱响说:"请您说出三个合理的要求。"刘康说:"第一个要求是,给我一块面积相当的土地,我将做身体的劳作。"大宰朱响说:"我满足您。"刘康说:"第二个要求是,给我在自耕地上种植、经营和建设的权力,我将做务实的劳作。"大宰朱响说:"我满足您。"刘康说:"第三个要求是,给我思考、反省和悔改的自由,我将做心灵的劳作。"大宰朱响说:"我满足您。"刘康离开大宰朱响的府邸,王宫内的准备工作正在加紧进行,先行的部队已经开往草滩,去准备建房用的木料和石块。孙季来见朱响,孙季说:"王刘康有改悔的意思啊。"朱响说:"我要看他今后的行动。"孙季说:"单孟带领部队正在返国的途中,您要怎样对待他?"朱响说:"单孟带回来多少部队呢?"孙季说:"带回来大约五分之一的部队。"朱响说:"请您到泗水以东迎候他,并且把他放逐到海岛上。"孙季带领部队,到泗水以东迎候单孟,单孟来到孙季的面前,说:"您是在这儿迎候我吗?您打算怎样对待我呢?"孙季说:"大宰要我在这儿迎候您,赞美您的功绩,并且把您流放到大海中的小岛上去。"单孟说:"大宰为什么要这样呢?我为商国夺取了大片的土地和海岛,夺取了渔货水产的收获权,这就是我的过错吗?"孙季说:"王刘康已经被免去王职,新的君王即将被推举出来,难道您还有不明白的地方吗?"单孟说:"请您给我考虑的时间。"这时秋凉渐重,群雁已经南飞,夜晚的风声显得响亮了许多。太阳当顶时单孟来见孙季:"我可以有选择的余地吗?"孙季说:"您有什么样的选择呢?"单孟说:"我想回到我的封地去度过以后的岁月。"孙季派人把单孟的话转告给朱响,朱响说:"请重复我已经说过的话。"孙季重复了大宰说过的话,然后把单孟放逐到大海中的小岛上去了。天气晴朗,秋高气爽,太阳再一次升起来的时候,刘康乘车离开了商都,前往滩水岸边的草滩,去过放逐的生活。他的车队和马队有三四里地长,最前面是孙季的精锐骑兵,他们排成箭镞的形状在前面开道,紧跟着几十辆战车,战车上站立着戴铠甲的战士;战车的后面是刘康贴身的卫队,他们有的骑马,有的乘车,他们也都是十分勇悍的;卫队的后面是刘康的车乘,他默默地坐着,一声不吭,面无表情;紧跟在刘康车后的,是刘康的后、妃及嫔、婢,她们还带了些东西,因此用了几十辆车,显得很是庞大;再后面又是刘康的卫队以及孙季的部队。他们在亳城走过时,亳城的街道两旁有许多人观看,观看的人时而踮起脚尖,时而窃窃私语。车队出了亳城,来到原野上,一直向东行进,马蹄不急不缓,一声一声地响着。车走出十里的时候,刘康叫车队停住,他下了车,站在路边看远处的商都。蔡弥走过来说:"您看什么呢?"刘康说:"我还能回来吗?"蔡弥说:"您难道不愿意再回来吗?"刘康看了一会儿,上车继续走。车走出二十里的时候,路边有一群蓬头垢面的人拦车,刘康说:"你们要干什么呢?"拦车的人说:"您愿意收留游手好闲的人吗?"刘康说:"你们会做什么呢?"拦车人说:"我们会发一些空论,生一些虚想。"刘康说:"你们现在是我的同路人呀。"那几个人就上了车。车马又走,走出三十里的时候,路边有一群衣衫褴褛的人拦车。刘康说:"你们要干什么呢?"衣衫褴褛的人说:"您愿意收留无家可归的人吗?"刘康说:"你们会做些什么呢?"衣衫褴褛的人说:"我们会做一切别人所不愿做的工作。"刘康说:"你们现在是我的同路人呀。"衣衫褴褛的人上了车,车又往前走,走出四十里的时候,路边有一群人拦车,刘康说:"你们要干什么呢?"拦车人说:"您愿意收留生性孤僻的人吗?"刘康说:"你们会做些什么呢?"拦车人说:"我们只会自己默默地待着。"刘康说:"你们现在是我的同路人呀。"生性孤僻的人上了车,车又往前走,走出五十里的时候,路边有一群人拦车,刘康说:"你们要干什么呢?"拦车人说:"您愿意收留怀才不遇的人吗?"刘康说:"你们会做些什么呢?"拦车人说:"我们会做一切别人所不会做的工作。"刘康说:"你们现在是我的同路人呀。"怀才不遇的人上了车,车又往前走,车走出六十里的时候,路边有一群人拦车,刘康说:"你们要做什么呢?"拦车人说:"您愿意收留偏激冲动的人吗?"刘康说:"你们会做些什么呢?"拦车人说:"我们做什么事情都不思考,我们喜欢走极端。"刘康说:"你们现在是我的同路人呀。"偏激冲动的人上了车,车又往前走,车走出七十里的时候,路边有一群人拦车,刘康说:"你们要干什么呢?"拦车人说:"您愿意收留麻木冷漠的人吗?"刘康说:"你们会做些什么呢?"拦车人说:"我们对任何事物都视而不见,没有同情心,也没有热情,我们只知道过自己的生活,永远是冷面人。"刘康说:"你们现在是我的同路人呀。"麻木冷漠的人上了车,车马又往前走,走出八十里的时候,路边有一群人拦车,刘康说:"你们要干什么呢?"拦车人说:"您愿意收留知恩不报的人吗?"刘康说:"你们会做些什么呢?"拦车人说:"我们总是过河拆桥,让赐恩给我们的人倒霉。"刘康说:"你们现在是我的同路人呀。"知恩不报的人上了车,车又往前走。刘康感慨地对蔡弥说:"没想到人间有这么多人才啊。"车走出九十里的时候,前方来了一队人马,看见刘康的车队,那些人就下了马,让在路边。刘康说:"他们是谁呢?"蔡弥说:"他们是向阳王李中和向阳王的助手管谷。"刘康的车马隆隆地走过,向阳王等到车马过完了才飞身而去。车走出一百里的时候,前方又来了一队人马,看见刘康的车队,那些人就下了马,让在路边。刘康说:"他们是谁呢?"蔡弥说:"他们是灰古王冠先和灰古王的徒弟陈军。"这时灰古王在路边说:"您这是往草滩那地方去吗?"刘康说:"我正是往濉水岸边的草滩那地方去呀。"灰古王等刘康的车走远了,才飞身上马,疾驰而去。刘康百感交集,在车上抱头痛哭,整个车队都呈现了一种悲壮悲切的气氛,车队慢慢地就走远了。向阳王李中一行来到亳城,朱响派人在城外等候他,见到李中一行,来人说:"请向阳王直接去见大宰。"李中来到朱响府邸,朱响起身迎接他,对他说:"我曾经听向阳王国的人民说过,您在向阳王国时,春行春令,夏行夏令,秋行秋令,冬行冬令,老百姓没有不适应的。"李中说:"我那是按照自然的规律办事。"朱响说:"我又听说您不准在春汛时捕鱼,春汛时一则鱼群瘦弱,二则鱼群繁殖。您已经具备治理国土的德行了。"李中说:"我献身的事业就是国家。"灰古王冠先和他的徒弟陈军一行,匆匆来到都城,大宰朱响派人在城外另一处地方迎候他们,来人说:"请灰古王直接去见大宰。"冠先来到朱响的府邸,朱响起身迎接他,对他说:"我路过灰古王国的时候,灰古王国的老百姓对我说,您要把王位传给您的徒弟,而不是传给您的儿孙,这倒是一件新鲜的事情,因此灰古王国的老百姓都很拥护您。"冠先说:"把领导的职位传给有能力的人,这样对国家来说是一种幸运啊。"朱响说:"我路过灰古王国时,还曾经问过您的百姓,灰古王是个什么样的人呢?百姓说,'灰古王是个悠闲的人。您已经具备治理国土的心态了。"冠先说:"我把我的一切都传授给副手陈军了,他有更完整的能力。"渔沟首领范平一行来到商都,朱响派人在城外的第三处地方迎候他,来人说:"请渔沟首领直接去见大宰。"渔沟首领范平来到朱响的府邸,朱响起身迎接他,对他说:"我曾经听过您的一席话,对您留下了深刻的印象,您能告诉我您每天工作的情况吗?"渔沟首领范平说:"我清晨起床总要去岗顶看石头上霜露的厚度,中午总要去河滩看草芽萌长的颜色和速度,晚上总要祈祷上天给我们机会。"朱响说:"为什么要这样呢?"范平说:"霜露的厚薄说明了天的旱涝和冷暖,这样就可以及时保护地里的庄稼,草芽萌长的颜色和速度,表明了植物对环境的适应程度,而祈祷则是为了证明天与人之间的主从关系。"朱响说:"您是一位完善的领导者。"山头王邢明一行来到商都,朱响派人在城外的第四个地方迎接他。来人说:"请山头王直接去见大宰。"山头王邢明来到朱响的府邸,朱响起身迎接他,对他说:"您感触最深的一件事是什么呢?"山头王邢明说:"我感触最深的是发生在我父王身上的一件事。"朱响说:"什么事呢?"邢明说:"我父亲为王的时候,有人从很远的地方得到一条长毛的狗,带来献给父亲。父亲重谢了那个人,然后把狗转送给一个放牛的孩子了,因为他明白玩物丧志的结果。"朱响说:"您是一位明智的领导者。"这时候,在淮水南岸的八公山上,祈祷卜筮的仪式已经开始,但是秋雨从清晨就滴滴答答往下落了,仪式进行到一半,雨浇湿了所有的祷具,仪式只好停止。第二天雨仍然未停,并且有愈下愈大的趋势,山上的师傅们都在各自的庵棚里闲坐,或是串门讲一些有趣的和没趣的事情,借以打发无聊的时光。第三天天放晴了,晴空万里,祈祷卜筮顺利地进行,并且有了良好的结果,筮草在人们希望它断的地方折断了,牺牲也在人们指望的那一瞬间咽下了最后一口气,师傅们把祈祷和卜筮的过程、结果记录在兽骨、龟甲和青铜器上,同时派人火速将结果报告给商都的大宰。朱响接到山上卜筮的结果,就召开了元圣会议,百官都参加了。朱响说:"谁能告诉我一个国家最需要的是什么?"老士孔林说:"是睿智的君王。"朱响说:"睿智的君王需要什么样的品行呢?"老士萧远说:"需要对国家的不贰的忠贞精神。"士巩林说:"需要有献身国家的志愿。"符离王说:"需要有调节社会的能力。"正阳王说:"需要有统领军队的气势。"浠水王说:"需要有稳沉的态度。"夹沟王说:"需要有种植和渔牧的能力。"山头王说:"需要有自律的韧性。"归仁王说:"需要有激发民众的热情。"芒砀首领说:"需要有开拓的意识。"泗洪王说:"需要有忍耐的毅力。"涧溪王说:"需要有治国的设想和手段。"古井邦邦主说:"需要有飞扬的气度。"元圣朱响说:"那么君王的人选,还有比向阳王李中更合适的吗?"于是元圣府向全国发布了第二号元圣训告。训告说:"商国所有的年轻人、中年人和老年人,我要郑重地训诫你们,我厌恶谗毁的言论和贪婪的行为,因为它们使民众互相猜疑,百姓互相残害,使国家动荡不宁。我推崇的是正直而温和、宽大而谨慎、刚毅而不粗暴、简约而不傲慢的品格。那么,有谁能爱抚商国的臣民?有谁能奋发努力、光大成汤的事业呢?来吧!商国的臣民百姓们,我要带领你们去拜见上天派来的君王,他有一千种美德和一万种智能!他就是向阳王李中!我们商国的至高无上的君王!"刘康在放逐的途中得到了新君王的消息,当时秋雨才止,道路泥泞难行,车乘时时陷入洼地烂泥之中。刘康站在路边的草塔上,草塔高于平地,草结成堆,较为干爽。刘康看着秋野上的一切,顿觉迷茫。蔡弥过来说:"车已推出,请您上车再走,草滩已快要到了。"刘康说:"有谁能帮助我呢?"蔡弥说:"今晚您先好好睡一觉,您的睡眠太少。"刘康回到车上,车轮在泥泞中艰难地启动了。秋野无边。

第四卷

盘庚被推举为商国的新任君王,盘庚是个敬业认真但才华也许并不横溢的人。

李中即位的时候,天候已近孟冬,秋季的收获和种植大约都完成了,冬眠的动物正在钻入泥土中去,植物的叶子一枚一枚地脱落。李中向全国发出了训令,训令说:"季候正由秋而冬,冬季是不适宜植物生长和动物繁殖的季节,百姓都要在冬天积蓄能量,平安越冬,以候明春。"王令发行各地,各地都做着越冬的准备,抢在严冬到来之前修补住室、储藏食物、围狩野兽、堆积柴草。王李中又训令部队在冬季到来之前最后一次训练部队。士何进来见李中,说:"君王,部队的演练,最好能和狩猎结合起来,这样一举两得,同时也激发了战士的实战精神,以前的惯例也是如此。"王李中说:"我要考虑你的建议。"但王令并未更改。老士萧远来见李中,说:"秋季部队的演练,和狩猎结合起来最好,请君王三思。"王李中说:"您的话是对的,但我尚未安排好部队的领导人。"于是任命管谷为王室卫队的统领,任命向阳王国的部队统领关全为远郊和边疆地区部队的领导,任命孙季为近郊部队的统领。秋季的最后一次狩猎和演练,由关全指挥,在孟冬的第十天开始了,狩猎的地点在江汉流域。王李中在演练前去见大宰朱响,征询大宰的意见,李中说:"我这样安排是合适的吗?"朱响说:"您是君王,您有权安排这一切。"狩猎尚未结束,寒冬已经来临。室外的许多活动都终止了。李中问管谷道:"冬季最有益的事情是什么呢?"管谷说:"是反省和谈话吧?"李中说:"哪儿有聪明而又智慧的贤士呢?"管谷说:"听说在江水南岸的山里,有一些飘逸的仙士。"李中说:"请您为我寻找。"四十天后管谷请来了江南的一位仙士,仙士留着雪白的胡子,衣服上飘散着杏花和春雨的香气。王李中说:"请仙士告诉我治国的方针和办法。"仙士说:"治国的方法很多,但大致上可以分为九种。"李中说:"那么是哪九种呢?"仙士说:"第一是五行,第二是认真做好五件事,第三是安排好八种政官,第四是应用五种记时的方法,第五是建立君王的法则,第六是三种治民的德行,第七是明确对待疑难的方法,第八是经常注意各种征兆,第九是用五福和六报劝诫臣民。"王李中说:"那么请仙士告诉我具体的要点。"仙士说:"请允许我明天再来。"仙士说完就离去了。这时从远方的江汉,传来了狩猎有获的消息。王李中说:"严冬即将来临,人民和将士也需要安定下来,整饬保养,以待来春。"王令终止了狩猎,关全的部队陆续返回各地。第二天上午仙士来到王宫,李中说:"请仙士告诉我九种大法的具体要点。"仙士说:"第一是五行,五行即水、火、木、金、土。水向下浸润,火向上燃烧,木可以弯曲也可以伸直,金属可以顺从人的意愿改变形状,土壤可以种植收获百谷。向下浸润的水产生咸的味道,向上燃烧的火产生苦的味道,可曲可直的木产生酸的味道,顺从人意愿的金属产生辣的味道,土地里种植收获的百谷产生甜味。这都是君王所应该体味的。"李中说:"谢谢您,那么第二种呢?"仙士说:"第二是做好五件事,一是容貌,二是言论,三是观察,四是听闻,五是思考。容貌要恭敬,言论要正当,观察要明白,听闻要广远,思考要通达。容貌恭敬就能严肃,言论正当就能治理,观察明白就能决断,听闻广远就能善谋,思考通达就能圣明。"李中说:"您说得对。那么请问第三种呢?"仙士说:"第三是安排好八种政官。第一是管百姓食物的官,第二是管财货的官,第三是管祭祀的官,第四是管工程的官,第五是管教育的官,第六是管盗贼的官,第七是管礼仪朝觐的官,第八是管军事的官。安排好这八种政官,您治理国家就容易了。"李中说:"我记住了。那么请问第四种呢?"仙士说:"第四种是五种记时的方法,一是年,二是月,三是日,四是星辰,五是宇宙,君王应该有时间的观念。"李中说:"您说得对。那么第五种呢?"仙士说:"第五是君王的法则。凡是老百姓有计谋、有作为、有操守的,您就要重视他们;行为不合法则,但又没有陷入罪恶的人,您就要宽容他们;百官享用着国家的俸禄,假若他们不能为国家做出贡献,您就要惩罚他们;君王是臣民百姓的榜样,不要偏颇不正,要遵守王法;不要私心偏好,要遵守王道;不要蔑视操行,要遵循正路;不要营私、结党,王道就会宽广。李中说:"您说得好。那么请问第六种呢?"仙士说:"请允许我明天再来。"关全的部队已经回到各地,北风正在南下,夜晚寒气袭人。第二天仙士来到王宫,李中说:"仙士,请您告诉我王道的第六种。"仙士说:"第六是三种治理民众的德行,一是正直,二是过分刚强,三是过分柔顺。不刚不柔,就是正直,不能亲近就是刚强,和顺而不坚强就是过分柔顺。君王应当抑制刚强不能亲近的人,限制过分柔顺的人而推崇使用不刚不柔的人。"李中说:"您的话是对的。那么第七种呢?"仙士说:"第七种是对待疑虑的办法,假若您有疑难,先要自己考虑,再和亲近的臣士商量,再征求百姓的意见,再卜筮占卦。对一件事情,如果您赞成,卜筮赞成,臣士赞成,老百姓也赞成,那是最理想的了,叫作大同;如果您赞成,卜筮赞成,臣士赞成而老百姓反对,那么也是吉利;如果卜筮赞成,百姓赞成,您赞成而臣士反对,那也是吉利的;如果百姓赞成,臣士赞成,您反对而卜筮也反对,那么吉利和危险各有一半;如果您反对,百姓反对,臣士反对,卜筮也反对,那么就绝对不能去做。"李中说:"您是对的。那么请问第八种呢?"仙士说:"第八就是注意各种征兆。下雨,天晴,温暖,寒冷,刮风,如果一年中这些天气齐全,并且依照正常的秩序发生,那么百草就会茂盛,而某一种天气过多,就是荒年,某一种天气过少,也是荒年。对于君王的治理来说,也是这样。君王认真谨慎,就像及时降雨;君王有治理的能力,就像及时晴朗;君王清醒明智,就像及时温暖;君王善于谋划,就像及时降温;君王通情达理,就像及时刮风。而相反的情况呢,君王狂妄自大,就像大雨泛滥;君王办事错乱,就像久晴干旱;君王贪图安乐,就像高温持续;君王严酷急促,就像寒冷无期;君王昏庸愚昧,就像狂风不止。"李中说:"我明白了。那么请问第九种呢?"仙士说:"第九是五福六极。五福一是长寿,二是富贵,三是健康安宁,四是遵行美德,五是高寿善终。六极一是早死,二是疾病,三是忧愁,四是贫穷,五是邪恶,六是懦弱。经常用五福六极的观念劝诫民众,民众就会增强责任感,社会也会因此而安宁无事的。"王李中说:"谢谢您的明告,我会照此行事的。"仙士辞别而去。管谷进来说:"君王,其实您知道这些道理,为什么还要耐心地听他说呢?"王李中说:"多了解一点总有好处。即使已经懂得了,那么再听一遍,也会加深印象,并无坏处。"管谷点头称是。冬季来临的时候,孙季到大宰府看望朱响。朱响说:"冬天是一年中最老的时候了,人到了冬天就不再觉得年轻有力。我想告老还乡,到我的封地去过几天安稳的日子。"孙季说:"您真是这样想的吗?"朱响说:"我经常这样想,但又不愿这样想,我经常陷入矛盾的心情中而不能自拔呀。"孙季说:"您矛盾什么呢? 您从年轻的时候起就表现出了过人的才华,您辅佐成汤灭了夏桀的残暴统治,建立了大商国,您在汤王去世后成为商国社会稳定的基石,您为什么还有矛盾的心情呢?"朱响说:"名望和声誉对我这种年龄的人来说已经不重要了,虽然卜筮的结果说我还有三十年的寿龄,但一到冬天我就想到了退隐的事情。而退隐和责任感又是截然对立的两种心态,所以我因此而陷入矛盾的心情里去。"孙季说:"那么大宰您就采用士的做法,可以取得两全其美的效果。"朱响问:"士的做法是怎样的呢?"孙季说:"士的做法是飘逸的,他们住在深山里或任何地方,当他们有好的想法或设计时,他们就随心所欲地四方游说,力图施行,当他们没有好的想法、设想,或者他们厌烦了的时候,他们就可以超然世外,不受具体事物的牵连。"朱响说:"那么我能做什么呢?"孙季说:"您是国家稳定的基石,当国家需要您的时候,您作为元圣和大宰,随时处于权力的中心,您可以防止国家的倾覆,而在平常时期,您不妨轻松飘逸一些,酷寒的时候,您可以到温暖的南方去。"朱响说:"是丁昆夺取来的南方吗?"孙季说:"是丁昆夺取来的南方。而在盛暑时,您可以到北方去度过炎热的月份。"朱响说:"是奚仲夺取来的北方吗?"孙季说:"是奚仲夺取来的北方。而在春、秋任何其他季节,您都可以兴之所至,到东方的白地或西方的黄地去旅行和漫步,过一种最悠然而充实的生活。"朱响说:"您是让我出巡吗?"孙季说:"正是这样。"朱响说:"我希望权力更迭的接口能尽快愈合起来,那时候我就有选择的余地了,我的责任心也会坦然而不责备我了。"冬季来临的时候,枯河王任昌来到灰古王国,请求冠先给予经济的援助。冠先说:"我不能再给你援助,因为上一次的援助几乎引起误解,我为什么要成为大家注目的焦点呢?"枯河王任昌说:"您对鱼还有长远的爱心,对您的邻国,对和您同样的人,为什么就没有呢?"灰古王冠先说:"因为人的生存情况比鱼的生存情况要复杂得多呀。"枯河王空手而回。陈军说:"请问您大王,为什么您对人和对鱼是两种态度呢?"冠先说:"因为人和鱼没有竞争,但人和人之间就有许多危险和难办的事情。您对这个问题是怎样看的呢?"陈军说:"我希望灰古王国的军队和管理人员,能够重返枯河王国,那样对我们两国的发展和强盛,都是有好处的。"灰古王冠先说:"那么就请您去枯河王国走一趟吧。"七天后枯河王派出的特使来到商都,请求商王同意灰古王国对枯河王国的经济援助。王李中说:"难道灰古王没有并吞枯河王国的企图吗?"特使说:"我们两国是相邻的国家,借助灰古王国的力量,我们可以渡过冬季的难关,并且发展我们自己的国家。"在这种情况下,王李中同意了枯河王的请求,于是粮食、牲畜和木柴,源源不断地从灰古王国运往枯河王国,冠先的军队和管理人员也进入枯河王国,两国的军队混编并且由冠先任命的统领指挥。冬季来临的最初日子里,灰古王国的小小邻国永安王国,也派出特使请求灰古王给予援助,永安王国仰慕灰古王国的强大和富足,甚至提出了一体化的具体要求,在得到商王李中的同意后,灰古王国的冬令物资开始运入永安王国境内。王李中把这两件事情告诉了大宰朱响,并且征求大宰的意见。朱响说:"您是对的。援助的结果我无法预料,但作为一国之君,您没有权力让您的人民冻饿而亡。"冬季来临的时候,刘康在放逐地的草房子里度过了一些寒冷的日子。滩水正在寒风中萎缩下去,草滩的旷野上温度一天天地降低,夜晚的风声像野兽的嘶号一样凄长,久久不绝。刘康在夜晚总是难以成眠,就起来拨亮火盆里的炭火,让火熊熊燃烧,他坐在火盆边发呆,直到天明。大雪降临了滩浍平原,草滩附近的旷野上白茫茫一片,这时高士许由来到了刘康的草屋里,他仍然戴着北方珍贵的兽皮缝制的银白色帽子,帽檐上插着不死的松枝,脸上红扑扑、热呵呵的。刘康迎接他在火盆边坐下,火光映红了他们的前身。刘康说:"您从山高水远的地方得到了些什么呢?"许由说:"得到了宇宙的启示。"刘康说:"您对我的放逐难道没有一点责任要承担吗?您曾经教我很多新奇的方法和观念。"许由说:"您要走的路是不会更改的。况且这对您来说不是最好的事情吗?我听说在一个很远的王国里,有一位君王从小生活在老百姓之中,他受过很多苦,还有几次险些丧命,他当了君王以后知道社会各阶层的情况,也知道体谅大众,因此他统治了三十年,而他的后任从出生时起就享尽荣华富贵,他们并不以甜为甜,以荣为荣,他们的寿命也很短暂,他们有的上任三年就死去了,有的上任五年就死去了,还有的上任一年就被推翻了。您愿意做哪一类的君王呢?"刘康说:"您是对的,但是我现在该怎么办呢?"许由说:"上天给了您美妙的机会和自由,您应该充分利用才对,您有了时间,有了土地,有了人才,您还缺少什么呢?"刘康说:"我缺少的是方法。"许由说:"春天您可以做些农耕种植的事情,因为农事是人贴近大自然的最好的途径,您可以品尝到耕种和收获的快乐,您还会因此而体验农家生活的独特风味,在夜晚您和妻妾可以早早熄灯上床,寻求发自内心的性爱,并且不断结晶出健康活泼的果子,耕种使您偎依在大自然的怀抱中,鸟雀的鸣叫难道不比人为的乐曲更高雅、自然、恰当?原野的色彩难道不是更完善并且和谐?野水的流动难道不是更洁净而且有益于人体的健康?夏天您可以观察昆虫的生活和习惯,借以修身养性。昆虫在生物界的种类是最繁多的了。它们的形态各异,有心的人就会从中得到启示。秋天你可以踏荒远游,您穿上便于行走的软鞋,带上几个安静的随从,拿着最简便的防身的武器,随意地走在荒原上,您可以在树林的边缘看秋天的落叶,听树枝和树叶的最后的私语,您还可以去寻找荒原中间的小水洼,看鱼儿是怎样在冬季来临之前把自己隐藏到大自然的深处去的,您还可以尽量在荒原上远行,每天都走得足够远,试验自己的脚力,并且体会脚踏在荒草和土地上的滋味,您还可以攀登山冈和丘陵,在某一个高点俯视您视界中的一切。冬天您可以和您的臣民或者最亲近的人在一起,和大家谈谈过去、现在和将来的事,吸收大家的智慧和人格的长处,您还可以在火盆前听高士和有智慧的人高谈阔论,您因此可以获得休息、奇闻逸事以及无尽的知识,熊熊的火光、暖暖的空气和娓娓的阔谈将会带您进入一个奇妙的境界,您还需要什么呢?"刘康说:"您的话对我很重要。"这两年的冬季漫长而寒冷,开春时,各地都有冻饿致死的报告,王李中下令从富庶地区向饥寒地区调运粮食和柴草,并下令当地富裕人家就地接济饥寒百姓。王令在各地激起了不同的反响,饥寒地区的百姓都感激不尽,向都城的方向遥拜。但各地的富裕人家却没有支持的,都尽量推托、拖延,富裕地区的百姓态度也不积极,这些姿态或多或少得到了各地的领导的默认和支持,王令没有得到很好的贯彻。王李中对此颇为有气,打算动用军队,贯彻王令。士何进来见李中,对李中说:"各邦国、王国和群落之间的事务,应该协商解决,以免互相损害,留下仇恨的种子。"王李中说:"百官的态度都是怎样的呢?"士何进说:"百官的态度分为三种,一种支持王令,一种反对王令,一种游离于支持和反对之间。"李中说:"那么您的态度呢?"士何进说:"请君王寻找柔软的办法。"李中说:"请您允许我再想一想。"何进退去。士谷才来见李中,对李中说:"饥寒发生的地区,有很大的部分在商的直辖地内,另有一部分集中在五七个邦国内,所以其他的邦国、王国和群落,并不关心,如果勉强调剂,各富裕地区没有高兴的,请君王三思。"李中说:"我为什么不能加强商国的国家功能呢?各地的权力确实是太大了一点。"士谷才说:"这是当前的现实。"李中说:"请您允许我再考虑考虑。"谷才退去。老士萧远和孔庆来见李中,对李中说:"各地的富裕人家,都是经年积累而成,即使在饥寒地区,富裕人家的富裕,也是往年积累以度饥年的,如果凭空调剂,恐不能服众。"王李中说:"那依你们该怎样办呢?"萧远和孔庆说:"启动国库,发放存粮,度过春荒。"李中说:"存粮有限,不能满足荒地的要求。"老士萧远和孔庆说:"只要不饿死人,或少饿死人就可以了,想要吃得很饱,那是困难的。"李中说:"请允许我再想一想。"老士们退去。李中回到书房里,独自一个人坐着,思考这件事情。上任以来,他接触到商国的管理实际,预感到困难的道路已经开始,因为商国的各种因素已经积蓄良久了,随时都会一件一件地爆发出来。这时关全来到李中身边,对李中说:"君王,部队都已经动员起来了,您要我立刻行动吗?"李中说:"我正在设计另一种方案,暂时不想使用军队。但是请您牢固地掌握住军队的指挥权,它是国家稳定的根基。"关全离去。管谷来到书房,对李中说:"君王您有了新的考虑了吗?"王李中说:"我决定开放存粮,救济灾民,同时从向阳王国调运一批粮草到饥寒地区,以解燃眉之急。"管谷说:"那么向阳王国的实力就要有所衰弱啊。另外,饥寒地区的状况真的到了危险的境地了吗?"李中说:"人有不可思议的承受能力,如果我已经在位三年了,我就可以忽略不计。"第二天,王令下达到各地,各地国库的存粮源源放开,救济饥民,向阳王国的粮草也调运到各地,春荒的救济工作一直进行到三月底野草野菜出齐,兽类往来奔窜才止。王李中说:"这不是长久的办法呀。"管谷说:"那么长久的办法是什么呢?"李中说:"长久的办法是发展生产。"春季的第二个月里,大宰朱响早晨醒来,用完早茶后他问孙季:"我现在可以到各处巡游了吗?"孙季说:"您现在还不能出去,因为权力更迭的接口还远没能愈合。"朱响说:"那么我做什么事情最好呢?"孙季说:"您保养自己的身体。"朱响说:"身体应该怎样保养呢?"孙季说:"生命在于运动,您每天都应该活动两个小时以上,您应该素食,您应该有良好的睡眠。"朱响说:"但我听别人说生命在于静止,相对静止的状态才是生命最需要的根本的状态,运动能加快新陈代谢的速度,使衰老提前到来,而素食和睡眠呢,素食使人营养不良,睡眠太多则失去了生命的活力。"孙季说:"那么您自己的体会呢?"朱响说:"我听说很远的西方的山里有二百岁的猴子,很远的东方的大水里有一千岁的龟类,很远的北方的山上有五百年的松树,很远的南方的沙地里有七百年的刺生植物,很高的天上有六百年的大鸟,它们为什么能够长寿呢? 它们是自然而然的状态呀。"孙季说:"您的话很对。"春天降临大地的时候,刘康换上了布衫,走上田头,从事农耕种植的活计。立春那一天,他在滩水的北岸植树,他植了柳树、楝树、杏树和桃树,柳树可以遮荫,又可以护堤,楝树坚硬的木料,可以制作结实的用具,杏树和桃树可以结果,又有春季最实用而绚烂的花朵。雨水那一天,刘康在田地里观察野草和庄稼萌动情况,微微的细雨打湿刘康的头发和衣衫,他在原野里有了独特的感受。惊蛰前后刘康用犁翻起了一块生地,而到春分时他的耕地里已经撒下了玉米的种子。蔡弥说:"您难道不可以少干一点吗?"刘康说:"请您到都城告诉元圣,我已经在农耕种植的劳动中获得了新的乐趣和体会。"蔡弥来到亳城,告诉朱响这件事,朱响说:"您能告诉我刘康每日进食的情况吗?"蔡弥说:"他每日仍为三餐,饮酒很少,但食量很大,每餐可以吃下一整条牛腿。"朱响说:"谢谢您告诉我这件事。"蔡弥走后,孙季进来对朱响说:"大宰,您为什么要询问刘康进食的情况呢?"朱响说:"我想证明他确实在从事农耕种植的劳动。"春天快要过完的时候,淮水下游的曲地和青地爆发了争水的纷乱,曲王国和青王国的百姓在清流水畔发生了械斗,械斗的第一天有十几个百姓的血流在水畔萌芽的草地上,械斗的第二天有几十个百姓的血流在水畔萌芽的草地上,械斗的第三天有近百个百姓的血流在水畔萌芽的草地上。第三天即将结束的时候,曲王国和青王国都宣布将调集军队前往械斗地点,以保卫自己国家的利益不被践踏。消息传到灰古王国,陈军来见冠先,陈军问道:"大王,如果我们碰到这种情况,那么会怎么样呢?"冠先说:"我们会碰到这种情况吗?"陈军说:"我们不会碰到这种情况,我们的周围没有比我们更强大和有力的国家。"冠先说:"这就叫防患于未然吧。对一些大事的发展趋向和未来,应该有尽早的预测,并提前做好准备,事情就可以避免发生。"陈军说:"您是说使国家强大,就可以避免很多事件的发生吗?"冠先说:"不完全是这样。因为许多条件的限制,人们不可能都使自己的国家强盛无比,再说假如都强盛了,那么其中毕竟会有弱小的。对于弱小的一方来说,考虑到事物今后的发展,就可以安排应对的办法,即使是妥协和让步,相对来说也是胜利和收益。"陈军说:"您是对的。"天气晴好的日子里,冠先脱去沉重的冬衣,换上轻快的春装,带领陈军等人,到王国的原野上去闲游。他们毫无牵挂地在田埂上和树林的边缘行走,他们随意地在一处地方宿营,又随意地在另一处地方做野餐吃,又随意地在第三处地方歇脚。他们停在树下听树上的鸟叫,或者和碰到的农人、牧人、渔人闲聊一些互不相关的话题。冠先说:"我以前讲过关于悠闲的妙处,那么请问当今世界最悠闲的人是谁呢?"随行的一人说:"难道不是商国的君王李中吗?他统领了极大的地方。"冠先说:"王李中每日为许多烦恼事情操心,他哪儿有半分的悠闲呢?"随行中的一人说:"那就必然是被放逐的君王刘康了,他什么事也不必再过问。"冠先说:"被放逐的君王刘康每日都在改过,他哪儿有半分的悠闲呢?"灰古王的徒弟陈军说:"那么一定是大宰朱响了,他难道不是世上最悠闲的人吗?"冠先说:"大宰朱响虽然脱去了各种具体的事务,但他对国家的承担并未减轻,他每日都在推敲国家发生的每一件事情,他哪儿有半分的悠闲呢?"随行的第三人说:"难道是枯河王或者永安王吗?"冠先说:"上天没有赐给他们悠闲的条件和悠闲的心境,他们的悠闲都是外在的、无可奈何的。"冠先一行来到浍水岸边的时候,看见浍水岸边的高地上正在修建房子,许多人都出入于成片的房屋之中,冠先对陈军说:"请您找来当地的领导和长者。"陈军找来了当地的领导和长者,冠先请大家坐下,冠先说:"我去年来的时候这里还是荒地,只有少数几户人家,谁能告诉我现在发生的事情?"当地领导说:"大宰去年还乡的时候,曾在浍水下游的地方,建造了一些房屋,于是那里的渔业就发展起来了,人口也增加了。浍水沿岸的许多地方,得到了这种启示,都发展起来了,这就是现在所发生的事情。"当地的长者说:"灰古王国南部的地方,有一个人叫黄一,他年轻的时候想到北方去游荡,于是他独自一人到了北方很远的地方,那里的人不种植粮食,没有水果吃,他们放牧大群的牛羊,以此来维持生活。黄一初到的时候,没有人愿意与他交往,他住在破羊皮口袋里,挖掘草地里野鼠洞中的野鼠充饥,三年后他得到了当地人的信任,他拿出商地铸造的青铜酒器,与当地人交换牛羊和饮食,一种酒器就可以换回十头牛羊。"冠先说:"北地的牛羊是这样的便宜吗?"长者说:"北地有成群的牛羊,但是他们没见过商国的酒器。"冠先说:"那么后来呢?"长者说:"黄一赶着牛羊回到了家乡,他卖掉了牛羊,买来了更多的酒器,带着十几个同乡,又去了北方,这一次他换回了更多的牛羊,他的财富多得数不清。他花了几百只牛羊换得的财富,在浍水北岸的菖蒲这地方,建造一些交换财物的市场,菖蒲这地方因此更热闹起来了。"冠先说:"既然北方的牛羊这样便宜,那么我们为什么不能更多地换回来呢?既然菖蒲这地方有渔产、牛羊可以交换,那么灰古附近的粮食、水果和青铜器为什么不可以运些来交换呢?"冠先回到灰古,就命令从王国最北的地方修一条大路到王国最南的地方,从王国最东的地方修一条大路到王国最西的地方,并且和枯河王国、永安王国的道路连接起来;又任命黄一为贸易特使,让他带领一支近千人的贸易队伍,携带大量器物,到北方换取牛羊,又鼓励王国北部的人民,到南部的菖蒲等地出售他们多余的粮食、水果和其他器物,又下令在灰古城的中心,建立商国独一无二的巨大市场,吸引各地的物品来此交换和出售。而此时商王李中正被淮水下游清流水附近的纷争所困扰,青王国和曲王国的军队已经发生了小规模的冲突,两个小国都在争取附近大些的国家的支持。君王李中夜间睡不着觉,爬起来坐在灯下沉思。这时天气已在初夏,但夜还微寒,清晨李中召来了管谷和何进、谷才、巩林、萧远、孔庆等人。管谷先到,李中说:"水的纷争发展下去,会出现什么结果呢?"管谷说:"纷争发展下去,会引起社会的动荡和影响您的管理。"李中说:"那么采用什么办法结束它呢?"管谷说:"请采取以前的管理者习惯采用的办法。"管谷退去,何进进来,李中说:"水的纷争发展下去,会出现什么结果呢?"何进说:"会出现局部战争。"李中说:"战争以后,会出现什么结果呢?"何进说:"会出现和平的结果。"李中说:"您要告诉我什么呢?"何进说:"您在都城坐视就可以了。"何进退去,巩林进来,李中说:"水的纷争发展下去,会出现什么结果呢?"巩林说:"会惊动上天。"李中说:"惊动上天会出现什么结果呢?"巩林说:"惊动上天会降厄运给人民。"李中说:"请传令八公山祈祷卜筮。"巩林退去,谷才进来,李中说:"水的纷争发展下去,会出现什么结果呢?"谷才说:"我不知道。"李中说:"那么采用什么办法结束它呢?"谷才说:"我也不知道。"李中说:"那么您要告诉我什么呢?"谷才说:"您是知道很久以前大禹治水的事迹的。请您下令在曲地、青地以及附近的一些国家里,开凿一条人工水道,既杜绝了水的纷争,又可通舟楫,这难道不是最根本的解决办法吗?"李中说:"谢谢您告诉我这些。"谷才退去,萧远进来,李中说:"水的纷争发展下去,会出现什么结果呢?"萧远说:"会危害国家的安全。"李中说:"那么采用什么办法结束它呢?"萧远说:"派出特使进行调解。"李中说:"调解的结果是什么样的呢?"萧远说:"调解的结果会有三种,一种是双方有所缓和,一种是双方没有缓和,一种是上天降下了很多的雨水。"李中说:"谢谢您的这些话。"萧远退去,孔庆进来,李中说:"水的纷争发展下去,会出现什么结果呢?"孔庆说:"会使国家分裂。"李中说:"那么采取什么办法结束它呢?"孔庆说:"采取武力的办法。"李中说:"谢谢您告诉我这些。"孔庆退去,李中来到朱响的府邸,对朱响说:"我想结束水的纷争,并且采用合适的方法。"朱响站起来说:"请您允许我在适当的时候去巡游世界。"李中也连忙站起来说:"请您自己选择适当的季节。"王李中告辞大宰,回到王宫,宣布将以调解的方式解决曲地和青地的水的纷争,并且宣布将于冬季的枯水季节,在曲王国和青王国等地,开掘一条人工水道。李中派出了特使萧远,萧远来到青地、曲地调解,但是这时雨季已经到来,夏雨紧凑起来,水的纷争自行消失。但早来的雨季使庄稼烂在了地里,使不结实的房屋倒塌。苗庵王卫申说:"为什么连年都是旱涝的灾害呢?"苗庵王的助手苗放说:"这都是上天的安排。"苗庵王卫申说:"如果这样下去,到今年的冬天,我就拿不出祭祀用的牲畜、粮食和酒菜了。"苗放说:"情况也许不会糟到那种地步的,况且像我们这种国家,世界上还有许多呢。"雨一直没停下来,灰古王冠先冒着雨到草滩看望刘康,刘康拿出自己喂养的畜禽招待冠先。刘康说:"您为什么在大雨中来看望我呢? 难道我比您的国家的庄稼和土地更重要吗?"冠先说:"在我的国家里,军队已经全部到地里去抢收了,他们还和人民一起挖沟排水,在这种情况下,我留在那儿又能有什么大的用处呢?"刘康说:"您想了解我现在的生活吗?"冠先说:"我听说您一整个春天在从事农耕种植的活动,您能伸出您的双手让我看看吗?"刘康伸出了他的双手,他的手掌已经粗糙起来,还长出了一些并不十分坚硬的茧子。

冠先说:"我相信关于您的消息了。"冠先告别了刘康,和陈军等人一起返回灰古王国。陈军说:"您真的相信您所看到的一切吗?"冠先说:"我相信我所看到的一切,上天留给我们的时间,并不是很多呀。"夏季的大雨又一次给商国的土地带来洪灾,四处都有大水泛滥的报告,受灾的百姓失去住房,就结集起来迁移到别的地方。洪水还两次冲决了亳城附近的堤防,亳城城郊的许多地方都溢满了浊水,商国的许多地方传来了怨愤的声音。王李中带领管谷等人,在许多地方查看。士巩林来见大宰朱响,巩林说:"王李中并不是最有能力的。"朱响说:"难道要他承担以前的君王的责任吗?"老士萧远和孔庆来见朱响,萧远说:"王李中并没有采用最新奇的办法来解决商国的难题。"朱响说:"让我们给他宽裕的时间。"孔庆说:"在百官中已经出现了对君王的非议。"朱响说:"这在哪个朝代能避免呢?"王李中从各地查看回来,到朱响府邸来见朱响,李中说:"各地治理水灾,开凿人工水道的事情,我已经想好了,商都亳城每年被涡水所威胁的情况,我也正在考虑之中。"朱响说:"请您按照自己的想法行事。"孙季来见朱响,孙季说:"您今年还有出巡的想法吗?"朱响说:"春天是最适宜的季节,但春天已经过去了;夏季也是好的季节,但夏季也要过去了;秋季也是好的季节,但秋季过于短暂;冬季使人追求安定和温暖;所以最好的季节,还是在明年的春天。"雨季结束的时候,秋天缓缓到来,灰古王冠先派出去的贸易队伍,赶着大群的牛羊,带着大批的皮货返回了。在他们回到家庭之前,有一位东方的游士郭立来见冠先。冠先说:"您从哪儿来呢?"游士郭立说:"我从东方白地有神仙居住的地方来。"

冠先说:"您为什么到我的王国来呢?"游士郭立说:"您是一位悠闲适度的治理者,我听人说您一直是宽宏大量并且善于统治的,在您的国家里,已经出现了有吸引力的征兆,您的人民都富足并且有朝气,您也有很强的实力。"冠先说:"那么您想告诉我什么呢?"游士郭立说:"我想在您的国土上授徒兴学,聚纳贤士,并且提高您的人民对学识和博物的认识,您能同意吗?"冠先说:"您希望我做什么呢?"郭立说:"我希望您提供风气的方便。"冠先说:"风气的形成难道是别人提供的吗?"郭立说:"这就是风气在各地发展并不平衡的一个原因。"冠先说:"请您帮助我的人民。"游士郭立离开灰古,来到菖蒲,一路招徒兴学。这时往北地去的贸易队伍回到了灰古王国,他们驱赶的牛羊超过了三万头,牛羊个个肥硕壮健,它们走在滩浍平原的大野上,使滩浍平原的大野铺上了一层向前滚动的白浪。他们进入灰古王国的土地的时候,大王和老百姓从各地赶来,观看这一盛景。激动和高兴的人们在原野上跳起了当地的舞蹈,乐曲也伴奏起来,人们互相交换信息,互相拍手祝贺。灰古王冠先在歌舞暂停的时候,宣布了大王的命令,这次贸易回来的牛羊,以象征性的价格出售给灰古人民,每一户都有权购入两到三头,不足的部分将由王宫设法调剂。原野上欢呼声大起,人们兴高采烈,共享秋天的收获。入夜时,大平原上燃起了一堆堆篝火,人们彻夜欢娱,直到天明。天明后,人们带着牛羊回到了自己的家中。在大王的鼓励和贸易成功的鼓舞下,第二天又有一些人结成团伙,携带器皿和物件,踏上了北方贸易之路,在整个秋季和冬季里,不停地有人往北方去,他们走遍了遥远的北方的草原、湖泊和森林,换回了大量的牛羊和皮毛,但是他们发现冬天不是合适的贸易季节,于是在冬天贸易就停止了。为了减少路程的耽搁并且为了贸易的方便,灰古王国的贸易者在草原上和湖泊边设置了贸易点,他们修建房屋,开垦菜地,接待灰古王国来的人,并且就地收购牛羊的皮毛,他们还廉价地雇佣枯河王国和永安王国能干的人,专门驱赶牛羊回国或者运送货物。贸易的扩展使灰古王国的冶炼业和制造业迅猛地发展起来,各地的手工作坊蜂拥而起,老百姓有非常多的事情可以干。灰古王国的贸易之风没有很快地吹遍整个商国。秋季庄稼收割贮藏完毕,冬季到来的时候,商王李中打算发布开挖人工水道的训令,训令发布前他最后召集了一次会议,听取百官的建议,决心做出相应的反应。会议开始以前,王宫的周围已经布满了管谷的王宫卫队,他们面容威严,在王宫内外四处巡走,王宫的气氛显得非常严肃。来参加会议的百官都必须在宫门外一百米的地方下车,然后由王宫人员带领,步行穿过王宫内的大花园,走到正厅里。百官到齐之后,王李中才从内室走出来坐到王位上,他的身边站着一排手按在剑柄上的武士。王李中说:"我得到上天的暗示,上天要我开凿人工水道,造福商国人民。请大家告诉我你们的看法。"会场一片寂静,谁都不说一句话。王李中说:"难道你们都是支持和同意我的吗?那么为什么在商都亳城,还会出现反对我的治理的声音呢?"老士萧远站起来说:"您考虑到开凿人工水道的巨大耗费了吗?"王李中说:"耗费与巨大的收益相比是微不足道的。"萧远不再说话。士杜环站起来说:"商国连年受灾,百姓已经苦不堪言,为什么还要增加他们的负担呢?"王李中突然非常愤怒,他猛地站起来说:"你在商都享受着丰厚的俸禄,你真的知道老百姓的苦难吗?我要把你和你的全家都编入开凿的队伍里去,到那时候你就有了发言的权利了!"王李中说完愤然坐下。管谷带领武士即刻从会场上把士杜环押带下去,并拘押了杜环全家。会场上不再有人说话。第二天王李中向全国发布了训令,训令说:"商国的臣民百姓们,你们听好了,我现在决定了一件事情,要你们协助我去完成。我是很认真的,我不是随便做出决定的,我考察了商国土地的现状,又进行了长时间的思考,又进行了严肃认真的占卜求筮,才做出这个决定的。商国土地的现状是怎样的呢?商国的许多地方每年都要遭受旱涝洪灾的袭扰,轻者减产,重者颗粒无收,再重者家破人亡,这种状况要是继续存在下去,必然会损害商国的基础,使商国陷入分裂和战争之中去。所以我要明确地告诉你们,上天已经给了我发布政令的权力,我要在商国的东部开挖一条又深又长的人工水道,我要征召你们中十六到三十岁的男人,我要在冬天刚刚到来的时候,就把你们送到工作的地方去。你们不要目光短浅,你们要有忍耐力,这件事的结果对你们都是有利的。你们要随时准备好为国家贡献力量,你们不要麻木不仁,不要听信谗言,我牢牢掌握着军队和武器,你们中有人敢于违抗王令,我立刻就会消灭你们,并且消灭你们的家庭和家族,没收你们的一切财产,你们要听从我的训令!"王令下达到各地,各地都使用武力征召十六到三十岁的健壮男子,冬季第一个月快要结束的时候,各地的劳力陆续赶往曲、青等地,他们搭起草棚,在指定的地点挖掘变凉了的泥土。整个冬季商国都呈现了一种严肃的状态,关全的部队在各地巡逻并且不时调换着驻地,一些小规模的军事演习在平原、山地和丘陵之间举行。仲冬时王李中撤换了管理财货、工程和制造的官员,撤换了一些谋士和军事官员,亳城的气氛更加紧张,管谷的部队每时每刻都出现在亳城的街道上,市场里和居民区,他们的马蹄声和铠甲兵器的碰撞声随时都会响起。撤换官员之前王李中来到朱响的住处,征求朱响的意见,李中说:"请您允许我说明我撤换一些官员的理由。"朱响站起来说:"春天的开端对年岁大些的人来说,是最有意义的,请您允许我开春时外出巡游。"王李中也只好站起来说:"您自己选定吧。"李中回到王宫,管谷说:"大宰为什么这样呢?"李中说:"请相信我的判断。"管谷说:"您打算怎样行事呢?"李中说:"炫耀我的武力,有时候恫吓比劝说更为有效。"管谷说:"您是对的。"李中下达了撤换的命令后,对自己说:"我为什么要这样呢?我并不想使用军事的手段,但我又不得不如此,请上天给行使强力的权力。"商都的气氛传播到各地,陈军来见冠先,说:"您听到亳城发生的一切了吗?您以为王李中是个怎样的统治者呢?"冠先说:"王李中是个认真敬业但不灵活的统治者。"陈军说:"您对王李中所采取的手法有何评价呢?"冠先说:"灰古王国要用自己的剑,为自己的犁取得土地,为自己的牛羊取得青草和树叶,为自己的车马取得道路,为自己的船楫取得水泽,为自己的人民取得权利和地位。"在亳城,近郊部队统领孙季来见朱响,孙季说:"您怎样看王李中所做的一切呢?"朱响说:"百姓和百官怎样看呢?"孙季说:"我不知道。"朱响说:"请您到各处走一走。"孙季到各处都走了一走,回来向朱响报告说:"我已经在各处走了一走。我在商国东部的一些地方,听到人们这样议论:如果君王是圣明的,百姓不必等候王令就会主动行动,谁会不恭顺地服从君王呢?我在商国中部的一些地方,听到人们这样议论:如果碰到大水,就把老百姓当作渡船和桨;如果碰到大旱,就把老百姓当作久雨。我在商都亳城的一些地方,听到人们这样议论:难道上天送给我们的,总是沉沉的重压吗?还有许多不置可否的人。"朱响看着室外说:"春天的阳光什么时候能照进来呢?"

第五卷

太甲在放逐的地方修身养性,学习生活的法则。

刘康在草滩度过了春天。夏天到来的时候,天气逐渐转热,庄稼和果树在田地里自己生长,刘康就停止了劳作,每天观察昆虫的生活。晴天但太阳尚未出来时,野外的草叶和树叶上沾满了露珠,刘康起得很早,布衣布衫,一个人走到原野上。原野还很安静,一些白色或黑白相间的蝴蝶抿着翅膀停在植物的叶子上,水红色的蜻蜓则站立在水边的水草的茎秆上,翅膀都是湿漉漉的,而叫了一夜的夏虫这时候都累了,它们伏在草叶底下或者野草的根部,静静地睡眠,谁也不去打扰它们。太阳出来了,上午没过多长时间露水就都干了,昆虫开始活跃起来。灌木丛中螳螂举着它的大砍刀,一动不动地狩猎,阳光从树叶的缝隙里筛下来,斑斑点点,这时一只青色的蚱蜢慢慢移动过来,蚱蜢并不知道前方充满了危险,它悠闲地转动着脑袋,不停地向前移动,到了足够近的距离了,螳螂的两把砍刀突然砍下,蚱蜢连挣扎的机会都没有。刘康在灌木丛边看得呆住了,太阳透过灌木的枝叶成片成片地洒在他身上,但他久久不愿意离去,直到太阳当顶照射。夏天的傍晚,刘康在水边还能看见成群飞舞的蜻蜓。蜻蜓这时已经完全不同于清晨被露水打湿的状态了,它们现在强健地飞翔着,忽高忽低,忽上忽下,左右翻动,潇洒自如。刘康可以在水边静坐很长的时间,观察很长的时间,直到天色转暗,星光闪烁。秋天,刘康开始了漫步和远足。早饭后他带上一些熟食,然后就离开住处,一个人沿着水流的方向漫行而去。水流曲折迂回,刘康登上水边的小丘,走下水边的洼地,观察水中鱼游的情况,了解水草长势的疏茂。饥饿的时候,刘康就在向阳的地方停下来,吃掉早上带来的熟食,然后再继续沉静而深厚地漫行。刘康有时候顺着树林的边缘远行,树林的边缘有一些零散的但长势高大的树木,有成片的野草,有一些不高的灌木,在野草和灌木里还有一些成熟的红色的浆果,或者半成熟的青红色的果子,它们点缀在野草和灌木里,非常醒目。秋天里树叶开始落下了,在树林的边缘铺成很厚的一层,许多小动物的蹄印踩在上面,十分清晰,这些小动物是去寻找过冬的住所,或者为过冬准备食品的。水边的雁群也都有些匆匆忙忙的样子,它们从空中落下来,喝水并且紧张地寻觅水边的昆虫,然后在很短的时间里又升空飞走了,秋天的时间对于一切生物来说,好像都是紧张和匆忙的,都不太够用了。秋天过完了,又到了围着火盆烤火的季节了。高士许由从山高水远的地方来到刘康的暖房里,室外落着大雪,许由走进来时带来一股凉气和雪花的清莹。他仍然戴着银白色的北方兽皮制成的帽子,帽檐上插着不死的松枝,显得飘逸而洒脱。许由在刘康对面的椅子上坐下,他们中间是一盆红旺的炭火,整个房间里都暖融融的。许由说:"请您告诉我,您这一年是怎样过来的呢?"刘康说:"我听从了您的指点,春天的时候,我从事农耕种植的劳作,夏天我观察昆虫的生活,秋天我在原野上漫步和远足。"许由说:"那么请问您,这一年里您得到了些什么呢?"刘康说:"春天的农耕种植,使我获得了劳动的感觉,使我的体力充沛,身体健康,心灵踏实;夏天对昆虫的观察,使我体会到世界的细微和丰富,使我对事物有了明察的能力;秋天的漫步和远足,使我感受到大自然的深奥和深厚,使我对生命的意义有了一定的了解。而这些活动的最大收获,就是使我安静下来了,使我的浮躁的心情和心绪得以平稳和平静,使我可以安静地思考并且决定我要做的事,我要采取的办法。"许由说:"您对春、夏、秋有了体会,但对冬还没有体会,请您体会冬天的意义。"许由说完就告辞而去。刘康找来营帐中的一些人——他们曾是远征部队的一部分,后来散落回到商国——又来到草滩。刘康说:"请把火盆生得旺盛些。"火盆里的火熊熊燃烧着,整个房间暖如季春。刘康说:"请安排些最淡的酒上来。"女仆们拿来了最淡的果酒,各人随意饮用。刘康说:"请一切没有事情做的人在房里随意坐下。"室外北风啸叫着,大雪飘落,女仆、厨师、战士、匠人,满满地坐了一屋,大家喝着淡酒,烤着炭火。刘康说:"请到过远方的人,告诉我们一些奇闻逸事。"到过南方的战士说:"南方的马矮如山羊,南方的人都以虫、蛇、鼠为生。南方还有鱼雨,一阵雨落下来,原来都是白鱼,够一个国家吃半个年头。"年小的女仆问道:"你带回来了吗?""它们都烂在南方的小雨中啦。"一屋人哈哈地大笑。到过东方的战士说:"东方出产猴子,东方的猴子骑在山羊的背上,唱着歌,四方流浪。它们见到好吃的果树,猴子吃果,山羊吃叶,它们流浪了整个青翠的东方。"厨娘张着嘴问道:"东方的猴子会说话吗?""我没有来得及问候它们。"一屋的人哈哈大笑。到过西方的战士说:"西方有一种浑身长毛的人,他们吃生牛肉,他们一辈子只洗两次澡,一次是在生下来的时候,一次是在死去的时候,他们喝的是葡萄制成的酒。"痴痴的舞女问道:"他们的身上是什么味道呢?""我没闻过。"一屋子人哈哈大笑。到过北方的战士说:"北方大水里的一座岛上,有伏羲时的一些百姓,他们把自己的生父叫作父亲,把自己生父的一切兄弟也叫作父亲;他们把自己的生母叫作母亲,把生父的一切兄弟的妻子和生母的一切姐妹也都叫作母亲;他们把自己的兄弟和姐妹叫作兄弟和姐妹,他们还把所有那些父亲和所有那些母亲的所有子女叫作兄弟和姐妹。"漂亮的歌女说:"他们的家庭很大吗?""我没有数过。"一屋的人都哈哈大笑。冬天过了一半时,高士许由来到刘康的身边,他在火盆边坐下,手里玩弄着北方出产的松果。刘康说:"我照您说的做了。"许由说:"您有些什么收获呢?"刘康说:"我感受到了生命的活力。"许由说:"您有了丰厚的收获。"刘康说:"您已经告诉了我时间的用处,请您再告诉我土地的用处和人才的用处。"许由说:"土地的用处可以分为四类。有水源的土地您可以把它开垦成良田,野草丰美的土地您可以把它开辟成牧场,长满了森林的土地您可以利用它来狩猎并且屯兵,水道转弯的土地和道路相交的土地您可以建造城市。"刘康说:"您是要我把草滩这地方当成一个国家来建设吗?"许由说:"为什么不呢?您的前途难道不是您争取来的,而是等待或者是别人赏赐来的吗?"刘康说:"您的话对我很重要。"许由告辞而去。刘康叫蔡弥进来,对他说:"请您每两个月带人到商都亳城去一趟,向大宰和所有愿意了解我的情况的人,说明我的现状。请您告诉商都的人民,我每天所做的事情,我所穿的衣服、所吃的粮食、所做的工作、所表现出来的毅力。"蔡弥来到都城,向大宰朱响报告了刘康的情况。朱响说:"刘康整个夏天、秋天和冬天都在做些什么呢?"蔡弥说:"夏天他在阳光下观察昆虫的生活;秋天他在荒原上尽可能走得很远,并且吃早晨带在身上的干食;冬天他和厨娘、女仆、卫兵、匠人在一起,烤火并且讲述各地的奇闻逸事。"朱响说:"请转告他我七年后迎接他复位的诺言,请转达我对他的问候。"蔡弥离去后,孙季对朱响说:"您真的会在七年后迎接逊位君王的复位吗?"朱响说:"我想实践自己的诺言,但我无法预料七年中的一切变故。"蔡弥回到草滩,向刘康转告了朱响的问候和朱响重复的诺言。蔡弥说:"如果您以七年为目标,那么时间不是会过得飞快吗?"刘康说:"一个人能有几个七年呢?"两个月后蔡弥又一次来到商都,向朱响报告刘康的情况。蔡弥说:"逊位的君王想要开垦并且建设草滩那个地方,您能允许吗?"朱响说:"他想做怎样的建设呢?"蔡弥说:"他想把草滩建设成一个王国。"朱响说:"请草滩王按照自己的想法建设。"蔡弥离去后,孙季对朱响说:"逊位的君王难道已经变得目光短浅了吗?"朱响说:"环境总是能改变人的。"蔡弥来到士巩林的住处,告诉巩林:"大宰已经重申了对逊位的君王的承诺。"士巩林说:"我相信这是真的。"蔡弥回到草滩,向刘康报告亳都的情况。蔡弥说:"现在,请允许我称呼您为草滩王。"刘康说:"请周围的人都称呼我为草滩王。"消息传到商都及各邦国、王国和群落。管谷来见王李中,对李中说:"难道逊位的王,已经放弃君王的地位了吗?"王李中说:"人的意志到底能坚强到什么样的程度呢?"消息传到山头王邢明那里,邢明说:"逊位的君王也许很快就会从商国的舞台上消失。"邢明的助手邢化说:"您如果不实地去看看,并且和他说十句以上的话,您怎么能轻易地做这样的判断呢?"山头王邢明说:"请您相信我的智力。"消息传到苗庵王国,苗放来见卫申,说:"请问您怎样看待这件事呢?"苗庵王卫申说:"我无法判断这件事的意义。请您允许我更多地考虑国内的粮食、牛羊和祭祀的物品。"苗放说:"您是对的。"消息传到渔沟首领范平那里,范平的助手秦智来见范平,对他说:"您听到关于逊位的王的消息了吗?"渔沟首领范平说:"我已经听到了。"秦智说:"您的态度是怎样的呢?"范平说:"廉洁奉公的明君,不会有这种结果。"秦智说:"那么您认为廉洁和奉公,是一切成功的根源吗?"范平说:"还有别的根源吗?"秦智说:"大概没有了。"消息传到灰古王国,陈军见冠先,对冠先说:"逊位的君王难道真有放弃或者退让的意思吗?"冠先说:"我听说过这样一则故事,以前在东方有一个人进入焦山,学道悟世。上天的玉皇拿一把木头做的钻子给他,叫他去钻穿一块磐石,磐石有五尺厚。上天的玉皇说:'把这块石头钻穿,你就能成仙得道了。'这个人拿着木头做的钻子,每天在磐石上钻动不止,一直钻到第四十年,才把磐石钻穿,他终于得到了仙和道的秘诀。"陈军说:"您的话是对的,那么我们该做些什么呢?"冠先说:"该使用我们的时间。"立春的那一天,大宰朱响来到王宫,对王李中说:"请您允许我到四方去巡游。"王李中说:"您已经决定了吗?"朱响说:"我已经做出了决定。"王李中说:"请您按照自己的计划行事。"朱响说:"请您告诉我您现在的忧虑和担心。"李中说:"我担心的是商都上流社会的对抗和夏季洪水的泛滥。"朱响说:"请您任命亳城近郊部队的统领。"王李中任命管谷为亳城近郊部队的统领,并且增加了亳城近郊部队的人数和装备。王李中同时还加封孙季为半塔王,并且赐给他一个中等王国的土地。商都甚至整个商国的气氛又都凝重起来,严肃而不活跃,滞塞而不融通。大宰朱响在这种凝重的气氛里,带领元圣府统领孙季等人离开亳城,前往四方巡游。天气这时尚寒,于是朱响一行先往南方,渐渐离都城就远了。这时在草滩王国里,草滩王刘康和蔡弥等人察看了王国的土地、水流和森林,回到草滩的住处。刘康说:"今年的气候会是怎样的呢?"蔡弥说:"不会比差的年头更差,也不会比好的年头更好吧。"刘康说:"我希望能有一个顺利的开端。"蔡弥说:"您会有好的开端和结果的。"这时高士许由来到刘康的住处,许由说:"您考察过您的土地了吗?"刘康说:"我考察过我的王国的土地、森林、水道和草地了,但是我没有开发它们的人力和人才。请您告诉我人才的来源和用处。"许由说:"您的人才都在您的身边,您不是收留了游手好闲的人、麻木冷漠的人、怀才不遇的人、知恩不报的人、生性孤僻的人、无家可归的人、偏激冲动的人了吗?他们都在做些什么呢?"刘康说:"他们都过着闲散的日子。但是我怎样组织和使用他们呢?"许由说:"请您安排无家可归的人去开垦土地,让他们在土地上种植粮食,植桑养蚕,并且在土地上建筑房屋,娶妻生子,积蓄财力。您再让他们到森林里打猎,到水泽里捕鱼,到草地上放牧,让他们在各地定居,不断发展,您的王国就有根本的基础了。况且对无家可归的人来说,您让他们安居乐业,他们还有不奋力的吗?"草滩王刘康说:"您的话启发了我。"许由说:"请您安排游手好闲的人去做游说的工作,给他们充足的路费和经费,打发他们常年在商都和各国的重要城镇游玩说话。您指定他们每一个时期游说的重点,在各地随时掀起舆论的浪头,在您需要的时候制造热点或惊慌,并且派他们在全国各地巡游,随时向您报告各地发生的事情。他们行踪无定,在各地的时间或长或短,今天在农村,明天在城市,他们是您的一支很重要的力量呢。"刘康说:"确实是这样。"许由说:"请您安排怀才不遇的人去做他们愿意做的工作,必要时您委派他们去分管一个地区、一个村镇或一片土地。他们愿意做的工作,请您尽量满足他们,他们就会发挥全部积极性来报答您的信任,为您的事业奋力拼搏,并且成为您的事业的中坚力量。"刘康说:"您是对的。"许由说:"请您安排生性孤僻的人去做研究和设计的工作,让他们定期向您提出发展国家、发展经济和对外交往的长期和短期规划。您还可以交代一些选题给他们,让他们进行定向的研究。这样,您的方针和方法就有计划性、科学性和连续性了,您的事业就会有大的前进。"刘康说:"我听从您的建议。"许由说:"请您安排知恩不报的人到您的敌人那里去,鼓励他们往高位上混。您还可以安排人去贿赂对方营垒中的人,使他们留用、使用和重用知恩不报的人。这样在关键的时刻或者您需要的时候,知恩不报的人就会对他们的主人、恩人造成伤害,您正好可以坐收渔人之利。"刘康说:"我很快就派遣他们到各地去。"许由说:"请您把偏激冲动的人编成军队,训练他们只服从您的命令。您把他们隐蔽在森林中无人的地方,再对他们实行封闭式的训练,向他们灌输您的对手的坏话,使他们形成先入为主的偏颇印象。这样,在您需要的时候,您把他们从森林中放出来,就像放出了一群饥饿困顿的野虎,他们扑向对手时是没有任何人能够阻止得了的。"刘康说:"您的话给了我新的启发。"许由说:"请您训练麻木冷漠的人为刺客,让人教给他们必要的专业知识,让他们练习枪术、剑术、棍术、匕术、药术、扼喉术、箭术等等,在您需要时让他们去刺杀敌手,这也是您的一支威慑力量。"刘康说:"我明白了您的意思。"许由告辞走后,草滩王刘康召集了他所收留的人。刘康说:"我想发挥你们各自的专长,去做你们所擅长做的事情,请你们大家按照我的吩咐行事。"被收留的人说:"您想安排我们去做什么呢?"刘康说:"我想请无家可归的人到各地去开荒种地、放牧捉鱼,请你们在土地上建造房舍、娶妻生子,安居乐业。"无家可归的人欢呼着去了。刘康说:"我想请怀才不遇的人去做你们想做的任何工作,请你们在自己选择的岗位上最大限度地发挥才能。"怀才不遇的人拍着手走了。刘康说:"我想请生性孤僻的人去做设计和研究的工作,请你们制定国家或者某一地区、某一城市、某一草场的发展计划,请你们设计出最佳的方案来,请你们随时提出你们的建议和方法。"生性孤僻的人兴致勃勃地走了。刘康说:"我想请麻木冷漠的人去学习谋刺的技能和知识,请你们在国家和我需要时挺身而出,为上天行事。"麻木冷漠的人毫无表情地走了。刘康说:"我想请知恩不报的人到亳城和商国的其他一些城市去,将有人推荐你们去做最好的工作,你们将会有上等或中等的享受,并且受到别人的恭维和羡慕。"知恩不报的人骂骂咧咧地走了。

刘康说:"我想请游手好闲的人到全国各地去游说,将有人发给你们充足的路费和经费,你们可以在各地尽情享乐,你们只要动动你们的嘴皮子并且随时向我报告各地发生的事件就可以了。"游手好闲的人手舞足蹈地走了。刘康说:"我想请偏激冲动的人去进行严格的军事训练,如果你们中有胆怯者,就请他放弃这项艰苦而光荣的任务。"偏激冲动的人砸碎了桌椅板凳,以表示他们的决心和信心,然后他们视死如归地走了。太阳尚未落下的时候,草滩王刘康已经全部安排了他收留的人。这时在商都,管谷向王李中报告说:"春天已经到了,人工水道还远远没有挖好,但征召的民工正在偷偷地逃离工地,回到自己的庄稼地里去。"王李中说:"春耕春种的时节,我确实应该让他们回到自己的土地上去,但是水道的工程拖下去,又会有什么结果呢?难道没有这方面的两全其美的先例吗?"管谷说:"没有先例的话,作为君王,您是可以创造先例的呀。"李中说:"请您允许我思考这件事。"两天后,管谷又来到王宫,向李中报告:"亳城和青地、曲地的工地上,有人散布关于您的流言,挑拨您与百姓的关系。"李中说:"请您严惩那些散布流言的人,割掉他们的舌头,文刺他们的面颊,并且流放他们的家族。同时请您发布我的命令,在人工水道处劳作的男人,请他们回到自己的土地上去,勤恳的劳动,以保证粮食和畜牧、渔业、水果的丰收。"管谷发布了王令,数十万民工都陆续返回了自己的家园,传播和散布流言的人都被割掉了舌头,他们和他们的家族被流放到尽北的地方。管谷回到王宫,王李中说:"请您再发布春天例行的文告,防止霜害,精耕细耙,注意旱灾,及时下种。"管谷说:"例行的文告正在发布。"王李中说:"百姓们还有些什么要求呢?"管谷说:"百姓们对上天的灾害总是很担心的。"李中说:"请传达我的命令,让八公山的师傅和专家们祈求顺年。"管谷说:"这件事很快就能办成,请您放心。"李中说:"亳城的上流社会都有些什么动静呢?"管谷说:"从表面看他们收敛多了,他们在公开的场合颂扬您的恩德,但是在背后他们仍在与您为敌。"王李中说:"我怎样对付他们呢?"管谷说:"请您向江南的仙士询问。"管谷请来了江南的仙士,王李中说:"仙士,请您告诉我对付商都上流社会的办法,他们中的许多人与我做对,使我的政令得不到贯彻和执行,使我的思路被打断,使我的人民对我产生误解,请您告诉我最有效的方法。"仙士说:"您有两种办法可以采用。"李中说:"有哪两种办法呢?"仙士说:"一种办法是与他们对抗,一种办法是离开他们。"李中说:"我怎样对抗他们呢?"仙士说:"您施行您的严厉的王令,您惩处并且捉杀他们,您对他们施以苛政,使他们在肉体上痛苦,在精神上受到极大的折磨。您对他们不必心慈手软。您甚至可以将一些莫须有的罪名强加在他们头上,以君王的威严逼迫他们妻离子散,或远走他乡,或放弃官位,或被逐放。您可以采取一切使他们心惊胆战的手段,还可以霸占他们的妻室,强夺他们的女儿,淫奸他们的姐妹,使他们完全听命于您。"李中说:"您是让我采取暴政的办法吗? 请您允许我思考。"仙士说:"如果您不乐意的话,您还可以离开他们。"李中说:"我怎样离开他们呢?"仙士说:"您生活在一个生疏的有着悠远历史的国都里,在您之前已经有很多的君王费心地经营过了,他们安插最亲密的人在各个部门,他们的族人和朋友遍布街巷的许多角落,他们的世交在有权力的地方互相伸延着枝干,您惩处了一个人就会惊动一群人,您得罪了一个人就会有一批人说您的坏话,您在短时间内不可能改变这种现状,您的权力和基础就总会是摇晃不定、使您担心的。"王李中说:"是这样。"仙士说:"您可以在适当的时候迁移您的国都,您带走军队和您信赖的谋士、官员、匠人、技工、农作人员、一般的百姓和有才华的专门人才,留下不可靠的人,您就可以在新的国都稳固地建立您的统治了。"王李中说:"您的话对我很重要。那么什么时候才是适当的时候呢?"仙士说:"请您寻找合理的借口。"仙士告辞而去。李中召来管谷,说道:"请您告诉我对今年夏汛的预测。"管谷说:"对夏汛的预测现在还出不来,山上师傅们的智慧正在从冬季的寒冷中苏醒。"李中说:"请您告诉我各地的情况。"管谷说:"商国的土地正在急速地扩大,东、南、西、北各方都有深入的延长。"李中说:"为什么会这样呢?"管谷说:"君王刘康时期的远征为商国得到了大片的疆土。"李中说:"请您再告诉我其他地方的情况。"管谷说:"灰古王国还在进行着与北方等地的贸易,灰古王献上了丰厚的贡品,并祝颂您和元圣的福康;苗庵王田因为灾荒的原因,已经减少了对上天的祭祀。"李中说:"为什么要减少对上天的祭祀呢?上天会怪罪并且惩罚的。"管谷说:"因为苗庵王缺少祭祀的牺牲和供品。"李中说:"灾情难道是这样重吗?请您再告诉我其他地方的情况。"管谷说:"大宰一行人已经走出了很远,正在南方赤地的一些地方巡游;西北方遥远的地方有一支野蛮的外族不时骚扰商国的土地。"李中说:"请派一支精悍的部队去消灭或俘获他们。"管谷说:"部队明天就可以出发。"春暖的时候灰古王国的贸易之风又开始劲吹了。灰古王专设了分管贸易的机构,并且任命黄一为最高级的贸易官员。雪尚未化完,黄一的贸易队伍就分批出发,前往北方兑换牛羊和皮毛。他们晓行夜宿,为了巨大的经济利益而奔忙。到桃杏夹开的时节,贸易官黄一来见灰古王冠先。黄一说:"请您允许我提出两个要求。"冠先说:"您的第一个要求是什么呢?"黄一说:"我的第一个要求是将战车的结构改造成货车的结构。"冠先说:"您是想制造一种运货的车来进行贸易吗?"黄一说:"交通工具限制了灰古王国的贸易水平,运货的车的出现,会刺激贸易的大规模开发。"冠先说:"请您按照您自己的设想去做,并请您在王国内普及您的货车。"黄一说:"您的决定对老百姓是一个大的喜讯。"冠先说:"那么请问您的第二个要求呢?"黄一说:"请允许王国的贸易向四面八方开展,而不仅限于北方。"冠先说:"您在其他地方能得到什么呢?"黄一说:"我们与北方的贸易只能得到牛羊和毛皮,东、南、西、北四方气候不同,环境各异,物产必定有别。"冠先说:"那就请您和百姓做四方贸易的尝试吧。"黄一离开冠先去做扩大贸易的尝试了。冠先请陈军来见他,冠先说:"请您告诉我草滩王刘康的近况。"陈军说:"草滩王刘康在开垦土地,发展生产,并且组建自己的军队。"冠先说:"请您以我的名义赠送一百头牛和一千只羊给草滩王,并预祝他的发展顺利。"陈军带了随从,赶了一千只羊和一百头牛来到草滩王国,并把牛和羊交给草滩王刘康。刘康说:"请您向灰古王转告我的谢意。"陈军离开后,蔡弥对刘康说:"灰古王为什么要赠送牛羊给您呢?"刘康说:"在我现在的情况下,任何馈赠都是对我的支持,我怎么还能去深究他的动机呢?"春日繁盛,在商都,商王李中派出的部队由胡定统领,已经向西北的方向出发了。他们穿过一些水流、荒地、森林、沙漠和山岗,来到一片高原的草地上。草地辽阔无边,广大无垠,风吹动野草野花,鸟雀在远处飞上落下。胡定说:"这哪儿有我们要找的蛮野人呢?"他们在草地的中间安营扎寨,埋锅造饭,然后躺在草原的深处睡去。第二天他们又前进了二百里,马蹄轻捷,天高水远,仍然未有蛮族的踪影。胡定说:"难道我们走错方向了吗?"他的副手说:"从夜晚星辰的角度看,我们是沿着正确的方向前进的。"当晚他们在一处有水流的草原上安营扎寨,埋锅造饭。晚饭后星辰升起,草原寂静而寥阔,胡定和他的副手来到帐外看星辰的角度和方向。帐外春风猎猎,商王的大旗高高地飘扬着,士兵在帐外的星光里轻轻地走动。这时他们听到草原的深处传来一个喑哑的歌唱的声音,歌里唱道:"广阔的原野上沙粒如同千里白雪,远山山头挂着一弯金钩似的新月,什么时候装饰着黄金辔头的骏马,能够在那春天的草原上奔腾不息?"胡定和他的副手都听得呆了,胡定说:"为什么在这么遥远的地方,还有人用商国的语言歌唱呢?"草原深处的歌声又唱道:"黑魆魆的丛林里阵风吹过草木摇动,那夜间巡边的将军奋臂拉开了弓弩,天色破晓的时候去寻找装着白羽毛的箭支,箭头却深深地扎进坚硬的石棱之中。"胡定和闻声而出的战士们静静地听着,歌声唱完,他们掩面痛哭,然后跃上战马向歌声发出的方向奔驰而去。歌声消失在草原的夜色之中。天亮后胡定带领他的战士们向歌声方向前进,他们行进了二百里路,到夜色降临时方埋锅造饭、安营扎寨,天亮后他们仍沿着前一天行走的方向前进。他们翻过草原上的一道小山梁后看见草地上有一群白色的羊和一个身披羊皮的牧羊人,他们在山梁的半坡上停下来。牧羊人望着他们唱道:"我在青松下把童子询问,他说师父采药已出远门,单知道在这座大山之中,山高云深不知何处找寻。"歌声凄迷。胡定拍马略略往前,遥遥地低头行了个礼,说道:"请问您是哪儿的人呢?您是商国的游子吗?"牧羊人闻而不答,张嘴又唱道:"移动的小船停泊在烟气笼罩的涡水沙滩,暮色中行客却又把新的愁思增添,原野广阔,天空比树木还要低远,水流澄澈,一轮皓月更靠近人的身边。"牧羊人唱罢泪流满面,拔出剑来自刎而死。胡定和他的战士们策马上前,看清自刎的人,原来是西方黄地远征部队的统领鲍镇。他们在草原上埋葬了鲍镇的尸体,带着他的剑,赶着他的羊回到商都。商王李中说:"请把他的剑送回他的家乡,请把他放牧的羊交给他的妻子。"胡定含泪而走。这时夏汛已过半,雨量并不很大,各地水情平缓,庄稼的长势也好于往年。李中来到涡水堤上察看水情,心中矛盾重重,郁郁不欢。他回到王宫,管谷进来说:"您有什么不高兴的事吗?"李中说:"请您告诉我驱散郁闷的方法。"管谷说:"我听别人说过驱散郁闷的几种方法。"李中说:"有哪几种方法呢?"管谷说:"一种是暴烈排泄的办法,一种是歌舞声色的办法,一种是闲散平淡的办法,一种是工作转移的办法。"李中说:"您说的这四种方法我已经明白了一半,难道我真的避绕不过历代君王习惯的老路吗?请您详细一些告诉我。"管谷说:"工作转移的办法就是安排紧张的工作节奏,以免分心他想,这样烦闷和郁郁不欢就会逐渐遗忘。闲散平淡的办法就是尽量淡化所想的事情，淡化日常的精神负担，而代之以登山游水，观鸟赏花，不计功利，这样精神压力逐渐就减轻了，人对世界上的事情也看得更开了，郁闷就会退去。"李中说："您的说法是对的。"管谷说："我并没有亲身体验过，都是闲暇时听一位游手好闲的闲士说的，他们都有一种洒脱的精神状态。"王李中说："再请您说明另外的两种方法。"管谷说："歌舞声色的办法就是以娱乐来排遣苦闷和烦恼。歌舞音乐使人娱情，人容易沉浸在回忆、享受和激动中而忘怀不愉快的事情。色的办法就是以女人的肉体作为娱乐的工具，女人以及她们的肉体往往是声情并茂的，沉醉其中可以达到宠辱皆忘的境地。"王李中说："那么还有一种呢？"管谷说："最后一种是暴烈排泄的办法，您可以组织规模最大的狩猎，以便策马狂奔，弯弓射箭，在屠杀野物时您就获得了快感。您还可以率领大军去征服远方，达到征服的快感。总之您是要用激烈而走极端的办法，来忘掉郁闷和不快。"王李中说："那么请您告诉我，我应该选择其中的哪一种或哪两种呢？"管谷说："我无法主宰君王您的意志。"李中说："请您允许我慢慢地思考斟酌。"这一年的春季和夏季，草滩王国有了明显的变化，并且有了活跃而轻健的气氛。草滩王刘康说："我的王国正在变成什么模样呢？"蔡弥说："请您放下手中的工作，到各处去看看。"刘康说："我暂时还不想放下我手里的工作。"刘康从树林里采来最嫩的树叶，饲喂牛、马和羊。刘康到滩水边用叉捕鱼，中餐和晚餐都有用他捕获的鱼烹制的佳肴。天渐渐热了，刘康说："我派出去的人都怎么样了呢？"蔡弥说："游手好闲的人已经在各地开展工作,他们随时有计划地散布某种言论和流语,他们也随时把当地所发生的事情传递回来;知恩不报的人也正在打进各相关的部门和机构,他们的进展神速,效率很高。"刘康说:"那么亳都有些什么新鲜的事情呢?"蔡弥说:"今年汛情不急,亳城的气氛已经缓和下来了,但是王李中却很郁闷,正在寻找解闷的方法。"刘康说:"那么他选择了哪种解闷的方法呢?"蔡弥说:"他选择了工作转移的方法。"刘康说:"他真是个古板敬业的人吗?"蔡弥说:"他总是极认真地对待每一件事情。"刘康说完话,就去滩水边的山坡上采摘已经成熟的杏子。滩水边的香杏果大、肉厚、皮薄,刘康采下的杏子,一部分自己吃掉,一部分送给身边的人,一部分派人送到亳城的大宰府。蔡弥说:"大宰已经出巡,并不在家中。"刘康说:"请向府中人说明我的诚意和劳动的收获,请他们着力保存,若时间太长就请把它们烂在府内的花园或者果林中,它们明年就会长出幼苗,四年后就能结出初果,七年后就会硕果满园的。"蔡弥带人将香杏送到亳城的大宰府,府官说:"多谢草滩王的好意,但是大宰已经出巡,并不在家,而鲜杏又不可久放。"蔡弥说:"请您把不能久放的鲜杏丢弃在果林或花园中,它们明年就能发出幼苗,四年后就能结出果实,七年后就能硕果满园。请珍视草滩王的心意和劳动,请珍视草滩王过去的尊严和未来的希望。"府官恭敬地收下香杏,并加以妥善的保管。蔡弥回到草滩,天气愈加热了,滩水边的艳桃也成熟了,笑脸红腮,光彩一片。刘康每天到滩水边去收获艳桃,从早到晚,艳桃采摘不尽。采下来的桃子,一部分刘康自己吃了,坐在滩水边上,用清凌凌的滩水洗尽桃毛,大口大口地吃;一部分送给身边的人;一部分派人送给灰古王冠先;一部分派人送到亳城大宰府。蔡弥说:"您为什么要把桃子送给灰古王冠先呢?"刘康说:"请给我回赠他的机会。"蔡弥说:"您认为灰古王是个怎样的人呢?"刘康说:"如果我是君王,那么他不是我的助手就是我的对手。"蔡弥带人将艳桃送到灰古。蔡弥说:"请给草滩王回赠和致谢的机会。"灰古王冠先说:"请向草滩王转达我的诚挚的谢意。"两人相对而坐,蔡弥说:"请允许我简单了解一下灰古王国的情况。"冠先说:"灰古王国正在开展贸易活动;王国的树木长势很好,永安王国和枯河王国已经自愿和灰古王国合为一体,它们已经汇入灰古王国的生活主流之中。"蔡弥说:"谢谢您的介绍。"蔡弥回到草滩,又把艳桃送到亳城的大宰府。府官说:"请您原谅,香杏不能久存,已经腐烂并弃入园中。"蔡弥说:"请您收下草滩王亲手摘下的艳桃,艳桃不能久放,腐烂时请您仍弃入园内,它们明年就能长出幼苗,三年后就能结出初果,七年后就会丰果满枝,香飘全城。请您尊重草滩王的诚意。"府官收下了艳桃。蔡弥回到草滩,刘康说:"各地到底怎么样了呢?"蔡弥说:"请您放下手头的工作,到各处去走走,看看。"刘康放下了手头的工作,由蔡弥陪着,到各地去察看。他们先来到荒滩野地,荒滩野地现在已经垦成了良田,田陌纵横,庄稼盛长,田外的农舍零星点缀。刘康说:"他们都是无家可归的人吗?"蔡弥说:"他们现在不是无家可归的人了。"刘康说:"他们娶妻生子了吗?"蔡弥说:"他们娶了邻国的女子,正在生子育女,为草滩王国添丁壮口。"刘康来到水草丰美的地方,水草丰美的地方到处散放着牛、羊和马。刘康说:"马的数量为什么很多？"蔡弥说："马的作用大，马既可以耕种运拉，又可以训练成为战争的力量。"刘康来到山坡上，山坡上种满了果树和药树，刘康说："世界上还有以水果和药材为生的人吗？"蔡弥说："世界上没有以水果和药材为生的人，但水果和药材却可以换取粮食和牛羊。"刘康又来到水泽之滨，水边有一些很大的船在建造着，木料堆得很高。刘康说："这种大的船是谁设计出来的呢？它们有什么更大的用途吗？"蔡弥说："它们是生性孤僻的人设计出来的，是怀才不遇的人建造的，它们可以承载一家一户在水面上捕鱼、加工，又可以以船为家，长年在水上生活而安然自得。它们又可以抗拒风浪和箭矛，作为战船是再好不过的了。"刘康又来到水边的城市里，城市里住着许多人，许多工匠在做着各种用品。刘康说："他们都是什么样的人呢？"蔡弥说："他们之中有无家可归的人，有怀才不遇的人，有生性孤僻的人，有远征回来后散放各地的人，有从其他王国或群落迁移来的人，五花八门，很难一下说清。"刘康说："请给他们平等的发展机会。"刘康晚上就歇宿在水泽边的小城里。到了半夜，刘康的床突然晃动起来，空气闷热，房屋也发出一些轻微的响声。刘康披衣来到室外，看到月亮已经被昏黄的云气所遮蔽，星星逐个隐去。蔡弥等人也来到屋外，刘康说："床和房屋为什么会晃动呢？难道上天要惩罚我们吗？"这时地也晃动起来，树叶沙沙地响成一片，鱼在水里蹿动着，平静的水抖起了很大的波浪，房屋咔咔地发着响声，牛、羊、鸡、猪在舍里连声叫唤，在外面走动的人因站立不稳而倒在地上。蔡弥和卫士们连忙过来扶住刘康，蔡弥说："您已经进行了虔诚而辛勤的劳作，上天还怎么会再惩罚您呢?"刘康说:"那么不是我又能是谁呢?"这时天顶的昏黄的云气慢慢变薄、散去,露出了昏黄的月亮,但是天的四周却聚起了浓浓的黑雾,在黑浓的雾气里不时有闪动的光传来,不时有抖动的声音传来。这时地的晃动又开始了,但这次并不强烈,房屋也不再发出大的响声,人也可以站得比较稳当了,牛、羊、猪、鸡、马的惊慌也减少了许多,天顶月亮周围更明亮了一些,水也慢慢地平静下去了,树叶晃动的响声也逐渐停止了,起了点小的风,闷热被吹得散开去。刘康和他的百姓静静地站在土地上,虔诚地看着越来越远的月华,心中缓缓地平静下来。但是天四周的许多地方,仍被浓黑的雾气所笼罩,雾气中不时传来光亮、抖动和遥远的嘶喊声。刘康说:"上天不是在惩罚我们。那上天是在惩罚谁呢?"王李中夜间也被轻微的抖动晃醒,他在花园中看到、听到和感觉到了天上和地上的一切,他的心里惊慌起来,但他很快就平静了。大地也很快就平静了,李中召来管谷,要他在城市里多派一些士兵巡逻,以免发生某些想不到的意外。第二天整个商国都在议论晚上发生的事情。商都亳城的远郊有一些土房倒塌在地上,有一些草房燃起了大火。王李中命令八公山祈祷拜求,然后带领管谷等人到远郊的出事地点察看。他们看见土地裂开了巨大的缝隙,小山倾倒在地上,大树从根部被掀翻,水泽里的水泻溢在良田里,房屋都变成了碎土块。王李中说:"请在全国范围内调查这件事。"李中回到亳城,亳城已经布满了传言,百姓们都站在自己的家门口,交头接耳,议论纷纷。李中回到王宫,对管谷说:"百姓都在议论些什么呢?"管谷说:"百姓都很惊慌,他们在猜测上天的意图。"李中说:"除了八公山的师傅们以外,谁又能知道上天的意图呢?"管谷说:"百姓们因此很惊慌,百姓中有传言说,这是上天在进行惩罚。"李中说:"那么是惩罚谁呢?"管谷说:"有些传言把矛头对准了王宫。"李中说:"我不是安然无恙吗?这准又是上流社会的举动。"管谷说:"请您允许我用锋利的剑去回答他们!"王李中说:"我想先知道事情发生的全部结果。"灰古王冠先也在睡梦中被惊醒,他站在无花果树的叶子底下聆听上天的语言。天亮后他对陈军说:"整个灰古王国发生大的灾难了吗?"陈军说:"整个灰古王国没有发生大的灾难,只有些看庄稼用的草房被上天的手推倒了。"冠先说:"这难道不是停止祭祀的结果吗?上天正在发怒,请您派人去质问苗庵王卫申。"陈军派了九位官员到苗庵王国去了。这时在全国调查的官员都已赶回商都,来向王李中报告事情发生的全部结果。李中说:"请问有哪些地方大地裂开了缝隙、泽水泻出、房屋倒塌、山体崩裂了?"调查的官员说:"全国各地都有大地裂开、房屋倒塌、泽水泻出、山体崩裂的情况。"王李中说:"哪些地方为重呢?"调查的官员说:"以商都的远郊为重。"李中说:"远郊远到什么地方呢?"调查的官员说:"远到五百里以外、一千里以内。"李中说:"五百里以外、一千里以内的情况是怎样的呢?"调查的官员说:"五百里以外、一千里以内的地方,已经完全认不出来了。"于是王李中向全国的各重要部位增派了军队,向五百里以外、一千里以内的地区派去了军队、车辆和战马,同时向全国发布了王的训令。训令说:"商王的臣民们,你们和英明的商国的君王一起经历了上天的发怒。上天的威严是无限的,上天的眼光可以洞察一切,包括你们最细微的地方,包括你们所做的最隐秘的事情。你们看到、听到、感觉到了上天暴怒的一切,值得你们庆幸的是,圣洁的商国君王仍然站立在你们面前。我曾经告诉过你们,顺从天意,我们不敢贸然享用上天赏赐给我们的一切,那样我们就会丧失上天给我们的福命。我做到了这一切,但是你们中的一些人却没有做到,你们中的一些人心地不够光明,他们看不见圣明的道路,因此就不能使用圣明的法则。我要教训你们,是你们惹怒了上天,是你们丧失了敬天的德行。我要明白地告诉你们,商都的空气已经被你们的呼吸所亵渎,我要带领你们离开使上天不快的地方,去寻找水草肥美的福地。我要明白地告诉你们,我是你们威严的君王,我的话是不可违抗的!"商王的训告发布到全国各地,整个商国的惊慌和骚动持续了一些时日才渐渐消减。在五百里以外、一千里以内的地区,军队捕杀了一些行为不轨的人,但是许多人都离开了上天惩罚的地区,散布到其他王国、邦国和群落里,商国的土地上弥漫着悲凉的气氛。流散的人来到灰古王国,陈军来问冠先:"我们应该收留这些流散的人吗?"冠先说:"请安排他们在城市里生活,分配房屋给他们,教会他们制造的技艺,使他们尽快适应灰古王国的生活。"陈军说:"为什么要安排他们在城市里生活呢?"冠先说:"他们在故土时都以栽植挖耕为生,而在灰古王国则以技艺为生,并且在喧嚷的城市里生产,这就会给他们一步登天的深刻印象,以后有人让他们离开灰古王国或者反对灰古王国,他们还会从命吗?"陈军说:"他们没有反对的理由。"灰古王国安排了流散的百姓住到菖蒲、灰古等城市里,分配住房和粮食给他们,教给他们制造的技艺,灌输贸易的思想给他们,使他们尽快地安顿下来并且不思归返。流散的人来到山头王国,山头王邢明正和闲友王仲对弈,王仲说:"他们背井离乡,遭遇悲惨,请大国收留他们。"邢明说:"我的粮食和牛肉都很有限,我没有这种能力和信心啊。"他命令手下将流民赶出国界。王仲在回家的路上说:"我为什么要帮助他呢?"流散的人来到草滩王国,蔡弥来问刘康:"我们是收留还是驱赶他们?"刘康说:"他们不就是无家可归的人吗?他们是我的同路人呀,请收留他们在我的王国。"蔡弥说:"您安排他们在哪儿呢?"刘康说:"请安排他们去荒山野滩,给他们劳动的工具,让他们自食其力;或者安排他们去放牧牛羊马骡,让他们逐渐发展壮大。"蔡弥说:"您认为这是最合适的安排吗?"刘康说:"他们熟悉我分配给他们的工作,我认为这是最合适的安排。"于是蔡弥安排流散的人去开垦荒地,放养牧畜,使他们很快地安顿下来。王李中在商都听到了各地安置流散百姓的报告,李中说:"请让我回到向阳王国。"管谷说:"您为什么这样说呢?"李中说:"我的故土有多少座像菖蒲那样的城市呢?"管谷说:"整个商国都是您的财富。"李中说:"您是要我献身于世界的土地吗?"管谷说:"您是上天专派的。"李中说:"您的话是对的。"王李中又视察了五百里以外、一千里以内的地区,安顿没有离开的百姓,分发粮食和柴草给他们,告诫他们在土地里获取食物以备天寒。但是整个商国仍然被惊慌和不安的气氛所笼罩,各种言传也在亳城的大街小巷里暗暗流播,难以止息。

第六卷

伊尹想到各地去巡游,于是他就离开商都出巡了。

朱响带领孙季等人,早春离亳,向南方暖热的地方行去。过了淮水,他看见村舍点缀在田原之间,觉得有些意外,问孙季说:"在我的印象里,这里人烟较少,野兽又多,森林成片,那年又烧过大火,怎么现在却繁盛了?"孙季说:"当年的君王曾迁移了一批人过来,都是些对社会有危害的人,他们在这里安居乐业了。"朱响点头不语。车骑向南缓行,每日走出一二百里,走到红土的时候,春雨霏霏,连绵不绝,红土地上的景观已经大不相同,树木愈加繁茂,青枝绿叶,铺天盖地,况且树、草,又多是叫不出名字的植物,天也暖融融的,与商国毫地大不一样,使人手脚都能伸开,心绪也放松而且舒畅了。朱响说:"南方有南方的好处呀,这些地方现在都属于谁呢?"孙季说:"都是商国的疆域。"朱响说:"都是丁昆的部队征服的吗?"孙季说:"都是远征的部队征服后才归属商国的。"朱响说:"那么它们一直延展到什么地方呢?"孙季说:"听说一直延展到南方的海岸,一直延展到海岸那边的大海里。"朱响说:"它们有多大呢?"孙季说:"有几十个商国那样大吧。"朱响说:"难道它们比商国的土地还要好吗?"孙季说:"它们有一年四季都不败的花朵,有一年四季都成熟的水果,有一年四季都温暖的季节,有一年四季都散放的牛羊,有一年四季都成熟的稻米,有一年四季都唱歌跳舞的民族。"朱响说:"她们跳的舞和唱的歌,都怎么样呢?"孙季说:"听说她们唱的歌比一碗酒更醉人,她们跳的舞比两碗酒更厉害。"朱响说:"在商都亳城不是有一些南方赤地的女人吗?她们现在都在什么地方呢?"孙季说:"她们一部分留在王宫内,另一部分分散到各邦国、王国、群落去了。她们和北方黑地的女子、东方白地的女子、西方黄地的女子一起,改良了商国人种的质量。"朱响说:"上天总是让女人充当这种历史性的角色吗?"孙季说:"我不知道。"朱响说:"请您安排南国女子的歌舞,请您寻找一百岁以上的老人,请您随时得到商国的情况并且向我报告。"孙季安排了南国女子的歌舞。当晚在南国高大的树下燃起了篝火,南国独有的乐器吹奏起来,南国的女子摇动她们细长柔韧的腰肢欢歌曼舞,南国夜晚温馨的空气里弥漫着轻软和甜蜜。朱响坐在竹制的靠椅上,安静而且慈祥。歌舞从入夜一直延续到第二天晚上,南方的姑娘不停地舞动、扭动她们柔软的腰肢,她们连续地舞动了三十个小时而毫无倦意。朱响坐在竹制的靠椅上,安静而且慈祥。孙季走到朱响的身边,轻声说:"您要去休息一会儿吗?"朱响说:"请您允许我安静地坐着。"歌舞持续到第三天的傍晚,孙季走到朱响的身边,轻声说:"您不觉得疲倦吗?"朱响说:"我在另一个境界里遨游。"篝火里的木头添了又添,跳舞的姑娘换了另一批,广袤的南国赤地美丽单纯得像春天的空气。歌舞持续到第四天,孙季走到朱响的身边,轻声说:"请您允许我提醒您去休息。"朱响说:"在南国的温馨和鸟语花香里,人还有休息的念头吗?"歌舞持续到第五天,孙季走到朱响的身边,轻声说:"商国的报告来了,您现在想知道吗?"朱响说:"请您告诉我。"孙季说:"草滩王正在治理他的王国,灰古王向商都献了厚贡,苗庵王因为牺牲的匮乏而减少了祭祀的次数,君王李中每天都工作到深夜,胡定统领一支部队到西北的远方去消灭骚扰的蛮族,商国的局势比较稳定。"朱响说:"谢谢您的报告。"歌舞持续到第六天,微雨来了又去,花草更加葱茏。朱响说:"人为什么不能永远沉浸在这种境界中呢?"孙季说:"我请来了当地最高寿和最有修养的人。"朱响说:"请他坐在我的旁边。"健壮的老人坐到了朱响的旁边。朱响说:"请您原谅我的打扰,我可以向您请教死的问题吗?"健壮的老人说:"您想知道什么呢?"朱响说:"我想知道人都是为了死而生吗?"健壮的老人说:"人也可以为生而死呢。"朱响说:"人必须服务于死吗?"健壮的老人说:"生与死都是偶然的事情。"朱响说:"死有些什么征兆呢?"健壮的老人说:"安详的心态就是死的前兆。"朱响说:"谢谢您的指教。"健壮的老人飘然离去。朱响一行辞别了当地的领导和歌舞的男女,继续向前巡游。他们翻过了一些较高的山,走过了一些比较大的水,天气更加温馨,植物更加茂盛,他们来到一个生长着芭蕉和相思树的地方。朱响说:"请您再为我组织一个歌舞晚会,请您再约请一位高寿的老人。"孙季又组织了一次盛大的歌舞晚会,篝火熊熊地燃烧,歌者的歌声在芭蕉的宽大的叶子上滚翻,舞动的姑娘含苞欲放。朱响坐在竹制的躺椅上,面容平静而慈祥。春雨落了又落,停了又停,暖暖的夜轻风微拂。歌舞持续到第二天夜里,朱响说:"请您告诉我您现在的心态。"孙季说:"我的心情平静而又起伏。"歌舞持续到第三天,一位长寿的老人来到朱响的身边,老人说:"您想和我说什么话呢?"朱响没有言语,看上去他进入了一种沉迷的状态。老人在朱响的身边坐下,手击着节拍,用沙哑的嗓子唱道:"牧童骑在黄牛上,歌声震响了树林,因为想捕捉叫着的蝉,只好闭口悄悄倾听。"篝火边的人都和着老人的歌声歌唱,他们安详地坐着,手击着节拍,舞动的姑娘轻摇她们的腰肢。朱响仍沉迷在一种安静超然的状态中。歌舞持续到第四天的夜晚,老人又来到朱响的身边,他对朱响轻声说道:"您想和我说什么样的话呢?"朱响不答。老人又坐到朱响的旁边,以手击拍,张嘴唱道:"蓬头的小孩子学着钓鱼,斜坐在青苔地上满身草影,有人问路却远远地摆手,怕惊散了小鱼,不肯应声。"歌声唱毕,篝火边回应的和声已经起来了,歌声嘹亮,生机盎然。歌舞持续到第五天,朱响睁开眼睛,对孙季说:"请您告诉我商国的近况。"孙季说:"灰古王国的贸易已经向四方发展,草滩王给您送去了他亲手摘下的香杏和艳桃,胡定的部队在遥远的西北方的草原上找到了牧羊的鲍镇。"朱响说:"鲍镇现在怎么样了呢?"孙季说:"鲍镇唱完商国的歌谣就刎颈而死了。"朱响说:"请您找到放逐的单孟。"第二天早上朱响老了许多。他们辞别当地的领导和歌舞的男女,继续在南方巡游。这时春季已过,南方天气转热,孙季说:"我们为什么不沿着海岸走动呢?"朱响说:"请沿着海岸行走。"海岸又是一种风景,海风不断,夏季凉爽宜人。这时在商国的内地,惊慌已经逐渐过去,灰古王国出使苗庵王国的官员已经回到了冠先的身边。冠先说:"请告诉我你们在苗庵王国的情况。"使官说:"苗庵王国因为牺牲和粮食的匮乏,才停止对上天的祭祀的。"冠先说:"难道要整个商国因此而受到惩罚吗?请把灰古王国对卫申的质问和警告,告诉王李中以及商都的百官;请把灰古王国的牺牲送到苗庵王国去。"陈军派使官来到亳城,向王李中报告苗庵王对上天的轻视。使官说:"请接受灰古王敬送的乳牛,并请允许灰古王向苗庵王转送牺牲,以减缓上天对商国的愤怒。"王李中说:"苗庵王国的情况就是这样的不好吗?"使官说:"苗庵王卫申并不是虔敬的领导人。"王李中说:"请将灰古王国的牺牲转送给苗庵王。"使官来到大宰朱响的府邸,府官说:"大宰出巡尚未归返。"使官说:"请接受灰古王敬送的羔羊。"府官说:"这是一种什么样的羔羊呢?"使官说:"这是北方草原上的羔羊,它的味道鲜嫩滑爽,无与伦比。"府官说:"请向灰古王转达大宰府的谢意。"使官说:"苗庵王停止了对上天的祭祀,商国已经受到惩罚,请允许灰古王国质问它并转送祭祀用的牺牲。"府官说:"请征得君王李中的同意。"使官来到老士萧远的府邸。使官说:"请接受灰古王敬送的羔羊皮。"老士萧远说:"这是哪儿产的羔羊的皮呢?"使官说:"这是北方草原产的羔羊的皮,珍贵无比。"老士萧远说:"请向灰古王转达我的谢意。"使官说:"苗庵王停止了对上天的祭祀,商国因此而受到了惩罚,请允许灰古王国对它提出质问,并请允许灰古王国转送牺牲给它。"老士萧远说:"上天难道是凡人可以轻视的吗?我将向王李中提出我的建议和看法。"使官赠送了带来的所有乳牛、羔羊和皮毛,然后返回了灰古王国。这时陈军已派出了一支驱赶牺牲的队伍,他们赤手空拳,赶着近百只牛和近百只羊向苗庵王国的都城走去。他们边走边唱着祭祀和祈祷的歌子,进入了苗庵王国的境内。转过一道土岗的时候，土岗后面走出来一些百姓，百姓手里拿着劳作用的工具，挡在路上说："感谢灰古王送来了可口的肉食。"押送的官员说："请尊敬上天的崇高威严，这是祭祀用的牺牲。"挡路的百姓说："老百姓的肚子都已经饿瘪了，哪儿还有剩余的肉食供应给上天呢？"说完一拥而上，抢走了祭祀用的牛羊。押送官回来报告这件事情，冠先说："请将祭祀用的粮食和食品送到苗庵王国，并请向商都报告牺牲被抢走的事。"使官来到商都，向王李中报告了这件事。使官说："苗庵王国的百姓对上天已经失去了敬畏，这都是苗庵王怂恿的结果。"王李中说："发生在苗庵王国的事情是真实的吗？请向卫申提出质问。"管谷派人向苗庵王卫申提出了质问。苗庵王卫申说："发生在苗庵王国边远地区的事情我没有确切的消息，但是我的百姓绝不会对上天做出不敬的行为。"管谷向王李中报告了苗庵王的回答。灰古王国的使官说："苗庵王已经失去了对百姓和土地的控制。请允许灰古王国把祭祀用的粮食和食品送到苗庵王国。"王李中同意了使官的请求，使官离开商都回国。管谷来见李中，说："您相信灰古的使官所说的话吗？"王李中说："我无法分散我的力量和注意，从长远的观点看这可能是有害的。"管谷说："您是对的。"李中说："我想下定我在秋季迁都的决心，因为继续以亳为都，我的政令将难以施行。"管谷说："请您采取前期措施。"李中说："请您动员您的部队，加强亳城的防卫并且灌输对君王的忠诚。"管谷说："我能做好这一点。"王李中说："请您加强向阳城的军队的力量，并请您扩展向阳王国的都城，以便容纳迁移的百姓、官员和机构。"管谷领命而去。王李中又召来了远郊部队的统领关全,李中说:"请您向您的部队灌输对上天和君王的忠诚,并请您在远郊的四个方位进行秋季演习。"关全领命而去。王对军队的命令传到了草滩王国,蔡弥说:"王李中到底为什么这样呢? 他真的要迁移都城到向阳王国去吗?"刘康说:"请您告诉我麻木冷漠的人的情况。"蔡弥说:"他们都有了全面的技能。"刘康说:"您能把他们派出而伺机行动吗?"于是蔡弥派出了麻木冷漠的人,蔡弥向他们提供了充足的经费,伪装了他们的身份,把他们派往亳城和必要的地区。麻木冷漠的人互不相识,他们面无表情地走进了商国的城市和乡村,与普通百姓并无两样,很快就消失在人群中了。灰古王的使官回到灰古,向冠先报告了王李中的表态。冠先说:"请把祭祀用的粮食和食品送往苗庵王国。"于是陈军派出了送粮食和食品的队伍,他们赤手空拳地挑着食品来到苗庵王国。转过一片树林的时候,树林的尽头有一群苗庵的百姓挡住了去路,百姓说:"请留下食品,然后回到你们自己的王国去。"押送的官员说:"请放行祭祀上天用的食品。"挡路的百姓说:"我们的肚子已经饿穿,哪还能顾得了上天呢?"说完就拥上来抢了粮食并且打伤了押送的官员。送祭粮的队伍回到灰古,向冠先报告了事情的经过。冠先对陈军说:"上天将会愤怒,并且加倍惩罚商国。请您派人去报告王李中,并且带领您的部队去惩罚对上天不敬的人。"灰古王的使官来到商都,向王李中报告了祭粮被抢及押送官被打伤的事实。王李中说:"您说的都是真实发生的事情吗?"使官请同行的押送官展示他的伤口,使官说:"苗庵王对百姓已经怂恿到令人无法忍受的地步,他们对上天完全采取应付和不敬的态度,在他们的心目中既没有上天,也没有君王和邻国,苗庵王的这种态度,难道不会导致天下的不安和混乱,导致上天对商国的加倍惩罚吗?"王李中说:"我将给苗庵王以警告。"使官说:"请给灰古王国惩罚罪人的权力。"王李中说:"请不要采取过激的行动。"使官说:"灰古王国有一定的耐心。"使官在商都逗留了五天才返回,这时陈军统领的军队已经踏上了苗庵王国的土地。苗庵王卫申派苗放到边境地区制止灰古军队的进入。苗放来到边境的道路上,对陈军说:"请您带领您的军队回到自己的王国去。"陈军说:"苗庵王为什么蔑视上天,并且派人抢走祭祀用的牺牲和粮食呢?"苗放说:"苗庵王国虽然很穷,但百姓并不低贱,他们也没有抢劫的传统和习惯,苗庵的百姓决不会抢夺祭祀的牺牲和粮食。"陈军说:"您为什么说这样的话呢?上天把百姓交给你们,但你们怠慢了百姓,你们没有粮食给他们吃,没有房子给他们住,没有娱乐给他们享受,没有大的城市、鲜花和器皿给他们,苗庵王难道是一个称职的君王吗?"苗放说:"我们王国的水肥并不是很好的,我们的大王并没有挥霍享受,我们尽最大的努力去富裕百姓,这还不够吗?"陈军说:"那么为什么您的百姓要成群结队迁往灰古王国谋生呢?您的百姓私下里总是说:为什么我们这里不是灰古王国的一部分呢?您的百姓对大王卫申的领导是满意的吗?"苗放说:"我们不想邀请您到我们的土地上谈论我们的事情,苗庵王国也从来没有向您要求过牺牲和祭粮,请您离开苗庵王国的土地。"陈军说:"蔑视上天的罪人难道会不受到惩罚吗?"苗放说:"请您踏着我的尸体向前。"陈军说:"我不想使用我的剑。"

苗放不再说话,他拔出剑来放在自己的脖子上。陈军说:"您为什么要成为阻碍历史前进的罪人呢?"苗放说:"请不要践踏我的尊严。"陈军说:"您的尊严是建立在什么基础之上的呢?苗庵王国的百姓难道不需要圣明的领导吗?"苗放说:"请您踏着我的尸体前进。"陈军说:"您将得到什么呢?呼唤着上天的百姓会很快忘记您,您没能帮助他们生活。"苗放说:"请您踏着我的尸体前进。"陈军说:"我不想使用我的剑,但上天给了我这种权力。"陈军说完,指挥部队继续前进。苗放说:"请你们踏着我的尸体前进。"说完挥剑自刎,他的尸体倒在山坡的草地上,陈军率领的军队越过他的尸体,向苗庵王国的都城苗庵进发。消息传到商都,士谷才来见王李中,谷才说:"请您制止灰古王国的进军行动。"王李中说:"为什么呢?"谷才说:"天下将会大乱,弱肉将为强食。"李中说:"那么苗庵王为什么要蔑视上天呢?"谷才说:"请用其他办法,并由君王您去惩罚。"王李中说:"我将制止。"谷才离去,管谷来到李中身边,管谷说:"您决定了吗?"李中说:"我无法分散我的力量。请加速向向阳城调运粮食和其他物资,并监视上流社会的行动。"消息传到草滩王国,蔡弥说:"假如您是君王,您怎样对待灰古王国呢?"刘康说:"镇压它。"刘康派蔡弥到灰古王国去见冠先,蔡弥说:"草滩王支持您的行动,请您惩罚蔑视上天的罪人。"消息传到苗庵城,苗庵王卫申说:"谁能帮助我呢?"他派出特使到商都和邻国去寻求支持。特使来到亳城,向王李中报告了所发生的事情。特使说:"假如有一粒尘沙落到了您的眼睛里,您会怎么办呢?"王李中说:"您想告诉我什么呢?"特使说:"灰古王国的行动将会损害商国的肌体。"王李中说:"我已经向灰古王提出我的警告了。"特使说:"您的警告是不够的,请您派出远郊的军队。"王李中说:"您为什么要用教训的口气对待我呢?"特使说:"请您珍视您的王位。"特使说完后,就离开王李中,走到王宫的花园里投水自杀了。派往渔沟群落的特使来见渔沟首领范平,特使说:"您已经知道发生在苗庵王国的事情了,请您派出您的军队帮助苗庵王抵抗敌人。"范平说:"我为什么要这样做呢?"特使说:"渔沟群落和苗庵王国唇齿相依,唇亡而齿寒,您难道不为自己的百姓着想吗?"范平说:"我还没有看到这种不祥的前景,我也不想与灰古王为敌,请您原谅我的拒绝。"特使说:"您为什么不能考虑一下再决定呢?"范平说:"我不想让我的军队去做无谓的流血。"特使含泪而归。派往山头王国的特使来见山头王邢明。特使说:"灰古王国的军队已经进入苗庵王国的土地,请您给予帮助。"邢明说:"我很想帮助您的国家,但是我没有足够的力量。"特使说:"请您提出您的要求。"邢明说:"马、牛、羊和美酒都是我所需要的。"特使派人火速报告苗庵王卫申,卫申说:"请答应山头王邢明,我的王国安定之后,我将向山头王进贡。"特使转告了苗庵王的话,邢明说:"请在苗庵城外等待我的军队。"邢明的闲友王仲听到了这件事,就离开山头王国到商都亳城去了。他变卖了自己的家产,在亳城郊外别人废弃的两间土房里安置了老婆孩子,然后装扮成一个修理花木的园工进入了管谷的官邸。管谷从外面回来的时候,王仲拿起修花用的利刀迎上去说:"我刺中了您。"管谷说:"您成功了。"王仲说:"请您允许我留在您的身边。"管谷就收留了王仲,并且每天和他谈论天下的事情。苗庵王派出的特使来到重岗王国,请求召见。重岗王苏大说:"我为什么要见他呢?"谋士袁礼说:"请您给他以道义上的支持。"特使来到王宫,重岗王苏大说:"您为什么来见我呢?"特使说灰古王国的军队已经侵入我的国家,重岗王国是个有力量的国家,请给苗庵王以帮助和支持。"重岗王苏大说:"重岗王国和苗庵王国并不相邻,和灰古王国也有相当的距离,我为什么要为您的国家而出兵呢?"特使说:"灰古王有着征服的野心,苗庵王国是第一个目标,但绝不是最后一个目标,作为大国之一的您,难道会坐视灰古王的壮大吗?"重岗王说:"我将给苗庵王以道义上的支持。"各国的反应报告给灰古王的时候,冠先正在濉水上钓秋季的第三次鱼,信使官说:"请允许我打断您的构思,向您报告各地的反应。"冠先说:"请您告诉我。"信使官说:"王李中向您提出了微弱的警告,希望您维持各国的和平。"冠先说:"请再派特使赴商都,说明我惩罚罪人的使命,并命令陈军的部队继续前进,他们绝没有停留的必要。"信使官说:"渔沟群落的首领范平拒绝了苗庵的请求,重岗王苏大决定给他以道义上的支持,山头王邢明已经派出部队,正在向苗庵城进军的途中。"冠先说:"山头王为什么要这样呢?"信使官离去后,在灰古王国授徒兴学的郭立来见冠先。冠先说:"听说您已经有学生和徒弟五千人了,您教他们什么呢?"郭立说:"我教他们观察、思考和应对。"冠先说:"您怎样教他们观察、思考和应对呢?"郭立说:"一件事在发生之前,就会有许多征兆,我听人说过一个医者的故事。菖蒲附近有一个姓段的,他的妻子二十四岁,生性健壮,极少发病求医。有一天医者路过,看到正和女友闲聊的段妻,观察片刻说:段妻将病。果然几日后段妻发病,浑身颤汗,腹中满闷,颠倒欲绝。医者开了药方让她服用,到晚上段妻拉出红黄秽物一大盆,第二天早上就好了。医者为什么能这样呢?气郁风痰,常反应在脸面上,普通的人看不出来,但善于观察的人就能明察秋毫,捕捉事发前的征兆。得到了事发前的征兆,作为医者就会归纳它的症状,推论它的来由,做出合理的判断,然后对症下药,以最小的药力,恰到好处地对付顽疾痼症,即可达到药至病除的神效,这就是观察、思考和应对的过程。"冠先说:"您的方法是对的。"灰古王派出的特使来到商都亳城,商王李中已携百官去郊林中秋游,特使留下贡品就返回了,回到灰古告诉冠先这件事,冠先说:"君王对苗庵王国的事,确实没有兴趣啊。"陈军的部队这时已经在苗庵王国的土地上逗留了好几天了,他的战车在苗庵王国坑洼不平的土地上颠簸着前进,他的战马的马蹄声嘚嘚地响着,他们经过村庄的时候,村里的老百姓默默地看着他们,陈军下了马走近他们,对他们说:"你们对两国之间的这件事,是怎样看待的呢?"村中的百姓说:"我们为国家的遭遇而痛苦,我们为有了摆脱穷苦的希望而兴奋。"陈军回到马上说:"这样的百姓,他们应该有更好的生活啊。"部队涉过水流,走过原野,越过土岗,转过树林,来到离苗庵城不远的平原上。陈军在马上已经可以看见远处夕阳中的城郭了,这时前方来了一支小小的马队,马队在一箭之地以外停住,马上的人跳下马高喊着走过来。陈军说:"你们是谁呢?"来人说:"我们是苗庵王卫申的特使。"陈军说:"你们要说些什么呢?"来人说:"苗庵王希望在苗庵王国的土地上与您媾和。"陈军说:"您有什么媾和的条件呢?"来人说:"苗庵王愿意奉献他的一切财富。"陈军说:"苗庵王的财富有多少呢?"来人说:"他有苗庵王国的一切财富。"陈军说:"他的财富为什么不分发给百姓呢?"来人说:"百姓的难道不就是大王的,大王的难道不就是百姓的吗?"陈军说:"我不能接受您的媾和。"说完指挥部队继续向前,当晚在离苗庵城五里的地方宿营。第二天早晨,营帐前来了一队人马,马上的人高声说:"请问灰古王国的宗旨是什么呢?"陈军说:"灰古王国的宗旨是敬奉上天。"马上的人说:"上天要您掠杀生命吗?如果您不退回到自己的土地上去,我们将为苗庵王的尊严而死在您的脚下。"陈军说:"国家昏乱,才有所谓的忠臣,掌握了治国的道理的君王,没有必要知道谁是忠臣,掌握了自己命运的父母,没有必要知道谁是孝子,你们对上天的敬,难道都是真心的吗?"说完指挥部队向苗庵城进发,并且占领了苗庵城,废黜了苗庵王卫申。这时正在路途上的邢明的部队,得到消息后就停止了前进,然后退回到自己的国土上。正在远方巡游的大宰朱响得知了商国内地发生的一切事情。孙季说:"商国已经有了动乱的迹象,您不打算回去过问这些事情吗?"朱响说:"我能做什么呢?商国的一切事物都在它们自己的轨道上发展啊。"他们继续沿着海岸漫行。水势很大,水的颜色有时是蓝的,有时是微黄的,有时是暗红的,有时是深黑的。朱响说:"水的颜色为什么分成这么多种呢?"孙季说:"我回答不出来这样的问题。"朱响说:"请您寻找当地的人。"孙季找来了当地有知识和经历丰富的人,朱响说:"请您告诉我,水的颜色为什么会分成这么多种呢?"经历丰富的人说:"水的颜色本来是一样的,但因为有了别的原因,它们的颜色就不一样了。"朱响说:"那么有了什么原因呢?"经历丰富的人说:"水的颜色发蓝,是因为阳光照射的原因,水的颜色微黄,是有泥土冲进去的原因,水的颜色暗红,是因为水里长着一种暗红的水草,水的颜色深黑,是因为水太深的原因。这都是容易明白的道理。"朱响谢了当地经历丰富和有知识的人,然后对孙季说:"道理对明白的人来说,就是浅显和易懂的,道理对不明白的人来说,就是深奥和迷惑的,谁能穷尽世界上的道理,而做到事事皆知呢？谁也不敢说这样的话啊!"他们来到海岸的尖岬处,遥望大海远处的迷蒙,波涛起伏,滚滚天际,朱响说:"大海的对岸是什么呢？是陆地？还是小岛？还是更大的海？或者是我们不知道的东西？"孙季说:"单孟他们曾经渡过大海,到达一个大的岛屿。"朱响说:"假如大海的那边有岛屿和人家,他们都是怎样生活的呢？假如海水那边有陆地,那么陆地上有说着商国语言的人吗？假如海水那边是更大的海,那么更大的海的尽头在哪里呢？假如大海那边是我们不知道的东西,那么不知道的东西是什么呢？是可怕的还是温软的？是比我们强大的还是比我们弱小的？是活着的还是死去的？是悦目的还是刺眼的？是缓慢的还是急躁的？是大的还是小的？是打着手势的还是说着语言的？是赤裸的还是披挂的？是看得见的还是无形的？是坚硬的还是柔软的？是飞动的还是行走的？是归属上天的还是被上天所贬的？这都是我想知道的啊。"孙季说:"您所需要知道的,上天都已经赐给您了。"朱响说:"我觉得是多么不够啊。"他们走到一个海湾的岸边,海上起了大雾,雾气吞天,数步外就不再能看见人形。

朱响说:"大雾会持续多久呢?"他们在海岸上住下来,大雾持续了一天一夜,第二天上午天晴时,海湾里出现一个大岛的轮廓,附近的战士带来几个捕鱼的汉子,捕鱼的汉子说:"我们都是商国的人呢。"朱响说:"你们怎么来到了这里?"汉子说:"我们是单孟的战士。"朱响说:"那么单孟呢?"汉子说:"单孟在遥远的海岛上隐踪了。"朱响他们离开了捕鱼的汉子,继续往前走,走到有北方的树种存活的地方的时候,秋天已经过去一段时间了。这时在商都亳城近郊的树林中和草地上,王李中召集的秋游还正在进行。李中说:"谁能告诉我关于秋天的一切呢?"士巩林站起来说:"秋天和春天是截然相反的两个季节,春天使人精神振作,而秋天使人老成,秋天的果实都成熟了,在秋天,人可以得到很多的享受。"老士孔庆站起来说:"秋天是使人沉稳的季节,秋天的犁耙锄镰都要收藏起来了,秋天的牛、马也该轻松赋闲了,秋天的鱼、鸟、猪、羊都长满了膘,人对它们的感情愈加深厚了,秋天,人也该安顿下来,准备作一年劳顿中的休息和恢复了,秋天的刀、剑、盾、矛都该涂上黄油收藏起来了,秋天不是用兵和操作的时候,秋天人们对阳光的需要也特别强烈,秋天是晒太阳的时候,是慢慢品尝生活的时候。"老士萧远站起来说:"秋天是寻访朋友的季节,秋天已经除去了人的浮躁气,朋友之间变得澄明而且干净,友情也变得愈加浓厚了,在秋天里寻访朋友并且加深情谊,有事半功倍的效果,秋天最不易发生争执和变迁,秋天与春天确实不同,春天里人总是跃跃欲试,不安于现状的,因此春事多于秋事,春事大于秋事,春事烈于秋事,在秋天,人的感情总是浓郁而平静的。"士何进站起来说:"秋天是顺应自然的季节,秋天里天气高爽,草瘦羊肥,人应该摒弃杂念而走到原野上去感受自然。自然总有许多伟大和微妙的地方,如果笼统看去,一目了然,并无稀奇差异之处,但秋天的自然的深处却有着千变万化和相异的地方。秋天总是会令我们惊奇的,秋天的外表和它的内里并不一样,外表斑斓而内里烂熟,外表平稳而内里酝酿,这都不是大意的眼睛所能看透的。"士谷才站起来说:"秋天是独立思考和别出心裁的季节,因为秋天已经向人提供了思考的条件,秋天也向人提供了思考的环境,秋天还向人提供了思考的时间,秋天是春天和夏天的延续,同时秋天也是冬天、春天和夏天的开端,在秋天思考和决定的事情,在秋天就可以开始施行,到冬天就可以就绪,到春天就可以萌芽发展,到夏天就旺盛了。像地里生长的小麦,小麦总是在秋天播种,在冬天出芽,在春天成长,在夏天成熟的,这就是四季的道理和顺序吧。"士钱更站起来说:"秋天是品味的季节但不是行动的季节,秋天已经有了收获,就该享受收获的乐趣和满足,人也需要完全的松弛以便应付未来,人的一切都是上天赐予的,人不能改变上天的计划和安排,所以秋天是松弛的季节。"士耿宽说:"秋天是储备和裸浴的季节,秋天已经有了储备的条件和环境,一年的收割都结束了,得到的东西需要储备,以待来年,不需要的东西可以加以剔除,所以秋天是储备和整理的季节,在秋天里人的思路比较单一,会把仓房和庭院清理得有条有理,有顺有序,而不会做出无用的动作。清理和储备结束以后,人就应该裸浴了,裸浴就在阳光照耀下的原野最好,人的激情在逐渐消退,即使男女混杂也很少出现淫乱的情况,人们亲近太阳是因为太阳即将离我们远去,所以这时候的裸浴有极好的疗效,是其他季节不能比拟的。"士王仲说:"秋季不是一成不变的季节,秋季的蕴含很多,许多重大的事情都是从秋季发端的,上天也允许我们这样做,给我们这样做的权利。秋季适宜于做大的事情,秋天的天空、原野都更加阔大了,引导人们的思路,秋天的牲畜、野兽、花木,无论是形体还是数量,都有增无减,这都是以大为秋的证据。"百官们的发言到傍晚才告结束,晚饭后百官都回到自己的帐房里休息,以待来日。这样的秋游和发言,已经进行了数日,百官不在的时候,管谷控制着商都亳城,他的车马和军队日夜不停地调动部署,并且把大量的物资运送到向阳王国的都城。天色渐明,百官依时而起,早餐后都聚集到王帐附近的草地上,王李中衣着整齐,坐相端正,百官不得不循规蹈矩。王李中说:"谁能告诉我我所不知道的最奇特有趣的事情?"士巩林站起来说:"我听说在离商都很远的地方有一个人,这个人是个大孝子。有一年冬天他的母亲生病,医生说请满足她的一切要求。于是孝子问他的母亲:您要吃些什么呢?他的母亲说:我要吃才从水里得到的新鲜的鲤鱼。孝子来到冰封的水面上,用力去挖开三尺厚的冰层,他挖到一半的时候,冰层裂开了,从水里跳出来几条鲜活的鲤鱼,孝子拿回家煮给母亲吃,母亲的病有了好转;第二天,孝子又问:您想吃什么呢?他的母亲说:我想吃烤熟了的黄雀。孝子来到屋外的林边,这时有一群黄雀飞过,并且落到他的网里,孝子把黄雀拿回家,烤熟了献给他的母亲,他的母亲吃下去以后,病就全好了。"士萧远站起来说:"我听说在很远的地方有一个小小的邦国,邦国的邦主是个柔弱而又真挚的人,在他小的时候他的父亲对他说:你的性格是柔弱的,你将不能继承我的王位。儿子说:柔弱是我的天性,我无法改变或者抛弃它,但我是真挚并且努力的,这还不够吗?在一次战争中,他的父亲和他的兄弟都因战争而亡,他就成为邦国的邦主了。他的臣民问他:您的性格是柔弱的,您能做好邦主的工作吗?邦主说:我无法改变我的天性,但我是真挚而且努力的,请你们给我一次机会。在这一年的春天和夏天,大旱降临在他的土地上,庄稼眼看着就要全部旱死,人喝的水也很少了,土地都裂开了很大的口子,百姓们说:请上天降福于我们。邦主在旱象最重的地区,设了祭天的祭坛,然后以自己的身体为牺牲祭天祈雨,他剪断了自己的指甲和头发,向天祷告,上天被他的精神所感动,就降下了大雨,旱象从此解除了。"士王仲站起来说:"我听说在很远的地方有一个小官,他管辖的范围只有数箭之遥,他的百姓也很有限,但是他处理辖区内的任何事情,都非常认真,非常仔细,有的人问他:您不是有大志的人吗?对这么小的官职,您还留恋不已。他说:官职的大小能说明什么呢?如果是做事马虎敷衍的人,给他个很大的官做,他不同样是马虎敷衍的吗?有一年起了蝗灾,蝗虫铺天盖地地飞来咬食庄稼,附近的庄稼都被咬完了,但没有一个蝗虫落在他管辖的区域内。他的上司来检查工作,对他说:您为什么不去扑灭附近地区的蝗虫呢?他弃官而走,他走了之后,蝗虫立刻降落在他管辖的地界内,老百姓都呼唤他的名字,他的上司也承认了自己的错误,亲自登门请他复职。他回到管辖的土地上,蝗虫立刻就飞走了。"士孔庆站起来说:"我听说在很远的地方有一个城防的小官,他的上司听到百姓的反映,说城防官在遇到危险的时候,总是跑得比百姓快,他骑着善奔的马,日可行一千里,没有什么危险能够赶上他。于是上司没收了城防官的千里马。过了半年,上司又听到了百姓的反映,于是他装扮成一个游士的模样,去探听城防官的虚实。他来到城防官的住城,告诉城防官的副手说:当城门上出现狗血的时候,这里就要发大水了,被淹死的人将十之有九。副手不信,就装扮成一个平民百姓,每天到城门附近去偷看。守城的兵士抓住了他,问他为什么每日来偷看,他没有办法,就把游士的话告诉了兵士,兵士觉着奇怪,就拿来狗血涂在城门上。这时忽然涨起了大水,水从城外直涌进来,副手急忙跑去报告城防官,城防官说:您为什么变成了鱼的模样?副手说:"您也是呀,您的鳍比您的身体还要长呢。"士何进站起来说:"我听说在很远的地方有一个小国,小国里有一个小城市要筑城墙,以便保护百姓的安全并且防御外敌的侵扰。负责筑城的一个吏官喜好吃喝,尤其喜欢吃水产鱼虾,每天中午和晚上都要享受一番。城墙筑了数次,每次到快要筑好时,都会崩塌离散。吏官很苦恼,于是戒了鱼肉酒菜。第二天早上,城北的水里浮出了一只大龟,吏官在高处看见了,就命令按照龟的形状筑城,城筑好了坚实无比,再也没有塌下来。过了一些时候,吏官又奉命到另一个城市去筑城,城筑好了立刻就塌散了,反复数次,吏官很烦闷。有一天傍晚,吏官在郊外闲走,看见自己的坐骑不停地沿着一个圆圈跑,感到很奇怪,就命令依照马蹄的样子筑城,城筑好了,再也没有倒塌。"士耿宽站起来说:"我听说很远的地方有一个人,他以前在很远的一个地方放马,与马做伴,早出晚归,悟出了很多道理。有一次,一个小国的大王做梦梦见他的助手在西方,在水草肥美的地方放马,就亲自到梦中的那个地方去,找到了牧马人,并且力邀他做自己的助手,牧马人没有办法,就答应了。他们返回的时候,走到一处树林中,树林中有一只鸟受伤掉在马蹄边,牧马人说:请您允许我为它包扎并且放生。大王很不高兴,就撤掉了牧马人的职务。他们又往前走,走到一个水泽地,水泽地有一群狼要吃掉他们,牧马人用箭射杀了它们,大王很高兴,又恢复了他的职务。他们又往前走,看见雨后的一块农田被大水浸泡着,牧马人说:请允许我放掉农田里的涝水。大王很不高兴,就撤掉了他的职务。他们又往前走,走到一个山崖上,牧马人说:请您抓着我的腰带过去。大王很高兴,又恢复了他的职务。他们来到王城,大王说:请您和我住在一起。牧马人说:我喜欢住在普通的人中间。大王很不高兴,又撤掉了他的职务。有人对他说:您三次得到这个职务没有高兴的神色,三次失去也没有沮丧的神色,这是为什么呢?牧马人说:大王和副手之间就应该有一种平静无为的态度,这种态度拿去治理国家,老百姓才能过安定无忧的日子。"王李中携百官秋游的同时,草滩王刘康派出的麻木冷漠的人,已经分别去了各地,他们装扮成不同身份的人的模样,散布到蔡弥指定的地点,见机行事。这时在商都以北的一个地方,符离王国的农业发展起来了,粮食在囤子里装得很满,符离王江让用送粮和借粮的办法,联合了附近的几个小国,组成了共同防御体系。他们在经济上互相支持,取长补短,在治理上以符离王为主,在利益上共同对外,联合一致。他们控制了滩水上游地区,畜牧业也发展起来了。灰古王冠先感觉到了符离王国的一些压力,他在滩水边一坐就是半天,沉思不语,连鱼咬钩的猛烈拽动他也看不见。陈军来水边看他,对他说:"您一个上午没钩到一条鱼,您是在晒太阳吗?"冠先说:"秋天的太阳真好啊,但是王李中在忙着准备迁都吗?"陈军说:"王李中正在做迁都的准备工作,他把百官带到了郊外,向他们封锁了亳城的一切消息,但迁都的王令并没有下来。"冠先说:"王李中能享受到秋天的阳光吗?"陈军说:"不能。"陈军第二次来到水边,看了冠先的鱼篓,陈军说:"您两个半天没钓上来一条鱼,您是在看风景吗?"冠先说:"秋天的风景真好,草滩王也能看到这样的风景吗?"陈军说:"草滩王的焦虑会比谁少呢?他的前途和命运都是未知的呢。"冠先说:"草滩王享受不到这样的秋景啊。"陈军第三次来到滩水边,陈军说:"您总是呆呆地坐着,您是在看秋水吗?"冠先说:"我是在看秋水流来的方向呢。"陈军说:"秋水流来的方向有符离王国,符离王联合了附近的小国,发展了农业,正在强大起来。"冠先说:"符离王江让能享受到秋水的流动吗?"陈军说:"我不知道。"冠先说:"这是未知的事情啊。"陈军第四次来到水边,冠先已经昏昏欲睡。陈军说:"您是在享受秋天的睡眠呢?"冠先说:"请问谁能享受秋天的睡眠呢?苗庵王卫申、重岗王苏大、山头王邢明、渔沟首领范平或者灰古王冠先?"陈军说:"苗庵王卫申已经成了上天的罪人,重岗王苏大正在进行他的秋猎,山头王邢明喝过了酒需要睡觉,渔沟首领范平正在调整土地的划分和分配,而灰古王您呢,难道不是正在考虑灰古王国的未来吗?"冠先说:"请告诉我城市的发展和四方贸易的情况,请告诉我耕种栽植和畜牧的情况。"陈军说:"耕种栽植都按时令进行,田地都形成了方阵,放牧牛羊的地方都靠近水泽,城市已经变得很大,四方的贸易也正在黄一的带领下向远方很远的地方推行。"冠先说:"您能详细地告诉我粮农林果的情况吗?"陈军说:"灰古王国的粮食仍然以禾、黍、稻、菽、麦五种为主,这五种作物,在苗庵和永安有不同的叫法,禾叫作小米,黍叫作黄米,稻叫作赤米,麦叫作冬麦,菽叫作大豆,在灰古王国的土地上,农人已经发明了一年两熟的方法,因此粮食就增加了很多,几乎到了吃不完的地步。桑林和漆林都连接成片了,漆可以做大量的漆器,可以做琴瑟的包裹,这些琴瑟和漆器拿到四方去,都是异地抢购的物品,眨眼之间就能为灰古王国换来巨大的财富;桑林已经有了高桑和矮桑之分,高大的一种,需要人爬到丫枝上去采摘,低矮的一种,人只要立在地上就可以采摘,这都是当地农人的发明。"这时冠先正襟而坐在濉水岸畔的草地上,阳光高高地照耀,秋风略显强劲,远处秋草时伏时起,鸟雀在水面上飞过又飞来,他的柳条做成的渔竿半躺在水里,秋水清凌,汩汩慢流。冠先说:"低矮的桑树到底是怎么样的呢?"陈军说:"低矮的桑树又叫地桑,第一年种桑椹,等到桑树长到和冬麦一样高时,就从地面割掉,第二年就从根上重新长出新枝,这样的桑不仅方便了采摘和整理,枝叶也长得肥大,产量很高,当地的桑农都喜欢它。"冠先说:"请您告诉我果园的情况。"陈军说:"果园里仍然以无花果、杏、桃、枣、梨、柿为主,灰古土地上产的果实在四方的贸易中也极受欢迎,因此在灰古北部的一些地区,果林已经连接成片,每到成熟收获季节,果香弥漫,百里千里;人民都带了火炬,在果园里彻夜欢歌,只是果实的存放不能持久,秋天采摘的果子,到冬末就不再能搁置了。"冠先说:"请您再告诉我城市发展的详细情况。"陈军说:"灰古王国的城市发展很快,得到了枯河、永安、苗庵之后,城市的数量进一步增加,现在两万人以上的城市,就有灰古、菖蒲、枯河、永安、苗庵、沱北、浅草等。灰古和菖蒲的人口,都已经超过了八万人,在商国中,除了商都亳城外,它们是最大的了,没有哪个国家或群落的王城还能比过它们。"冠先说:"城市里的百姓,主要都在干什么呢?"陈军说:"城市发展得大了,干什么的都有,干什么的也都有人需要,他们有的炼铁,有的铸铜,有的搞建筑,有的编制竹器,有的给木器上漆,有的制作皮革,有的煮盐,有的造酒卖酒,有的纺织,有的杀狗屠猪,有的贩卖矛盾,有的开饭铺旅店,有的做官,有的成交粮食,有的行医治病,有的授徒兴学,有的观日察月,有的绘图雕刻,有的提笼架鸟,有的专事娱乐,六职百工,无所不包。"冠先说:"各地各国还有许多流客,也都往来于灰古之间吗?"陈军说:"在灰古王国宽阔的大路上,每天都有络绎不绝的流客,他们从国外带来许多货物,再从国内带走许多货物,他们都是受了灰古王国贸易的影响,来做一些短途的贸易的;他们中还有一些人,并无实事,只是四处游走观看。"冠先说:"绘图雕刻的是些什么样的人呢? 他们绘雕的图案是什么样子的呢?"陈军说:"绘图雕刻也是百工的一种,图案都绘或刻在帛布上、神祠中、器皿上、木根上,请您允许我派人取几幅来。"陈军派人取来几幅绘画,冠先看了,默默点头,这时有秋风吹来,将一幅画吹得微微拂动,更显了绘画和秋野的雅致。冠先说:"那么专事娱乐的都是些什么样的人,他们又娱乐些什么呢?"陈军说:"专事娱乐的都是些不愁吃穿的人,或者劳务之余还有空闲的人,他们的娱乐主要有十二种。"冠先说:"是哪十二种呢?"陈军说:"有斗鸡、走犬、六博、对弈、投壶、讴歌、射法、弋法、剑道、手搏、踢球和举鼎。"冠先说:"这十二种娱乐,具体是怎样的呢?"陈军说:"斗鸡就是促使两只公鸡相斗的娱乐,走犬是驱使猎狗追逐兔子的娱乐,六博是一种掷彩下棋的比赛,对弈是下围棋的娱乐,投壶是用箭往壶里投的比赛,讴歌是唱歌和对的娱乐,射法是射箭方面的比赛,弋射是用带绳子的箭来射鸟兽,剑道是关于剑术的传授与比赛,手搏是摔跤的比赛,踢球就是用脚来踢实心的皮球的游戏,举鼎就是举起重物的娱乐和比赛。"冠先说:"这就是灰古王国的活力和实力吗?在别的王国里都是怎样的呢?"陈军说:"在许多国家里都还在谈论吃饭的问题。"冠先说:"请您告诉百官,对外时请保持沉默的风范和收敛的习惯。还请您告诉我四方贸易的情况。"陈军说:"黄一的贸易队伍每一个时辰都往来于四方和灰古王国之间;与北方的贸易仍然是主要的,灰古王国的贸易者已经用上了战车改装的货车,他们或者是官方的队伍,或者结成团伙,或者以家族为单位,他们带去灰古王国的一切,从粮食、水果、到木器、绘图,然后换回来大批牛羊和狗马。他们从西方黄地换回来铁矿石、池盐、皮革、药材和牦牛尾;从南方赤地换回来桔、柚、木材、象牙、黄金和大鸟羽;从东方白地换回来海产、食盐、白玉、柞蚕丝和蚌蛛。"朱响在东方的白地遇到了灰古王国的贸易队伍,贸易队伍向他献上了六角形的佩玉和成串的蚌珠。朱响说:"灰古王国现在是什么样一种状况呢?"贸易的人说:"百姓都能安居乐业,贸易和种植也都能得到大王的鼓励。"朱响说:"灰古王都在想着些什么呢?"贸易的人说:"想着国家和百姓的富足,因为大王自己没有奢侈的要求。"朱响说:"他住在什么样的房子里呢?"贸易的人说:"他住在中等的房子里。"朱响说:"他吃的什么饭食呢?"贸易的人说:"他吃的是中等的饭食。"朱响说:"他的水果的用量是多的吗?"贸易的人说:"他的水果的用量是老百姓的一半。"朱响说:"他的行走是矫健的吗?"贸易的人说:"他的行走和五年前一样。"朱响说:"他的钓鱼的爱好还能持久吗?"贸易的人说:"他的钓鱼的爱好和滩水一样长久。"朱响说:"枯河王国和永安王国已经并入了灰古王国了,三国间的关系现在是怎样的呢?"贸易的人说:"现在已经没有区分了。"朱响说:"冠先为什么要废黜苗庵王呢?"贸易的人说:"因为苗庵王是上天的罪人,苗庵的百姓也都苦到了最深。"朱响说:"那么苗庵王国和灰古王国现在是怎样的关系呢?"贸易的人说:"苗庵的百姓已经融合在灰古的百姓之中了。"朱响说:"灰古王还有些什么打算呢?"贸易的人说:"滩水里的鱼才知道。"朱响说:"请回去后向灰古王转告我的羡意。"贸易的人说:"您在灰古王国有很高的威望。"贸易的人离去后,朱响许久没有说话。孙季说:"请问您在想什么呢?"朱响说:"我在想谁能制止灰古王呢?"孙季说:"有四个人可以制止灰古王。"朱响说:"哪四个人呢?"孙季说:"王李中。"朱响说:"王李中没有分身的办法。"孙季说:"符离王江让。"朱响说:"符离王的翅膀还很嫩弱。"孙季说:"草滩王刘康。"朱响说:"刘康已经被放逐。"孙季说:"还有元圣您。"朱响说:"我已经老了。"第二天早晨,朱响命随行的师傅抽签占卜,决定返回商都还是继续巡游。早晨又是大雾,几步外就看不见,只听得见师傅跪在岩石上的嘟噜声。

第七卷

盘庚越来越感觉到亳城作为商国的都城不理想,他下决心迁都他城。

王李中携百官在郊外的秋游还没结束。早餐后他们在树林里的空地上坐下,听着百鸟的啼叫,看着阳光从树林的上方泄露下来,李中说:"谁能告诉我最精妙的道理?"士巩林站起来说:"最精妙的道理是关于'势'的道理。'势'就是统治和治理的权势,是君王的威严。君王凭借'贤'和'智'都不足以制服百姓,贤过于温柔,智过于琐碎,只有势才是适当的工具,国君有了权势的凭借,就可以做到令则行,禁则止,没有人敢于违抗。这就像天上的飞龙在云雾中自由地舞动,一旦失去了云雾,它就只能像地上的蚯蚓一样,没有施展的条件了。以前最有名的君王,当他是个平头百姓时,他连三个人都指挥不动,人家都不听他的,后来他做了君王,就可以指挥一个国家,这就是势的力量。"士萧远站起来说:"作为君王,应该随时想到天下,想到臣子和百姓,在君王的理想中,应该是每个百姓家都有百亩的良田,五亩的宽宅,宅旁边种着桑树、梨、枣,家中养着鸡、鸭、鹅、狗、猪,百姓都能吃得饱,穿得暖,都有合适的配偶,五十岁以上的人有丝织品穿,七十岁以上的人每天都有肉吃,即使碰到饥年灾荒,他们也都有吃有喝,不至于饿死,碰到丰顺的年头,他们唱歌跳舞,连回家的余暇都没有。这才是国君所应该想到的问题。"士谷才站起来说："世界上的事情看起来是一样的,但其实没有两个是一样的,作为国君、臣子、百姓,他们的身份不一样,看事物的标准也就不同,甚至截然相反。例如一件东西分散了,但对另一件东西来说,却是合成;一件东西合成了,但对另一件东西来说,却是损毁。人对美丑的看法也是一样的,许多人都传说山头王邢明的妹妹很漂亮,人们见了她就不愿走开,就想要得到她,但是鱼儿见了她,就会吓得赶快逃开,鸟见了也会吓得高飞,小的野鹿见了也会飞快地跑掉,为什么呢？因为人倾慕她,鱼、鸟、鹿却以为她会捕杀它们,这就是不同的标准和角度带来的不同结果。"士耿宽站起来说："国君应该鼓励百姓开垦荒地,使之成为私田。很久很久以前,有个小国的大王到邻国去,看到邻国有许多田地淹没在荒草之中,田地里的庄稼成熟了,却没有人收割,收割下来的庄稼堆积暴露在荒野却没有人料理,他感到很奇怪,就询问邻国的人。邻国的人说,国君不允许私人开垦荒地,已经开垦的立刻抛荒,否则就要处以刑罚。他听了以后,叹息着说,这个国家很快就会消亡了啊。后来那个国家果然很快就消亡了,这就是国君鼓励和禁止的效果。"士孔庆站起来说："国君应该重视农耕,鼓励人民去从事农业和参加军队,达到富国强兵的目的,而不应该鼓励人民去经商、做游士和当手工业的制造者,如果认为商人可以富家,游士可以有尊严,技艺可以糊口吃饭,那么人民就会逃避耕战,国家就会衰亡。对国君来说,财富的积累靠的是什么呢？靠的是农耕种植,商贸不能生产粮食、丝织品、玉器和食盐,商贸换回来的财富都是虚假的。"士王仲站起来说:"我想告诉君王水的精妙。水和泥土一起组合成人,又组合成树、鸟、鱼、虎、鹿以及世界上的一切。水有极大的变性,水在海洋里就是海洋的形状,水在水道里就是江、河的形状,水在池塘里就是池塘的形状,水在盆碗里就是盆碗的形状。水是最柔软的,却又是最有力的,水在夏汛的时候,能够冲毁堤防,冲倒屋舍,以及最坚硬的东西。水在沐浴的香池中呢,又最让人有肌肤的感觉,最让人觉得有美女一样的温柔,最让人起怜香惜玉的念头,就是最坚强的人,也会被水和水性所软化。"这一天的议论早早就结束了,第二天上午,王宫的礼宾长官出现在百官的面前,宣布说:"王李中身体不适,今天不再出来,请大家自由活动,但不得离开秋游地。"百官中的一些人感到了不安,他们私下里交换着意见:"亳城或者商国在发生什么重大的事件呢?"老士萧远派他的助手返亳,但被秋游地的卫兵阻挡而回,萧远说:"为什么会这样呢?大宰知道不知道这些事情呢?"王李中和管谷、关全在上半夜就乘车离开了秋游地,他们先回到商都亳城,李中说:"部队的情况都怎么样了呢?"关全说:"部队都已经布置在他们应该驻扎的地方。"李中说:"亳城的情况又是怎么样的呢?"管谷说:"亳城的郊外已经戒备起来,老百姓也还都是平静的状态,上流社会的猜测并没有得到证实,况且百官都在秋游之地,他们也没有聚集和起事的能力。"李中说:"大宰的态度是怎样的呢?"管谷说:"大宰仍在东方巡游,派去的宫官未能得到他的表态。"李中说:"他为什么不表明他的态度呢?"关全说:"您是君王,您的态度还不是最重要的吗?"李中说:"大宰的态度才是最重要的啊。"管谷说:"请您按照事物的发展趋向而采取行动。"李中说:"请您准备最快的车马,并请您准备迁都的训令。"李中坐上最快的车马,连夜出了亳城,赶往符离王国。这时草滩王刘康从睡梦中惊醒,他听见夜鸟在远处的树林里啼叫,秋风拍打着树叶,发出哗啦哗啦的声音,滩水奔流的声音时大时小,天空中有遥远的星球正滚动而过。刘康披衣而起,在木制的椅子上坐下,门被推开了,高士许由走了进来,在他身边的另一把椅子上坐下。刘康说:"您为什么许久不来看我呢?"许由说:"我将越走越远,来看你的次数就会越来越少。"刘康说:"请您告诉我秋夜的事情。"许由说:"秋夜需要有谈心的人,秋夜夜深人静,大多数人都睡去了,不眠的人对灯独坐,总有他自己的心事,总有孤独、不安、不解和忧虑的心事,秋夜就是这样一种时刻呀。"刘康说:"秋夜给人一种抽泣的渴望,历史上最伟大的人和最坚强的人也是这样的吗?"许由说:"历史上最伟大的人和最坚强的人都是在他的对手和被征服者眼里才是最伟大和最坚强的。秋夜我们总是在想,上天创造了我们,投放我们到某一处自然的怀抱中来,我们就只能在这一处在这一个位置经受我们的幸福、不幸、忧虑和悲伤,并且应付我们周围的人和事,不管他是君王还是百姓,不管他是初生还是年老,不管他是男人或者女人,我们总会为我们的有限而抽泣和伤感啊。"刘康说:"这就是秋夜所给予我们的一切吗?"许由说:"这就是秋夜所给予我们的一切啊。"刘康说:"谢谢您的倾谈。我记得您的每一句话。"许由轻轻站起来推门而去,秋夜又陷入了无边的沉寂和遐想中去。刘康坐在木椅上沉思,眼前掠过如云的杏花、桃花相杂的绚烂,早春的蜜蜂都飞出来在温暖的阳光和杏桃林中舞动了呢,早春的雪都快化尽了呢,早春的马蹄飞踏过春野,向一望无边的原野上疾驰了呢,早春的柳丝在低地水洼边都爆芽青绿了呢,早春的都城在远处就显示它庞大而雄伟的躯体了呢,早春的流水边浣衣的女孩子都在桑林和玉兰花丛中走散了呢,早春的其他的一切呢……?刘康从遐想中猛然醒来,他裹紧衣服,在木椅上坐到天明,然后喊来蔡弥,问他道:"请您告诉我大宰的行踪。"蔡弥说:"大宰仍在东方白地巡游,还没有返亳的意思。"刘康说:"请您派人把秋熟的苹果和秋熟的酥梨送到大宰府。"蔡弥派人把秋熟的苹果和酥梨送到了大宰府,府官说:"大宰出巡尚未归返,苹果和酥梨能存放几时呢?"刘康的人说:"请收下草滩王的心意,这是草滩王亲手栽植的果苗并且亲手采摘的果实,如果它们不能久存,就请把果核弃在府内的花园中,它们第二年就可以长出幼苗,每五年就可以结出果实,大宰府中的香气就会更加浓郁。"府官说:"请向草滩王转达大宰府的谢意。"王李中在太阳初升的时候来到了符离王国,符离王江让设早宴欢迎他。符离王江让说:"您为什么连夜赶路呢?"李中说:"做国君的难道还应该有晨昏之分吗?"江让说:"您是对的。"李中说:"请您告诉我一件最小的事。"符离王江让说:"我听说以前有一个带兵的人,做事非常钻研认真,他思考问题时,不注意间就把马鞭拿倒了,倒了的马鞭刺在他的面颊上,一而再,再而三,刺得流出血来,他都不知道,他的钻研和认真到了这种地步,还有不打胜仗的吗?"王李中说:"您的话给了我很深的印象。"江让说:"我经常用这件事情来勉励我自己。"李中说:"我打算迁移国都,以此来避开每年的水患,您对此有什么看法呢?"江让说:"符离王国难道会有不同于您的看法吗?"李中说:"请问您对百官有什么态度?"江让说:"请迁移他们。"李中说:"为什么要迁移他们呢?"江让说:"百官是君王您的百官,他们不追随您,那么您还有食养他们的必要吗?"李中说:"您是对的。国家稳定以后,我将支持符离王国的发展。"李中离去后,符离王的助手鲁炎说:"您为什么希望迁移百官呢?"江让说:"君王为什么要迁都呢?难道不是因为亳城的百官和上流社会的不服从吗?君王迁移了百官,也就迁移了百官的根基,百官就将不再能和君王作对,商国稳定了,符离王国的快速发展才有保证啊。"鲁炎说:"您是明智的。"王李中告辞了符离王,快马加鞭赶往重岗王国,重岗王苏大设晚宴欢迎他。王李中说:"请您告诉我一件最小的事情。"重岗王苏大说:"我听说以前有一个官,因为大王的误解,免除了他的职务,让他在家里休息。他在家里闲不住,每天早晨把一百块砖头搬到室外去晒太阳,到晚上再把砖头搬回来。看见的人很奇怪,说:您为什么要这样呢? 官说:我是用这种方式来提醒我自己,要随时准备出去为国家效力呀。"王李中说:"您的故事留给我很深的印象。"重岗王说:"我每天都想着这件事,以便提醒我不忘记自己的职责。"李中说:"我打算迁移国都,以便避开无穷的水患,您对这件事情怎样看呢?"苏大说:"我是君王您的支持者。"李中说:"请问您对百官有什么态度?"苏大说:"请您允许我暂时离席。"苏大走出宴厅,说:"我怎样回答君王的问题?"袁礼说:"请他抛弃百官。"苏大说:"为什么要抛弃百官呢?"袁礼说:"抛弃百官将形成两权分立的局面,重岗王国可以在混乱中发展并且能征服他们。"苏大回到席位上,对李中说:"请您抛弃百官。"李中说:"为什么要抛弃百官呢?"苏大说:"他们都是以前的旧势力,您抛弃了他们,并在新的国都任用自己的百官,他们就将一钱不值。"李中说:"您是对的。国家稳定下来之后,我将支持重岗王国的发展。"王李中辞别了重岗王,第二天早晨赶往灰古王国。灰古王冠先设晚宴欢迎他。王李中说:"请您告诉我农业丰收的秘诀。"冠先说:"农业的丰歉与土地有极大的关系。"李中说:"那么治理土地有哪些法则呢?"冠先说:"治理土地有五个方面的法则。"李中说:"是哪五个方面的法则呢?"冠先说:"土壤黏重板结难以耕种的要使它疏松,土壤过于疏松不能保持水肥的要使它结实,这是第一;休闲过的田地要尽快耕种,耕种过久的土地要使它休闲,这是第二;地力瘦薄的要增施肥料,肥力过剩的要适当少施,这是第三;土壤质地粗散、失水太快的要使它细密,过细过密不能透水的要使它松散,这是第四;地势低而过分潮湿的要使它干燥,地势高而过分干燥的要使它潮润,这是第五。"王李中说:"您的话给了我很深的印象。"冠先说:"请原谅我的冒昧。"李中说:"我想迁移国都,以便避开久治不去的洪灾,您对这件事情的看法是怎样的呢?"冠先说:"请君王按照自己的设想去采取行动。"李中说:"请问您对百官的看法是怎样的呢?"冠先说:"请带走您应该带走的而留下您应该留下的。"李中说:"您是对的,国家稳定之后,我将给灰古王国的发展以大力的支持。"李中离去之后,陈军来问冠先:"您为什么不希望他带走百官呢?"冠先说:"百官到了新的国都将不再有结实的根基,君王将建立强有力的统治,灰古王国就将失去机会。"陈军说:"那么您为什么不希望他抛弃百官呢?"冠先说:"抛弃旧的百官而任用新的百官,君王在新国都里的统治就将无懈可击,灰古王国也将失去机会。"陈军说:"您是对的。"冠先说:"请您告诉我山头王国的情况。"陈军说:"山头王国一切都很平静和正常。"冠先说:"请您寻找山头王国的隙处。"王李中早晨来到向阳王国,他在向阳城里视察了扩建和物资储备的情况,然后就驰回百官的秋游地,同时命令管谷向全国发布迁都的训令。这时候,一个叫尤同的闲客来到了符离王国,他嘴里唱着单调的歌子,脚下跳着别人看不懂的舞蹈。他来到王宫,对宫里的官员说:"请允许我跳最激动人心的舞蹈给商国的君王看。"宫官说:"你是从哪里来的呢?"尤同说:"我从南方的舞蹈国来。"宫官说:"你的名字叫什么呢?"尤同说:"我的名字叫尤同。"宫官说:"您怎么知道商国的君王来到了这里呢?"尤同说:"因为我看见商王的战车在跑动。"宫官说:"但是商王已经离开了符离城,到重岗王国去了,您愿意给符离王舞蹈吗?"尤同说:"我过几天会再来。"尤同离开符离王国,来到了重岗城。重岗城建在红土和红石的丘陵岗地上,连草芽都是红色的。尤同唱着简单的曲子,跳着复杂的舞步,来到王宫,他对守宫的长官说:"请允许我唱最动人心魄的歌子给商王听。"守宫的长官说:"您会唱什么歌子呢?"尤同说:"我会唱天上的曲乐。"长官说:"您是从哪儿来的呢?"尤同说:"我是从东方的仙境来的。"长官说:"您叫什么名字?"尤同说:"我的名字叫尤同。"长官说:"您怎么知道商王来到了重岗王国?"尤同说:"因为商王的战马在跑。"长官说:"但是商王已经离开了,他到灰古的王城去了。"尤同又来到了灰古城,他走得累了,就坐到路边的小茶摊上喝一碗水。路上走过来一位留着胡须的游士,游士来到小茶摊前,对老板娘讲:"灰古王国的人家都是这样的富裕吗?"老板娘说:"谁跟穷有缘分呢?"留着胡须的游士说:"灰古王国的人都有着经商和做工的头脑吗?"老板娘说:"可干的事情多着呢。"游士说:"做大王的人又能有几个呢?"老板娘说:"做大王先要做他的好徒弟。"游士说:"做君王的又能有几个呢?"老板娘说:"做君王的现在也就是一个。"留胡须的游士叹了一口气说:"君王总是那样匆忙吗?他总是早上到灰古,晚上到向阳,第二天早晨又到亳城的郊外去吗?"游士说完就走了。尤同喝完水,就离开了灰古城,远远地经过向阳城,直接到商都亳城去了,他到亳城的时候,王的训令已经发布了,亳城一片惊乱,街上到处都是匆忙不宁的人群,一些运货的车正在急急地离开亳城,驰向远方,管谷的军队在城里城外巡逻并且盘查,但通向各地的道路都还通畅,百姓的进出也还没受到限制,城里的商店大都关门上锁了。王的训令贴在最醒目的地方。训令说:"商国的臣民们,我要向你们宣布一项最严厉的决定,我已经在各地部署了军队,他们有坚硬的盔甲和最锋利的剑,他们忠于上天和君王,他们可以消灭一切违抗王令的人,他们的臂力过人,他们也有冷酷无情的性格。商国的百姓们,我要告诉你们,你们正在受到上天的惩罚,你们祭祀时不专心,你们不拿出最好的东西献给上天,因此上天发了怒,它派洪水来冲毁商国的城市,它派地的震动来毁坏商国的乡村,它杀死商国的人民,它还要冲毁商国的都城亳。我曾用赤诚的心向上天祷告,祈求上天放过商国的臣民,我答应上天我将代为惩罚那些不忠和诡诈的臣民,我祈求上天降福给我的人民,我愿意用我的身体换回商国的安宁和发展。商国的臣民们,我要警告你们,你们要谨守上天和先王制定的操行,不得有逾越的举动,你们要听从我的训导,你们要唯唯诺诺,要敬奉上天、先祖和你们的君王,不然的话,我将派军队斩杀你们,用利剑砍下你们的头,敬献给上天,用利剑砍下你们后代的头,敬献给先祖,用利剑砍下你们妻室的头,敬献给君王。你们要小心啊!我告诉你们,我已经祭祀了上天和先祖,上天和先祖要我做这件事,你们都要听我的,不准说半个不字,我要迁移商国的都城到向阳,那里有肥美的草地,我可以分给你们放牧牛羊,那里还有大泽深水,你们可以捕捞最大的鱼,你们吃不完的,那里有大片的良田,我让你们去耕种,你们都听好了,我要带领你们迁移商国的都城,以便避开洪水的危害,你们的生命也就有了保证。商国亳城的臣民百姓们,我要严厉地训诫你们,我要迁移你们全部,除了老年、体弱和君王所抛弃的,我要迁移你们全部,你们赶紧收拾你们的家当和行李,把它们放在车上,我在五天以内就要迁移你们,你们谁没有听我的话,我就要割掉你们的耳朵,你们谁没有看好自己的行李,我就要挖掉你们的眼睛,你们谁不听我的指挥,我就要砍掉你们的头颅,你们向上天和先祖祷告吧,你们的心都要诚啊!"王令正在都城施行着,城市的进出渐渐也控制得紧了。这时闲客尤同来到了管谷的府邸,府官说:"你要做什么呢?"尤同说:"我是最好的驭手。"府官说:"你怎样领马驾车呢?"尤同说:"我可以驾车越过十米宽的沟壑,可以使车倒行如飞,我还可以在危急的时候领马驾车腾空而过,可以在分寸之地使车马原地旋转三百六十度。"府官说:

"您说的有多少是真话呢?"尤同说:"我说的没有一个字是假的。"府官说:"那么你是从什么地方来的呢?"尤同说:"我是从一个最深的山里来的。"府官说:"那么您叫什么名字呢?"尤同说:"我的名字叫尤同。"府官向管谷报告了求职的人的情况,管谷召见尤同,管谷说:"您知道我手里有多少支剑吗?"尤同说:"您手里有无数支剑。"管谷说:"您知道这些剑可以砍下来多少颗人头吗?"尤同说:"无数颗。"管谷说:"您不要想欺骗我,我要考察您的车技。"管谷命人在郊外准备了一乘车,六匹马,车是最结实、轻巧和快速的车,马是最有力善跑的马。尤同上了车,把马驾得飞奔起来,车越过了十二米宽的沟壑,从树梢上飞掠过去,然后又稳稳地落在了地上,车子在原地旋转时,像陀螺一样,马蹄一点都不混乱,车倒退时比前进还快,可以拐过水道,避开沼泽,躲过挡道的巨石。管谷说:"您有难得的才技。"就收留了尤同,并把他带到郊外的秋游地,献给了王李中。王李中在匆访了各国后,已经回到了百官的秋游地,这时百官因为好几天闲而无事,又回不了亳城,正在私下里发牢骚。李中在早晨太阳升起之前,就召集百官在王帐外开会。李中说:"你们在私下里埋怨我吗?"士巩林站起来说:"百官都在祈求君王的玉体早日康复。"李中说:"我已经康复了。我要率领你们做一件大事。我要率领你们迁移商国的都城到向阳,你们会追随我吗?"老士萧远站起来说:"请问君王,这样大的事,您得到元圣的同意了吗?"王李中说:"元圣已经祝福过我。"老士孔庆站起来说:"请问君王,这样大的事,您卜问过上天了吗?"李中说:"上天已经给了我治理人间的权力。"士耿宽站起来说:"请问君王,这样大的事,您得到了百官的赞同了吗?"李中说:"我的剑赞同我!"士钱更站起来说:"请问君王,这样大的事,您得到百姓的支持了吗?"李中说:"百姓都会追随我。"士王仲站起来说:"天下最大的莫过于君王了,难道君王要做的事,会有做不成的吗?"李中说:"我要做的事都能做成。"士谷才站起来说:"天下最强的莫过于君王了,君王的意志,难道还有得不到贯彻的吗?"李中说:"我的意志都会得到贯彻。"士何进站起来说:"君王难道不是为商国的百姓着想的吗?"李中说:"我要百姓避开无穷的水患。"士巩林站起来说:"百官难道会不追随君王您吗?"李中说:"我将抛弃不追随我的臣士。"士萧远站起来说:"请您允许我告老还乡,回到自己的封地上去。"王李中说:"您的请求已经被同意了。"士孔庆站起来说:"请您允许我回到亳城,在家中度过我的余年。"李中说:"您的请求也已经被同意了。"士耿宽站起来说:"请您允许我到商国的土地上闲游,成为一名游士。"李中说:"我将剥夺你的全部家产。"士钱更站起来说:"君王您这样做是自私的,老百姓将没有安宁的日子过,请您赐给我死的权利。"王李中说:"不看重生命的人,比过分看重生命的人要高明啊。我赐给您死的权利。"钱更走到卫士的身边,拔出卫士的剑,自刎而死。王李中说:"谁还有话要说呢?"整个郊游地都鸦雀无声。秋意在郊外已经较浓了,但在亳城里却感觉不到,亳城陷入一片混乱和喧杂之中。百官回到亳城,都忙于梳理财产或私下暗通。王李中和士萧远、孔庆、耿宽等分别向东方的白地派出了特使。特使们在深深地延入大海中的陆地的岬角上拜见了大宰朱响。陆地伸入大海的岬角高高地隆起于大海之上,一道湍急的溪水从陆地的深处奔来,直泻入浩瀚的海洋中去。朱响在溪水边燃起了篝火。他坐在海草编织而成的椅子上,沉沉不语。月亮升起来了,巨大而冷清,篝火边的军士弹拨着一种竹制的生硬的乐器,用沙哑的嗓子低沉地唱道:"秋风萧萧地吹呀,溪水已经寒凉了。"乐器和歌喉都是一种悲凉的音调。这时萧远等人的特使先到,特使来到大宰的身边,先行了跪礼,然后轻声说:"商国的百姓和商都的百官渴盼您早日返亳,因为君王李中已经做出了迁都的决定,而百官和百姓并没有同意,君王发布了强制的命令,各地的部队都戒备起来了,君王已经免除了老士萧远、孔庆等人的官职,士钱更等人已经自杀,士耿宽等人已经被剥夺了家产,逐为游士,各地的百姓都在酝酿闹事,亳城也有兵变的危险,商国的命运和百官百姓的荣辱都系在您的身上呀。"朱响沉沉不语,仿佛并没有听到特使迫切的话语。孙季走过来说:"请给大宰以沉思的自由。"特使肃然退下。篝火还在燃烧,月华清冷而寂寞。篝火边的军士继续唱道:"秋风萧萧地吹呀,溪水已经寒冷了,壮士一去呀,就永不再回了!"朱响的脸颊上挂着两颗泪珠,乐器和歌喉都是一种悲壮慷慨的音调。这时王李中的特使到了,特使来到大宰的身边,先行了跪礼,然后轻声说:"王李中请您到商都亳城去,因为大水的危险和上流社会的作对,王李中决定迁移国都到向阳城,以便重振商国雄风,发展商国的经济和军事,抑制各地势力的崛起。您是德高望重的元圣,您的话没有人敢于不听。王李中已经动员了军队,并且免去了不追随的官员的职务。百姓都支持君王的行动,各邦国、王国和群落也都支持君王的行动,百官中的大部分也都支持君王的行动。君王现在特别需要您的帮助和扶持！"朱响依然沉沉不语，孙季走过来说："请给大宰以缅怀的自由。"特使肃然退下，返回亳城向王李中报告。王李中说："大宰为什么会这样呢？"命令再次发布君王的训令，训令说："商都的臣民百姓们，我留给你们的时间已经结束了，现在我要求你们带好自己的东西，追随我到新的国都去。你们应该体谅我内心中的困苦啊，你们中的少部分人心术不正，并且想用不正确的话来动摇我的决心，然而我不能改变我的决定，如果在政事上有了大的失误，上天就会怪罪我们，就会把灾难降临在商国人民的头上。你们不要自己搞得走投无路，自寻烦恼，你们就好像坐在船上，已经离开水岸，但又不愿渡到对岸去，你们如果不合作，那么就只有沉没下去。商国的百姓们，我命令你们同心同德，追随我迁移到新国都去，我将会使商国繁荣，使你们都有好的生活，我将会使商国有一千年的生命和历史，使你们世世代代平安地生活下去。来吧，亳城的百姓们，我们明天早晨就出发前往新的国都，跟着我走吧！"王令在亳城引起了更大的不安，百姓们有的赞同，有的反对，大部分都在犹豫。一些传言在私下里传播，一种传言说："国都的迁移将会使你们永远失去自己的财产，你们的财产一部分带不走，将会消失在亳城，一部分在路上就毁弃了，另一部分将会在新国都被没收并且分配掉，你们将所剩无几，仔细地想想吧。"另一种传言说："在新国都你们将没有立足之地，你们已经失去国都人的基础，向阳城的当地人将会排挤你们，你们将不再有特权和优越感，你们的语言也会被认为是外来的语言，你们的习惯也不再重要，你们人生地不熟，一切都要从头开始，财富要从头积累,地形要重新熟悉,关系要从头拉起,你们的技能也将变得无用,你们没有工作可以做的。"再一种传言说:"你们不要离开故乡故土,你们的家在这里,你们生活得有条有理,你们都有挣钱和工作的门路,你们的亲戚和熟人都在你们熟悉的地方,你们有了困难随时可以得到亲友熟人的帮助,你们为什么要离开呢?你们为什么要同意到一个以前从来没听说过的地方去呢?你们应该加以拒绝啊,你们离开之后还能再回来吗?你们家的老年人和怀孕的人能平安地到达新国都吗?他们会死在半路上的,他们连骨头都送不回来,你们应该加以拒绝啊!"第四种传言说:"管谷的部队封锁了消息,在商国的许多地方,军队都在哗变,他们将联合起来,消灭关全和管谷的部队,他们正在起事。元圣也已经责备了君王,元圣正在从巡游的地方赶回来,他将以上天和先祖的名义,流放王李中,并且处死管谷和关全。一些强盛的王国也开始反对商王的错误行为,灰古王正在召集他的军队,符离王将要宣布独立,重岗王已经宣布停止向商王献贡,草滩王也发出了诘难,山头王和渔沟首领正准备采取有效的行动,商都的百官都是反对商王的。"第五种传言说:"百姓们应该聚集起来向商王诉说不迁的道理,商王为什么为了自己的利益而牵动百姓呢?百姓都是安分守己的,百姓有什么罪过,要受到惩罚和折磨呢?百姓有不迁的理由啊。你们一个人的声音商王是听不见的,你们全部的声音商王就不能不重视,你们应该迫使他改变错误的决定,只有百姓才是君王最珍视的呀。"王令发布的这一天的傍晚,亳城陷入了纷乱的境地,管谷的部队在郊外和城内巡逻,出城的通道也被封锁了,出城和进城都要经过严格的盘查。到天快要黑的时候,真的有一群百姓来到了王宫的门前,他们跪在宫门外,要求君王的召见。管谷说:"他们一定是受到了上流社会的蛊惑,他们会给您带来麻烦,您有必要召见他们吗?"王李中说:"他们也许并不仅仅代表他们自己,他们的背后难道就没有许多百姓?我要和他们见面,用我的诚意来打动他们。"李中召见了亳城的百姓。李中说:"我需要你们的支持啊,你们有什么话要对我说吗?"百姓中的一人说:"我们为什么要迁移呢?我们祖祖辈辈居住在这里,我们熟悉了亳地的一草一木,我们为什么要迁移呢?"王李中说:"亳城并不是个理想的国都啊,涡水从城中穿过,但是涡水完全不是驯服的,每年的汛期,它都会冲决堤防,淹没城市,或者在郊外形成巨大的水泽,良田被冲毁了,道路被淹没了,亳城有时候被大水围困达两个月之久,百姓的吃粮和烧柴都很紧张,国家的事情也只好中断,这样长期下去,商国还会发展吗?商国很快就会衰落下去的呀。"百姓中的一人说:"如果君王为了商国的大事着想,那么就请迁移百官到新的都城吧,老百姓们都愿意留下来啊。"王李中说:"老百姓只能看见他眼前的事情,而君王我却可以看到很远的事情,你们不要贪图一时的安逸,而毁掉了子孙的前程,你们谁能预料洪水不会在有一天降临你们的头上呢?我是在为你们着想啊,我可以迁移百官,但我更愿意迁移百姓,因为百姓是君王的根基,离开了百姓,君王还能依靠谁呢?百官也离不开百姓呀,百官离开了百姓,他的粮食从哪儿得到呢?他的皮件从哪儿得到呢?他的食盐从哪儿得到呢?他的羊肉从哪儿得到呢?况且你们留在这儿也是危险的,心怀叵测的臣官们将会利用你们,用你们的生命来换得他们的利益,利用你们的生命来给国家制造混乱,你们将得不到君王的原谅,君王的军队将会砍去你们的头颅,斩断你们的手脚。你们为什么还要坚持呢?我已经在新国都为你们准备了简单的住房,为你们准备了冬季的粮食和柴草,你们很快就会安定下来,做你们喜欢做的事情,你们为什么还要违抗我呢?"百姓们默默无语地离开了王宫。管谷说:"您为什么一定要带百姓走呢?"李中说:"我要把他们和不服从的臣官们分开。"管谷说:"那么您为什么不带走全部的臣官呢?"李中说:"他们中的不服从者在新国都仍然要给我制造麻烦,使我不能全身心地去治理国家。"管谷说:"那么您为什么不放逐那些不服从的臣官呢?"李中说:"他们中有一些是我所不能放逐和侵犯的,有一些是我所不能肯定优劣的,还有一些是完全隐蔽在幕后的,我所能够放逐的,实在是少得可怜啊。"天色将晚的时候,从商国的西部传来了消息,一支驻守在荒原水泽边的部队宣布了他们对王令的反对。入夜之后,从商国的北部和南部传来的消息说,共有三支野外的部队宣布了他们对王令的反对。关全这时已经赶到亳城,李中说:"他们都是谁指挥的部队呢?"关全说:"他们有一支以前是鲍镇指挥的部队,有一支以前是丁昆指挥的部队,有两支是和老士萧远、孙庆有关的部队,我现在控制不了他们。"李中说:"请您派出精锐的部队去西部和南部,再请您去商调符离王的军队,共同去北方消灭反叛。"关全立即去执行了,午夜不到,亳城的两处地方突然烧起了大火,火势由小到大,逐渐蔓延成片,人的喊叫和马的嘶鸣连混在一起。李中站在宫中的花园里,看着半个城的火光,心中十分焦虑。管谷在一片混乱的响声里来到王宫,李中说:"火的情况是怎样的呢?"管谷说:"火是午夜不到的时候烧起来的,现在已经蔓延成片,守城的部队正在扑灭大火。"李中说:"那么放火的是什么样的人?是从哪儿来的?是谁让他们干的呢?"管谷说:"已经抓到了一个放火的人,但他并没有说出一个字来。"李中说:"请你带他来见我。"卫士带上来一个留胡须的游士,李中站在时明时暗的室外看着他,游士很平静,脸上冷漠而没有表情,他的一只手已经被卫士的剑砍断,另一只手的手指被砍掉,鲜血滴滴答答地落在花园的地面上,他的背后就是发红的天空和人嘶马喊的声音,但那些声音传到王宫时却奇怪地打了折扣,速度减缓并且拉得悠长,像是一种浓稠的液体,又像是一种快要凝固的东西。游士背光而立,王李中看不太清他的面孔,但对他却又有一种说不清楚的情绪:憎恶?愤恨?惊讶?或者同情?李中说:"请你告诉我放火的目的,我可以免除你的死。"游士动了动他的胡须,他的喉咙里响了几响,但那只是痰的声音,游士并没有说出一个字来。李中正面地对着他的敌人和俘虏,李中在这个晚上有一种飘浮不定的难以捉摸的感觉,他说不出来为什么会这样。李中说:"请你告诉我指派你的人是谁,我可以减缓你的痛苦。"游士麻木地站着,脸上没有任何表情,这使李中很气恼,他的忍耐突然全部消失了,他的犹豫不定也顷刻间化为乌有,他提高嗓音说:"你知道你的将来是怎样的吗?你是从哪里来的呢?"游士木然地站着,垂着双臂,地上的血已经滴成了两摊,而游士似乎茫然不知,李中说:"请砍去他的左脚。"卫士把游士摔倒在地,用利剑砍掉了他的左脚,血忽然涌流出来,在地面上形成了小溪,而游士上肢的截断处的流血却似乎减少了,他勉强地用右腿坐起来,他的背后仍然是火光、嘶喊以及混乱。李中说:"你能告诉我你是从哪儿来的,受到谁的指派吗?"游士突然昂头张嘴放浪地大笑起来,他笑得极其惨烈,笑声比火光和嘶喊似乎更为有力,他大笑的时候,血液奔涌而出,越流越快,几近喷射,他的笑声渐渐熄灭下去,血流也减少下去,很快就枯竭了,他的笑声也随之熄灭了,他慢慢倒下去,嘴却依然是大笑的形状。这时他背后的火光也寂暗下去,到鸡啼两遍时就完全消失了,亳城也暂时陷入了令人不安的大静之中去了。陆地之岬的篝火将近熄灭时,大宰朱响从沉思中醒来,篝火正在熄灭下去,黎明正在来到,秋凉已经在羊毛编成的毯子上滚出了细小的水珠。朱响看着东方天边的鱼肚的白色,呼吸着从巨石上传递过来的清新的空气,听着远处大海里的水动和近处溪水的奔流,他吁出一口长气,轻轻地说道:"谁能告诉我商国亳城的事情呢?"孙季听到朱响的问话,就从假寐中醒来,孙季说:"商国最大的事情就是迁都,王李中也正在遇到难以应付的阻碍。"朱响说:"迁都将会给商国带来两千年的复苏和繁荣啊,我为什么不去帮助他呢?"孙季说:"您真是这么认为的吗?"朱响说:"这是客观的存在啊。"孙季说:"您是想回到亳城去了吗?"朱响说:"请您安排我的返程,并派人向王李中转告我的表态。"孙季说:"您是要在黎明就启程吗?"朱响说:"请您给我一次清晨散步的机会。"篝火熄灭了,朱响的队伍在黎明时启程返回亳城。秋雾弥漫,空气湿润,草滩王刘康又一次在夜半的鸟啼声中惊醒,他心中充满了不安,他擦去头上的汗珠,穿衣下床,坐到火盆边。在这个季节,火盆在夜晚已经开始升火了,但火焰很小,火势不旺。刘康坐到火盆边的座椅上,把炭火拨红,火很快就燃烧起来,火苗的颜色先是暗红,后是橘黄,继而是幽蓝,炭火里有时传来噼噼啪啪的声音。刘康静静地坐着,室外是愈吹愈烈的秋风和夜鸟的间断的啼鸣,卫兵走动的脚步声偶尔可以听到,稍远的地方有狗在吠着,野兽的干号在更远更深的夜的腹地里,秋夜确是凉了,刘康孤独地坐着,裹紧上衣,他想起不久前的那个秋夜,他不知道为什么他现在总是在半夜惊醒,并且心中充满焦虑不安的不祥预感。他独坐了两个时辰,夜更深更静了,秋夜里的树叶的沙沙声响成一片,天上下着细雨,刘康的心情孤哀而悲凉。这时门被轻轻地推开,高士许由像温暖的春风一样款款而入。许由进来后关了门,把他的银白色的皮帽拿到手上,用手指弹了弹上面的灰尘和落叶。"秋夜更凉了呢。"他独自地说着,然后走过去坐在刘康对面的椅子上,用铁棍拨亮炭火,"您睡着了吗?"许由说,"请允许我陪伴您一个秋夜。"他说完用专注和微笑的眼光看着刘康。刘康说:"我的心里充满了不祥的预感和恐惧,您能告诉我为什么吗?"许由说:"您的前途面临着危险,但请您淡忘所有这一切,回到您自己的生命轨道上去。"刘康说:"请您告诉我宇宙间最微妙的道理。"许由说:"最微妙的道理难道不是您在茅草的房舍里,过着平民的生活,夜半烤着炭火,听着呼啸的秋风所得到的吗?我想告诉您关于物质运动的九种过程的道理。"刘康说:"请您告诉我。"许由说:"物质运动的九种过程,第一种是'始',所谓'始'就是运动的开端,开始,开端有'久'和'无久'的分别,'久'就是已经开始了若干时间了,'无久'就是刚刚开始。

第二种是'化','化'就是变化,变化是外部的征象变易了而实质未变,这是人所能眼见的,而实质的变化是人所不能眼见的。第三是'损','损'就是损失,就是失去,在一个整体中,有一部分离去,有一部分存在,从存在者的角度看就是'损',就是损失,就是失去。第四种是'益','益'就是增益,就是增加,对一个整体来说,它得到了另外的整体,或者另外的部分,扩大了自身,这就是'益',就是增益,就是增加,就是扩大。第五种是'转','转'就是旋转,就是空间并未变动,而空间里所置的物质旋转了,它们在空间里的位置随时都是不一样的,是转动的。第六种是'换','换'就是更换,是说空间依旧,而其中的物质已经变换了,已经不是旧有的了。第七种是'动','动'就是徙动,徙动是空间的徙动,是空间的变化和变换,而其中所置的物质并未变换。第八种是'止','止'就是停止,停止就是停留若干时间,停止既是物质的停止,也可能是空间和时间的停止,'止'必须是'久'的'止','无久'怎么会有'止'?第九种是'不止','不止'就是不停止,不停止是指不停留,不停留既是物质的不停留,也是空间的不停留,或者是时间的不停留。以上就是关于物质的九种运动过程的事情。"刘康说:"我感受到了您说的话的分量。"许由辞别而去。这时天已泛白,鸡开始叫最后一遍了,亳城的短暂的寂静被打破,代之而起的是喧嚣与骚乱。但是从凌晨开始的秋雨,已经越下越大,雨帘笼罩了天空和大地,最后的秋鸟的叫声消失在雨雾之中,秋叶的坠落之声也融入雨的挥洒之中去了。王李中站在王宫的正厅里,看着秋雨的洒泼。管谷走进来说:"请您下达出发的命令。"王李中说:"上天并没有赐给我一个良辰吉日啊。"管谷说:"请您发布延期的命令。"李中说:"告诉百姓,上天又赐给他们准备的时间了,请他们扎紧被褥,随时听候我的命令。"王令发布到亳城,王的训令说:"商都的臣民百姓们,我要告诉你们我的决定,我的诚意感动了上天,上天降下了大雨,来浇灭商国的敌人燃起的罪恶之火,上天再一次赐给你们准备的时间,上天要我执行它的这个决定,上天要你们做更充分的准备,我将耐心地等候你们,我将按照上天的旨意行事。我要警告你们,你们中的一些人对上天并不尊敬,你们中的一些人亵渎了上天、先祖和你们的君王,我将会惩罚你们,我将把你们流放到荒山野岭里去。你们都听好了,我的决定是不可更改的,我依照上天和先王的规则行事,我在春季使用赏赐,因为春季是万物生长的季节,我在夏季选举人才,任用德贤,因为夏季是万物成长繁荣的季节,我在秋季选练军队并且施用刑罚,因为秋季对万物有杀伤的作用,我在冬季将罢去无用的官职,关闭无用的部门,因为冬季是整肃待命的季节,所以我选择了秋季和冬季来做迁移都城的事,我还将罢去无用的官职,惩罚大逆的人事。你们要重视我的话,我将说到做到,不会言行不一的。你们不要轻举妄动,我随时都在注意着你们,你们好好地记住吧!"天亮的时候,胡定的部队出发去了商国的西部,葛佩的部队出发去了商国的南部,关全的部队出发去了符离王国。关全来到符离王国,对符离王江让说:"商国的北部出现了反叛,请您借给我一支一万人的部队。"江让说:"君王是这样说的吗?"关全说:"王李中希望得到您的帮助。"江让说:"请您在符离王国度过一个美好的夜晚。请您留给我准备的时间。"关全被安排到王宫的宾馆里去休息,鲁炎来见符离王,鲁炎说:"您为什么答应借兵给关全呢?"符离王说:"这也是为了得到发展所需要的时间啊,我现在还完全没有力量和商王对抗。"鲁炎说:"那么您打算怎样招待关全呢?"江让说:"我打算尽力招待他,以便得到他今后的帮助。"夜晚来临的时候,符离王江让设了丰盛的宴席招待关全。符离王拿出了一种最美味的烧鸡请关全品尝,拿出一种最美味的烧酒请关全饮用,拿出一种最美味的烧饭请关全吃,关全很惊讶。关全说:"我在商都的时候,吃过各种美味的烧鸡,吃过各种美味的烧饭,饮过各种美味的烧酒,为什么对您的这三样东西,仍然赞不绝口呢?"江让说:"那是因为您在都城的吃喝,没有找到完美的原料,没有使用完美的技艺,没有掌握完美的气氛。"关全说:"您为什么这样说呢? 请您告诉我详细的道理。"江让说:"您现在吃的鸡,是用当地土生土长的土鸡制作的,这种土鸡不重羽翅,看起来一点也不惹眼,相反倒难看得很,但它的肉却有一种扑鼻的香味,用这种鸡的肉做出来的烧鸡,就完全有别于其他地方的烧鸡,吃起来决不会烦腻,同时因为它长相的丑陋,也免除了贡献的运气。"关全说:"这是有道理的呀。"江让说:"有了不一般的原料,还得有独特的师傅来制作,您现在吃的烧饭,也就是一般的稻米做成的,但制作的师傅有着五十年烧饭的经验,每次烧饭的时候,他都往饭里放进去一种叫罾的佐料,罾这种东西产于南方,有一种叫人上瘾的效力,制作的时候,要掌握它的分量,不能太多,也不能太少。太多了,会使人陷入一种迷幻的境界;太少呢,又达不到所设想的效果,这就是技艺的诀窍。"关全说:"确实如此啊。"江让说:"有了不一般的原料,有了制作的技艺,还得有饭食的环境和气氛,再好的东西,没有享受的心情,那还能吃出什么味道来呢? 您是远郊部队的统领,您指挥着几十万精锐的部队,没有人不尊敬您,但是在都城,您受到君王的限制,而百官中的一些高官,也分享着您的尊敬,您的行为和举止总是有所拘谨的,您还能有最佳的饮食的环境和气氛吗?"关全说:"您是对的。"江让说:"您现在离开了商都,您就是至高无上的了,请您尽情地享受。"于是关全敞开了衣襟,松弛了裤带,凶猛地喝着烧酒,大块地吃着烧鸡,大碗地吞着烧饭,他的副手也都猛烈地吃喝起来。宴饮至午夜,关全和他的副手们都已经醉意朦胧了。符离王又为他们准备了美女少妇,侍候他们睡觉享乐。第二天依然如此,美酒美味不尽,美女换了又换,到第四天的午时,关全才带了部队,告辞符离王而去,他们赶到商国北部部队起事的地方,起事的部队已经向更北的方向撤去了,他们往更北的地方追,但更北的地方天气已经很冷了,关全的部队没有冬季作战的准备,而起事的部队则已经修筑了城墙,挖掘了深沟,关全只好带领部队返回。胡定的部队赶到西部的时候,西部的大风沙已经刮起来了,风沙一日千里,遮天蔽日,使人难辨东南西北。胡定命令就地扎营,等待风沙天气的好转。他们在避风的树林里住了下来,吃着粗糙的粮食,喝着含沙的浊水。他们把马放在背风的山坡上,让马啃食枯黄的干草,他们在有水流动的地方捕捉鱼类,在灌木较多的地方追猎野物。夜晚他们在住地燃起篝火,把鱼和野物架在铁架子上烧烤,然后每人都可以分到一份。他们吃饱喝足了以后,就唱起了商国各地的歌曲,他们唱道:"何处去采菟丝啊?

浍水那地方啊。心中爱谁又想谁啊？美若春花的杨姑娘啊。何处去割麦啊？沱水的正北方啊。心中爱谁又想谁啊？美若春花的刘姑娘啊。何处放小羊啊？潍水的正南方啊。心中爱谁又想谁啊？美若春花的夏姑娘啊。"一支唱完，另一支又唱起来："绵绵的细雨把地里的泥土润湿了啊，远看草色青青，近看又无踪影。这是每年春天最好的时候，大大地胜过都城的杨柳青烟。"第二曲唱完，第三曲又响了起来，唱道："青梅发黄的时候天气放晴，那条小溪正好去山中探景，一路上树荫越来越是浓绿，还增添四五声黄鹂的和鸣。"战士们就在歌声中沉沉睡去。胡定和他的副手们睡得更晚，他们在篝火边喝着淡酒，听着山梁上风沙卷掠的声音。一个副手问胡定道："请问您在家乡经历中印象最深的是一件什么事情呢？"胡定说："我父亲是一个地方的小官，有一年夏熟季节，我随他到乡间去看麦子的青熟。走在庄稼地里，看到一个闲散的人，一边走，一边把麦穗摘在手里搓玩，然后就扔掉了。我父亲说：您这是在做什么呢？那个人说：这是好玩。我父亲非常生气，命令随从痛打了那个人五十大板，才放他离去。"副手说："谁不要吃粮食呢？"篝火在树林里燃烧了三天三夜，第四天风沙停息，他们策马向前，在一百里外找到了起事的部队。胡定说："请允许我向您挑战。"起事部队的统领说："您已经走得太远，没有战斗的能力。请回去转告商王，在边地赐给我一块领地，它也将是商国的组成部分。"胡定答应了起事的部队，两支部队聚集在一起喝了五天的酒，唱了五天的商歌，胡定疲惫的部队都已经恢复了，他们才离开西部，返回商都。葛佩的部队来到了商国的南部，他们跋山涉水，走了二十天，也没有见到起事的部队,他们渐深渐入,逐渐沉迷于南方的青山秀水和歌舞之中,他们看到了毫无肃杀之气的田原和山岗,树木花草依然郁郁葱葱,他们知道关于南方有起事部队的消息是个误传。他们来到碧玉般的高原上的时候,葛佩命令部队停下来,他们看到大水边立着的巨大的石碑,石碑上是丁昆带领部队经过时留下来的,碑文记载了征服的经过。葛佩命令随从把碑文抄录下来,他们继续南行,一直到达浩瀚的大水边。大水边立着最后一块石碑,石碑上刻写着丁昆的部队到达的最远点。葛佩把所有的碑文都抄录整理装订在一起,又树立了另一块记述他的部队行程的石碑。他们射杀了一些野兽,把象牙和兽骨保存起来放在马背上,他们避开冒着湿气的大森林,向着商都的方向返回了。

第八卷

　　武王统治的灰古王国在滩水流域逐渐发展壮大起来，他扩展了他的疆域和势力范围。

　　陈军来见灰古王冠先的时候，冠先已经在滩水边的桑树上睡着了。桑树低矮，枝丫粗大。陈军轻声喊道："大王，大王，请您醒来。"冠先并未回应，仍然睡得很香很熟。陈军离开冠先，跑到滩水堤上去看风景。秋景深郁，一些小孩子正骑了牛在树丛里穿行，午时的太阳晒得人好暖。陈军看了一会儿，又跑回到滩水边，对着冠先轻声喊道："大王，大王，请您醒来。"冠先舒展一下胳膊，嘴里喃喃说道："秋日里的睡眠真是香甜无比，谁会把我喊醒呢？"陈军说："您睡了很长时间了，请您在太阳往西偏的时候醒来。"冠先说："我已经醒来了。"说完他从桑树上下来，到滩水边掬水洗脸，然后把渔线甩到水里，等待游过的鱼儿上钩。第二天陈军又在太阳偏西以前把冠先喊醒，陈军说："您能告诉我灰古王国的对外政策吗？"冠先说："灰古王国现在的对外政策，就是远交近攻。"陈军说："为什么要这样呢？"冠先说："这是灰古王国称雄的必由之路啊。"陈军说："我理解了您的意思。"冠先说："请问您找到山头王国的隙处了吗？"陈军说："山头王国并没有明显的可乘之隙。"冠先说："您难道还没到结婚的年岁吗？"陈军说："您为什么要这样说呢？"冠先说："大家都说山头王邢明的妹妹是很漂亮的呀。"陈军说:"请您允许我到山头王国去实地观察。"陈军带着随从来到山头王国,他们先漫游了山头王国的许多地方,查看了地形、地貌、村庄、城市和人口,最后他们出现在山头城里,他们装扮成豪富的样子,坐着豪华的马车在街道上闲逛,吃最贵的馆子,住最贵的旅社,最慷慨地向贫困的人施舍财物。传统的秋会开始的时候,山头城里挤满了百姓,街上有些唱戏的班子,有些玩杂耍的场子,有交换土特产的集市,有各色各样的小吃,还有遛马的、卖狗的、贩剑的,喧喧嚷嚷。这时从王宫里出来一辆马车,马车上坐着一个漂亮的女人,马车的前后跟着一些持剑的卫士。马车走到街上,街上的老百姓纷纷让开道路,并且站立在路边静静地看车上的漂亮女人。那女人长得天生丽质,白里透红,小嘴樱唇,柔眉情眼,酥胸高耸,乌发如瀑。陈军拨开众人走到街上,大声赞叹道:"美而艳啊!"卫士厉声说:"你是干什么的!敢这样说话。你知道这是谁吗?"陈军说:"我不知道她是谁。"卫士说:"她是我们大王的妹妹,从来还没有人敢不尊敬她。"陈军说:"我赞叹她的美貌和丽质,我赞叹她的气质和风度,我完全被她迷住了,我将通过山头王向她求婚。"卫士说:"请问你有什么优越的条件吗?你难道不怕大王的利剑砍掉你的脑袋?"陈军说:"我有无数的土地、财富、百姓和军队,我是灰古王的助手陈军。"陈军回到灰古,向冠先报告了在山头城发生的一切,冠先说:"请您向山头王求婚,并且不断提出对方所不能答应的要求。"陈军带了重礼来到山头王国,请求山头王邢明的召见。邢明说:"我为什么要召见他呢?我曾经帮助过苗庵王卫申,灰古王对我必定怀有仇恨,我并不想过多地同灰古王国打交道。"邢化说:"请您召见他,灰古王国现在是我们的邻国,它的国力也很强大,您没有必要无端地同它结下怨恨。"于是山头王邢明面见了陈军。陈军献上重礼,邢明说:"您为什么要这样呢?"陈军说:"请允许我向您的妹妹求婚。"邢明说:"您为什么向我的妹妹求婚呢?"陈军说:"因为她的惊人的美貌使我倾倒。"邢明说:"灰古王国现在是个很大的国家,难道在灰古王国里会没有适合您的女人?"陈军说:"没有人能比得上您妹妹的智慧、美貌和风度。"邢明说:"请您原谅,在您之前,渔沟首领的儿子已经送来了聘礼,重岗王的侄子也已经提出了订婚的要求。"陈军回到了灰古,向冠先报告了事情的经过,冠先说:"请山头王尊重灰古王国的大国地位,灰古王国不愿意因为这件事而失去面子。"陈军又带了聘礼来到山头王国,陈军说:"请山头王接受灰古王国的真挚情谊,请山头王照顾灰古王国的脸面。"邢明说:"希望我们两国和平相处,这件事不应该成为两国关系发展的障碍。"陈军说:"请您考虑您的决定,请您尊重灰古王国的大国地位。"邢明说:"请您原谅我的拒绝。"陈军回到灰古,向冠先报告了事情的最新发展,冠先说:"山头王为什么要蔑视灰古王国的存在呢?"冠先的话很快传遍了灰古全国,并且传到了邻近的许多国家。渔沟首领范平说:"灰古王为什么要这样呢?难道他是想要我退让并且失去我的脸面吗?"范平的助手秦智说:"灰古王国是我们的邻国,它有着强大的国力,也许重岗王能够跟它抗衡。"范平说:"您是要我退出竞争,使重岗王国和灰古王国相交恶吗?"秦智说:"请寻找合适的机会重岗王苏大听到了冠先的话,苏大说:

"难道灰古王想要欺侮我吗？难道我没有强大的军队和重礼吗？"袁礼说："请您谨慎地处理这件事,我听说灰古王国已经发展得很强大了,您应该寻找最有利的办法。"苏大说："我不会丢失我的脸面的。"符离王江让听到了这件事,符离王说："请告诉我邻国的情况。"鲁炎说："濉溪王在国内很不得人心,百姓都在暗地里诅咒他。"江让说："请调动部队越过边界,在濉溪王国的土地上狩猎。"管谷向王李中报告了发生的这些事,李中说："请注意天气的情况。"第二天黎明,秋雨渐停,天亮时太阳出来了,王李中下达了迁移的命令,管谷的部队控制了全城,封锁了南门、西门、北门,只留东门放行。王李中说："请安排我的车在最前头,我要带领我的百姓们前进。"管谷说："请您注意您的安全。"李中说："我在百姓中难道是不安全的吗？"管谷说："我将守卫在您的身边。"李中最后一次巡查了王宫,这时朱响派来的特使赶到了王宫,特使说："请允许我转告您大宰对迁都的态度。"王李中说："请您告诉我。"特使说："大宰预言,迁都将给商国带来两千年的繁荣和昌盛。"李中说："大宰的态度对我非常重要,我将向整个亳城的臣民宣布大宰的预言。"特使说："请您宣布大宰的预言。"李中说："大宰现在在哪儿呢？"特使说："大宰还在返回的路上,他的行程大约还有十天。"这时太阳已经快升到柳树的树梢了,秋夜的凉意正在被阳光所扫荡,秋风淡漠,天气很好。王李中在大理石广场向百姓发布了简短的训令,李中说："商国的百官和百姓们,上天赐给我们阳光和风,上天的旨意是再明显不过的了,上天在看护着商国和商国的百姓,看护着我们的发展和繁荣,因此我首先要感谢上天的恩赐,感谢上天对商国伸出了拯救的手,我的牺牲也首先要敬献给上天,让上天得到我的真挚的谢忱和芬芳的香气。我还要告诉你们,在南方和东方巡游的朱响元圣,他已经得到了上天的嘱咐,上天告诉他,迁移国都可以为商国带来两千年的繁荣和昌盛!你们为商国的前途和远景欢呼吧!你们奔走相告吧!商国的臣民们,我要告诉你们,在远方巡游的元圣和大宰朱响,他是支持我的,他有着锐利的目光和智慧的大脑,他能分辨一切朋友和敌人,他有着崇高的威望,他很快就要回到商国来和我在一起。我要郑重地向你们宣布,上天已经赐给我风平日满的晴天,我要带领你们向东方的圣城迁移,你们紧紧地追随着我吧!"大理石广场发出一片狂热的呼喊和吼叫,士兵们高举着他们的武器,百姓们站在自己的车上或者背着自己的东西。王李中走下讲台,跨进车里。他的专车隆隆地启动了,八匹精壮的雄马拉着他的豪华的专车,隆隆地驶向城门。管谷和卫士们手按着利剑,骑着战马,围在王车的两边。王车隆隆地驶过街道,街道两边的百姓停下来等待王车走到前头去,在有些地段,百姓们聚集在一起向君王欢呼。王车隆隆驶过,长街难尽,到处都是商都的百姓,到处都是车、马和行李。王车出了城门,在王车的后面,隆隆地行驶着随李中迁移的百官的车队,他们数量极多,有近千辆还不止,这只是百官车队的一部分,是第一批,百官的眷属和家私都在后面分批缓行。百官的后面是管谷的部队,骑士们个个精壮剽悍,他们身材高大,坐相笔直,他们在车队四面团团把百官和君王围在里面,他们的马蹄踏在秋田里,翻出片片泥块,泥块往后方飞散,整个秋田便如犁翻过的一般了。部队的后面跟着亳城的百姓,他们中有手工匠人,有商人,有技艺师,有务农和牧牛马的,他们参差不齐,喧嚣杂乱,铺成相当大的一片,浩浩荡荡地追随着王车走过的道路前行。迁移的队伍在原野上行走,王李中把窗帘拉开,招呼管谷走近。管谷的坐骑靠近了王车,管谷说:"请问您有什么事情吗?"李中说:"请您告诉我迁移的情况。"管谷说:"百官和百姓都追随您而来,他们铺天盖地,场景非常壮观,现在亳城离我们已经越来越远,它在我的眼里,现在只是一道暗黑的实线。"李中说:"请您告诉我这些年我走过的道路。"管谷说:"您为什么要说这个呢?"李中说:"请您告诉我。"管谷说:"您做向阳王的时候,总是在严冬才带领我们去捕鱼,沱水冰封,白雪千里,您是有智慧的君王,您做商王到现在,刻苦敬业,做成了许多实在的事情,先祖成汤以后,有哪一位君王能比得上您呢?"李中说:"请您告诉我前方的路。"管谷说:"前方的路将一直通向商国的新都向阳城,您将领导商国走向富有和强盛,您将消灭那些不符合王德的行为,您将能腾出手来整治商国发生的一切偏差,您的王威将会更加旺盛,您将治理商国一百年,您将成为历史上最伟大的君王。"李中说:"但是我的面前出现了不祥的预感,我挥之不去。"管谷说:"您难道不是太疲倦了吗?"李中说:"我预感到死亡的征兆,我预感到死亡的阴影在尾随着我并且将我笼罩起来。"管谷说:"请您整理您的思绪,请您进行必要的休息。我和我的忠实的卫队都在您的身边。"王李中放下了窗帘,管谷招呼最忠实的卫队战士把王车团团围住。这时的天空晴朗无比,秋阳高高地照耀,田野里温暖如春,野兽在很远的地方就被惊动而飞奔入树林中去。亳城也逐渐远去,只剩淡淡的一道黑线,马蹄踩踏的声音声声可辨。草滩王刘康站在山岗上,遥望着远方,他似乎有些忧心忡忡。蔡弥说:"您在想什么呢?"刘康说:"我在等待上天的判决。"蔡弥说:"您为什么这样说呢?"刘康说:"谁能决定自己的命运、前途和未来呢?谁能支配自己的行动呢?谁能勉强去行事呢?"蔡弥说:"不能。"刘康说:"谁能决定自己的出生呢?谁能选定自己需要的环境、助手和百姓呢?谁能知道第二天或者第二年或者第二十年将要发生的事情呢?"蔡弥说:"不能。"刘康说:"请给我一双千里眼,我要看看千里以外正在发生和将要发生的一切。"蔡弥说:"您是说要看看王李中迁都的情况吗?"刘康说:"我心中有着悲壮的感觉,我将在我的生命中扮演什么样的角色呢?"蔡弥说:"您有着智慧、德行和威严,您的思路是伟大的。"刘康说:"请等待上天的判决,请暗示我上天的判词。"陈军第四次来到了山头王国,陈军对邢明说:"您为什么蔑视灰古王国呢?您为什么要使灰古王在各国面前抬不起头来呢?"邢明说:"我为什么要蔑视灰古王国呢?我没有蔑视的理由和必要。"陈军说:"灰古王正在动员他的军队,他不能忍受您的侮辱,他希望和您能有一个清白的结果。"邢明说:"我不想再和您争论,但我的军队会保卫自己的国家,他们将无往而不胜。"陈军说:"您是说要战胜灰古王国吗?请您记住您的这句话。"邢明说:"我不会被您的威胁吓倒。"陈军离开后,邢化说:"您真愿意跟灰古王国打仗吗?"邢明说:"我难道会害怕灰古王国吗?"邢化说:"您对灰古王国有多少了解呢?"邢明说:"我不想了解他们,但是我要保卫我的王国和我的权力。"邢化说:"请您使用灵活的对策。"邢明说:"我的军队时刻都做着准备。"陈军回到灰古王国,向冠先报告了邢明的态度。冠先说:"山头王为什么再一次侮辱彪我呢?请您派出一支适当的部队。"陈军派出了方时统领的部队。方时统领的中等规模的部队越过边境,进入了山头王国的地界,他们在丘陵岗地间缓慢地前行,逐渐靠近了潼水南岸。潼水深阔,源远流长,方时命令部队在离岸不远的地方扎营安寨,静候山头王国的部队。山头王邢明得到灰古军队入侵的消息后,怒火中烧,他说:"我将与他们在潼水南岸决战。"邢化说:"请不要低估灰古王国和它的军队。"邢明说:"我将战胜他们!"邢化说:"请不要丧失您的王国,请在潼水北岸布置接应的部队。"邢明说:"请不要动摇我的决心,请给我以决胜的鼓舞。"邢化说:"请让我指挥山头近郊的部队在潼水北岸接应。"邢明说:"我将带领王国的每一个战士去消灭入侵者。"邢化说:"对您来说,多一支部队和少一支部队,战果都将是同样的,请您留下一支近郊的部队在潼水北岸接应,如果您不答应的话,我将在您的面前死去。"邢化说着就拔出剑来,放在脖子上。邢明说:"我答应了您的要求。"邢化说:"还请您赐予我动员民兵的权力,我将动员王国的青壮年民兵,在潼水北岸接应您,并且给您以鼓舞和支持。"邢明说:"我给了您这个权力。"山头王邢明率领部队渡过潼水与方时的部队决战。方时的部队已经在潼水南岸逗留数天了,他们在凌晨看到了正在渡过潼水的山头王的军队。方时的副手张陵说:"请您在敌军渡水时下达冲击的命令,敌军将会死伤无数。"方时说:"大王指示我用另外的方法损耗敌军。"说着方时派出了部队的三分之二,让他们冲击两次就返回原地。方时派出的部队擂响了战鼓,吹起了号角,战士们冲到潼水边与即将登陆的敌军格斗,他们给没有立足之地的山头王国的军队造成了很大的麻烦,邢明的部队纷纷落水,舟艇倾翻,也损失了不少士兵。两次冲击以后,方时的部队退回到原地。这时邢明的部队在混乱和匆忙中登上了陆地,他们在忙乱中整理不好队伍,显示出一片乱哄哄的景象。张陵说:"请您在敌人立足未稳时命令部队发起冲击,敌人将会被消灭。"方时说:"大王指示我用另外的办法。"他命令部队发起冲击,但只要使敌人溃散即可。方时的部队擂响了战鼓,吹起了号角,战士们向立足未稳的敌军冲去,邢明的部队在混乱中没有战斗的力量,立刻就被击溃了,邢明在混乱中被他的卫队保护着爬上大船,渡回到潼水的北岸。邢化在北岸已经看清了战斗的经过,他命令部队和民兵摇动旗帜,擂响战鼓,吹起号角,造成巨大的声势,接应返回的部队。方时的部队并不追赶,他们收拾了邢明的部队遗留的东西,返回灰古王国,向冠先报告战果去了。灰古王冠先奖励了部队。陈军说:"您为什么不派出更多的部队,并且命令部队在战斗中消灭敌人,捉拿邢明呢?"冠先说:"那样我将太快地失去借口和理由。山头王国已经无法逃避上天安排给他们的命运,我希望能扩大我的果实。"陈军说:"您是对的。"冠先说:"请您再一次去山头王国求婚。"这时,符离王江让的部队已经在濉溪王的土地上狩猎好几天了。他们任意地闯进森林猎取野兽,他们任意地闯进草场猎取野羊和野鹿,他们在濉水里捕鱼,并且把捕获物分给当地的百姓,当地的百姓愿意跟他们合作,晚上他们烤食猎物,在濉溪王的土地上欢歌笑语。濉溪王坐在王宫的椅子上,面有愁容,濉溪王说:"我有跟符离王的部队决战的能力吗?"他的助手说:"您没有这种力量,符离王的军队很强大,不然他们就不会有这种挑衅的举动了。"濉溪王说:"我可以联合友好的国家共同对付敌人吗?"他的助手说:"您没有特别友好的国家,他们没有面对威胁,他们不会帮助您的。"濉溪王说:"我可以依靠我的百姓来战胜敌人吗?"他的助手说:"您的百姓并不尊敬您,他们已经同敌人在一起联欢了。"濉溪王说:"我可以求助于强大的国家吗?"他的助手说:"商王正忙于迁都,他没有多余的精力来过问您的事。灰古王国因为求婚的事,已经和山头王国发生了争执,况且它离我们也较远。重岗王国并不是理想的合作伙伴,他们对自己的事情想得比较多,况且它的力量也还不够十分强大。听说沱水北岸的黄湾王国正在兴起,但是我们与它又有什么联系呢?"濉溪王说:"请向符离王提出抗议。"濉溪王向符离王提出了抗议。符离王江让说:"抗议的力量有多少呢? 真正强大的国家是不使用抗议的形式的。"鲁炎说:"那么它使用什么形式呢?"江让说:"它直接用武力说话,那样效果就好多了。"鲁炎说:"您的话是符合实际情况的。"江让说:"请您告诉我商王的事情。"鲁炎说:"商王正在迁都。"江让说:"请您告诉我灰古王的事情。"鲁炎说:"灰古王国为求婚的事情正在和山头王发生争执,并且使用了武力。"江让说:"请您告诉我草滩王的事情。"鲁炎说:"草滩王正在治理他自己的国家,并且沉浸于德行的修炼之中。"江让说:"请您告诉我大宰朱响的事情。"鲁炎说:"大宰正在返亳的途中。"江让说:"请您告诉我芒砀群落的事情。"鲁炎说:"芒砀群落的首领正在弥留之际,他的儿子们正在暗里争斗。"江让说："请派出王国的特使,去看望病危中的芒砀首领,并请您通知在濉溪王国的部队,他们可以走得更远。"鲁炎通知了在濉溪王国境内的部队,于是部队更深入地进入濉溪王国的腹地,他们解除濉溪王的小股部队的武装,占领较小的城镇,任命当地的政官,打开仓库向老百姓发放粮食和物品。消息传到濉溪王的王宫,濉溪王说："我该怎么办呢?我没有力量对付侵入的敌人。"他的助手说："您不能接受这种公开的侮辱,请您向老百姓发布您的训令,向他们说明王国的实际情况,然后请您殉国。"濉溪王说："我不愿意放弃我的生命,我也很留恋生活的乐趣。"他的助手说："那么请您再次向符离王提出抗议,以尽到您的责任。"于是濉溪王再次向符离王提出抗议。符离王江让说："请部队继续深入。"符离王国的部队继续深入,他们像管理自己的土地一样管理着占领的土地,他们把道路从濉溪王国修通到符离王国,他们分配土地和牛羊,并且处死违抗他们的人。濉溪王得到了这些消息,说："我已经尽到我的职责了吗?"他的助手说："请您向老百姓解释这一切,然后俯首称臣。"濉溪王发布了王的训令,他向老百姓说明了两国的情况和力量的对比,说明了他提出抗议和交涉的过程,然后他请求老百姓为了生命的宝贵而不要流血牺牲。王令发布以后,濉溪王说："我已经避免了老百姓的损失和灾难。"他的助手说："请您向符离王提出合并的要求。"于是濉溪王向符离王提出了合并的要求。符离王江让说："我允许您的王国和我的王国合并,您的王国将不复存在。"濉溪王的助手说："但是它的百姓将永远存在下去,它在历史上也将永远存在下去,濉溪王国在现实生活中的使命已经完成,它也将是您的王国的榜样。"符离王说:"由于您对您的国家的失职,我将把您和您的助手贬为平民,你们将要靠自己的劳动生活下去。"符离王江让合并了两个国家,并且把濉溪王的王宫成员都贬为平民,分配土地和牛羊给他们,让他们自食其力,然后他向芒砀群落派出了探望的特使。特使准备了礼物以后,就带领随从出发了。与此同时灰古王的助手陈军第五次来到山头王国,请求山头王的召见。山头王邢明说:"我不愿意召见灰古王国的人。"邢化说:"您现在没有力量支撑您的语言。"邢明说:"难道我在战斗中彻底失败了吗?"邢化说:"因为潼水北岸部署了您的部队,所以敌人才不敢贸然进击,另外敌人的冲击并没有决绝的意思,他们现在还不想毁灭您的王国。"邢明说:"我能用什么办法来摆脱灰古王的纠缠呢?"邢化说:"请您推卸责任。"山头王邢明召见了陈军。陈军说:"请您接受我求婚的聘礼。"邢明说:"我接受您的礼物。但是请您体谅我的难境,我像对您一样对待渔沟群落和重岗王国的聘礼。"陈军说:"请您谢绝他们。"邢明说:"我不想得罪我的任何朋友和邻居。"陈军说:"请您答应我,我有最坚定的决心。"邢明说:"请您允许我去征求渔沟群落和重岗王国的意见,我将说服他们退出。"陈军说:"我希望能得到您美貌而高雅的妹妹。"山头王派出的特使来到渔沟群落,特使说:"请您退出求婚的竞争。"渔沟首领范平说:"为什么会这样呢?"特使说:"灰古王国已经施加了山头王国承受不了的压力,灰古王国的求婚者还向您发出了威胁的信息。"范平说:"请您允许我暂时退出谈话。"范平和他的助手秦智退到外屋。范平说:"您怎样看待这件事呢?"秦智说:"和重岗王国、山头王国三方联合,就可以制止灰古王。"范平说:"但是重岗王也是我们的竞争对手。"秦智说:"您是否能退出竞争?"范平说:"那样我的威望和我的群落的气势将受到大的挫折。"秦智说:"重岗王国的态度将会是怎样的呢?"范平说:"您是让我随机应变吗?"范平和秦智回到正室,范平说:"请您回去告诉山头王,请他依照先来后到的惯例办事。"特使说:"我将如实转报您的表态。"派往重岗王国的特使来见重岗王苏大,特使说:"请您退出求婚的竞争。"苏大说:"您有充足的理由吗?"特使说:"灰古王向山头王国施加了我们承受不了的压力,并且对您发出了威胁的信息。"苏大说:"我不会惧怕灰古王的,他的国家虽然强大,但我比他更强盛而有力,我是一个大国,我也向您施加压力,请您转告山头王,我将不允许聘礼再送回我的王国。我的王国也希望能尽快得到山头王的妹妹。"特使说:"我将全面地转告您的表态。"特使回到山头王国,向邢明报告了两国的态度。邢明说:"我应该采取什么样的行动呢?"邢化说:"请您坐等。"于是山头王沉默下去,不再去处理这件事。灰古王冠先得到了有关的消息。陈军说:"山头王已经转移了责任,避开了锋芒,您认为应该采取什么样的办法呢?"冠先说:"请您去催促山头王邢明,并且派出军队去蚕食山头王国的土地。"陈军第六次来到山头王国。陈军说:"您为什么不给我答复呢?"山头王邢明说:"请您和重岗王国、渔沟群落交涉,他们不愿意放弃求婚的竞争,并且向您发出了警告和威胁。"陈军说:"我并不在意他们的警告和威胁,我娶的是您的妹妹,我希望能得到您肯定的答复。"邢明说:"请您体谅我的困难,我无法给您明确的答复,请您与重岗王国和渔沟群落协商。"陈军说:"您现在已经不能经受我的部队的打击了,您如果找不到解决的办法,我的部队将占领您的国土,潼水以南的土地,在五天内就会成为灰古王国的一部分。"邢明说:"您是在威胁我吗?"陈军说:"我是向您指出即将发生的事情。"邢明说:"难道我会屈服于您的威胁吗?"陈军说:"有能力做到的事情怎么能称为威胁呢?"邢化说:"请允许山头王暂时退出谈话。"邢明和邢化退到另外的房间。邢化说:"请您正视现实。"邢明逐渐平静下来。邢化说:"请允许我向您提出第一个建议。"邢明说:"请您告诉我您的建议。"邢化说:"请您杀死您的妹妹或者赐予她自杀的权利。"邢明说:"那我将会得到灰古王国和重岗王国兴师问罪的报复。"邢化说:"请您允许我提出第二个建议。"邢明说:"请您说出您的建议。"邢化说:"请说服他们以抽签的方式解决。"邢明回到正室,陈军说:"您答应我的求婚了吗?"邢明说:"我接受了您的聘礼,但请您同意与重岗王国和渔沟群落抽签决定订婚的国家。"陈军考虑以后说:"我同意您的办法。"邢明说:"请您不要派遣您的军队进入我的国家。"陈军说:"我答应您的请求。"陈军回到灰古,向冠先报告了情况和自己的表态。冠先说:"您是对的,让我们等待抽签的到来和抽签的结果。"陈军说:"但是抽签的结果对我们未必有利。"冠先说:"您指的是哪种情况呢?"陈军说:"如果我们抽到了订婚的好签呢?"冠先说:"那将是上天的旨意,您将得到一位美貌的妻子,我们今后也还将有很多的机会,因为我们在寻找机会。"陈军说:"如果重岗王国抽走了订婚的好签呢?"冠先说:"我听说很早以前就有抢亲的风俗,为了女人而发生的争执是不会引起很大的警惕和反对的,那时候请您率领您的部队去抢回您的妻子。"陈军说:"您是对的。"又一天过去了,到凌晨的时候,草滩王已经在山岗上站立二十个小时了。蔡弥走上来说:"请您回去休息。"草滩王刘康说:"请您允许我在山岗上谛听远方传来的声音,请您允许我用这种方式来表达我的焦虑。"刘康在二十多个小时全已经瘦黑了下来,他的嗓子嘶哑而且干燥,他的头上显现了白色的头发。在黎明即将到来时,刘康颓然坐倒在山岗上,他用微弱的声音说:"请您向我讲述一件事情。"蔡弥说:"您要知道什么事情呢?"刘康说:"请您讲述任何一件无关的事情。"蔡弥沉想了一下说:"在很久以前,有一个地区的人民受到了外族人的压迫,被压迫的时间长达三百二十年,后来这个地区出现了一位勇士,他成年之后就率领人民反抗那残酷的压迫者,压迫者出动大军进行了镇压,击溃了起事的人,但是勇士成功地逃走了,他向着很远的地方逃去,到处都有压迫者的人马在追踪,勇士逃到一条白色的水道边,白色的水从一座山中流出来,山是白色的,水流过时就把山上的白色的粉末带走。勇士沿着水流的方向逃走,这时风加强了,风从海的方向向着陆地吹拂,并把海上的水腥气吹到陆地上去。勇士来到了水口,沼泽地和植物丛里有大量的水鸟和飞禽,勇士白天躲在岸边的丛林里,依照水鸟的行动来判断是否有追踪者走近,晚上就设法渡到对岸去。月亮照着银白色的水滩,水流凶险,捉摸不定,勇士在水畔眼看着自己的兄弟在水里被淹没,他对他的挣扎和舞动毫无办法。勇士渡过了银白色的大水,来到了边远的地方,他在那里扎下了根基,训练了军队,准备了粮草,然后率领部队去打击敌人,他们出发的时候,少女们在银白色的水边歌唱,即使在最边远的角落,也有人为他们的远征祈祷。他们来到了敌人占据的地方,敌人已经腐败了,老百姓都在心底里恨着敌人,战斗在有水和山的地方展开,在一百个日日夜夜里,每一分一秒都有战士的呐喊和兵器的碰撞,战斗到最后只剩下负了伤的勇士,他流了很多的血,他的脸色苍白,身体虚弱,他用剑支撑着身体,喊出了最后一句话:"我战胜了敌人!"喊完后他就跌倒在地上。战场上到处都是大鹰在啄食死人的尸体,一只最凶猛的鹰落到勇士的尸体上,展开巨大的双翅遮挡着它的猎物,它高昂着头,不让任何人或者飞鸟接近,一百天以后,凶鹰倒下了,勇士也已经化为泥土,只在泥土上留下了他身体的印痕。人们把勇士倒下的地方当作圣地,每年都要在那里祭奠祈祷。他们手拉着手转着圆圈,他们唱着悲伤的歌子,并且把青翠的柳枝插满一地,他们流着泪,怀念勇士的事迹,他们年复一年地期待着勇士的再生和重现。"刘康听着蔡弥的故事,情绪上得到了缓和。刘康说:"请您告诉我有关迁都的事情。"蔡弥说:"信使还没有回来,请您先回去休息。"刘康说:"请您允许我继续在这里等候。"这时天已经完全亮了,秋天的阳光照耀在山川草木上,山头王邢明再次向重岗王国和渔沟群落派出了特使。特使来到渔沟群落,对渔沟首领范平说:"请您接受山头王的建议,以抽签的方式来决定订婚的国家。"范平说:"我接受山头王的建议,我们等待着抽签日到来,我们希望我们能抽到订婚的好签,但好签被别的国家抽走时,我们也会为他们而高兴。"特使说:"谢谢您的表态。"特使离开后,秦智说:"您怎样看待这件事呢?"范平忧心忡忡地说:"我等待天意的安排。"特使来到重岗王国,对重岗王苏大说:"请您接受山头王的建议,以抽签的方式决定订婚的国家。"重岗王说:"为什么要这样呢?"特使说:"这是最平等的办法。"重岗王说:"我接受山头王的建议,如果我们抽到订婚的好签,我们两国将成为亲戚。"特使说:"谢谢您的表态。"特使走后,袁礼进来说:"您认为结果将会怎样?"苏大说:"将会有三种结果。"袁礼说:"将会有哪三种结果呢?"苏大说:"如果灰古王国抽到了好签,那我们将没有别的办法,因为我们两国间有渔沟群落和山头王国,我们只好祝贺他的运气。"袁礼说:"那么第二种呢?"苏大说:"如果我的国家抽到了好签,事情也就会结束,灰古王国和渔沟群落都只能祝贺我的运气。"袁礼说:"那么第三种呢?"苏大说:"如果渔沟群落抽到了好签,那就将是它的厄运的开始,我的王国和灰古王国都不会善意地对待它的。"袁礼说:"您会怎么样呢?"苏大说:"我将期待着他们的争执的开始,然后收获对我有利的结果。"特使回到山头王国,向山头王报告了两国的表态。特使退下去以后,邢明说:"您对这件事的结果有什么看法呢?"邢化说:"我希望灰古王国抽到订婚的好签。"邢明说:"为什么这样说呢?"邢化说:"灰古王国抽到订婚的好签后,我们将会得到安宁,并且得到安全。"邢明说:"您是这样认为吗?"邢化说:"我希望上天能安排这样的结果。"邢明说:"那么我们为什么不干脆拒绝另外两个国家,而与灰古王国联姻呢?"邢化说:"您是要我们特意去得罪友好的邻国吗?"邢明说:"您是对的。"抽签的仪式在山头王国的王宫里举行。抽签前山头王邢明讲了一些简短的话,邢明说:"上天赐给我们这种公正的办法,请大家遵守上天的旨意和安排,满意于各自得到的结果,请你们祈祷你们的好运。"灰古王的助手,渔沟首领的儿子和重岗王的侄儿,他们三人都闭上了眼睛,默默祈求自己的好运。这时竹签送上来了,先将三支竹签展示给求婚者过目,其中两支是空白的,一支上面刻有吉祥的羽毛符号。过目之后,竹签在签筒里被摇晃到无法分辨,然后由三位求婚者各抽一支,重岗王的侄儿抽到竹签后脸上露出了失望的神色。陈军抽到竹签后立即离开山头王的王宫回国,他带着裹紧的竹签来到冠先的面前,冠先说:"您带给我怎样的消息呢?"陈军说:"您希望有怎样的消息呢?"冠先说:"怎样的消息对我来说都是喜讯。"陈军说:"您为什么这样说呢?"冠先说:"因为对三种结果我都有了利用它们的准备,请您展示您的竹签。"陈军打开裹紧的红绢,竹签暴露出来,竹签上一片空白。陈军说:"渔沟群落得到了订婚的允诺。"冠先说:"请您去消灭您的情敌。"陈军派出了使者,使者来到了山头王国,对山头王说:"灰古王国将为爱情而战斗,为美满的婚姻而战死是无上光荣的。"山头王邢明说:"请灰古王国遵守它的诺言,不要派军队进入山头王国的土地。"使者说:"我们将遵守我们的诺言。但我们将为爱情而战。"使者来到了渔沟群落,对范平说:"请您理解灰古王国的心情,我们将为爱情和美满的婚姻而战,这种婚姻将是世界上最完美的,它将是今后一千年婚姻的典范,请您尊重灰古王国争取崇高而令人振奋的婚姻的权利。"范平说:"灰古王国应该遵守它的诺言,应该维护抽签得到的结果。"使者说:"这种结果是人为的而不是上天赋予的。"范平说:"请给我思考的时间。"这时陈军已经统领灰古王国的精锐部队,出发去消灭渔沟群落。他们在入夜时从边境出发,部队分为七路,由骑兵和战车组成,他们在夜幕的掩护下快速向前推进。夜色温柔,星光点点。方时说:"我们的行动将给后世留下什么呢?"陈军说:"将给后世留下繁荣和自豪。"方时说:"您为什么这样说呢?"陈军说:"因为我们淘汰了弱者。"方时说:"难道我们不会在遥远的某一天被淘汰吗?"陈军说:"如果我们已经衰弱了,我们避免不了被淘汰的命运。"方时说:"手段和借口是符合德行的吗?"陈军说:"在某种情况下它们是不符合德行的,但在另一些情况下它们就成为德行的一个组成部分了。"战车在夜色中隆隆滚进,整个渔沟群落的土地上都被一种沉闷的声音笼罩着。陈军的部队推进到离渔沟城还有一小半路程的时候,部队前方的道路被一个年轻的人拦住了,年轻的人赶着一大群白羊,白羊的数量超过了五千只,白花花地铺展成一片,在星光下十分悦目。陈军在战车上问道:"您是谁?您为什么要阻拦我的部队前进呢?"战车的巨大而沉闷的隆隆声消失了,夜色中一片寂静。年轻的人沉着地说:"我是渔沟首领的特使,请您允许我带着首领的礼物欢迎您的到来。"陈军说:"谢谢您的好意,您是渔沟群落的百姓吗?"年轻的人说:"我祖辈都生长在这片土地上。"陈军说:"难道您不希望您脚下的土地更加富饶而美好,您周围的人民更加幸福而富足吗?"年轻的人说:"我希望我脚下的土地更加富饶而美好,也希望我周围的人民更加幸福而富足,但请您允许我建议您采用另外的方式。"陈军说:"这是我所能采用的唯一的方式。"年轻的人说:"您采用的方式并不成功。"陈军在战车上哈哈大笑:"您是在暗示我吗？请允许我告诉您一个故事。从前在很远的一个地方，一个国家的军队在夜晚去偷袭另外一个国家。他们在半路上碰到了一个做生意的商人，商人说：请允许我代表大王来欢迎你们，并送上他的礼物。偷袭的部队认为事情已经暴露，偷袭不再会成功，于是就收下了礼物返回自己的国家了，您能告诉我您新扮演的角色吗？"年轻的人说："我钦佩您的智慧。"陈军说："我佩服您的机智和胆量，请您赶着您的羊到灰古王国去找灰古王冠先，请您告诉他我推荐了您。"年轻的人让开了道路，陈军的部队一拥而过，战车的隆隆声沉闷地向远方响去。天色微明时，陈军的部队分别击溃了匆忙赶来迎战的敌手，他们势不可当，长驱直入，径直驶往渔沟城，并且占领了渔沟城，俘获了渔沟首领范平和他的助手秦智。消息传到重岗王国，重岗王苏大十分吃惊，他对袁礼说："难道我的设想是错误的吗？"袁礼说："您的设想并不错，但灰古王的行动过于迅速了。"苏大说："那么这件事情将会怎样发展呢？"袁礼说："这件事情将有两条发展的道路。"苏大说："请您告诉我。"袁礼说："当灰古王国再次提出求婚的要求时，请您放弃竞争的权利。"苏大说："我不会放弃我的大国的地位的。"袁礼说："那么请您动员您的部队，并且在适当的时候向臣民发布您的训令。"苏大说："请动员我的部队。"陈军合并了渔沟群落后，返回灰古城，灰古王冠先向他道喜。冠先说："您又向您的新娘前进了一步。"陈军说："请您告诉我继续前进的走法。"冠先说："您的求婚仍没有结束。"陈军第八次来到山头王国，陈军对邢明说："您已经看到了我对爱情的决心。现在渔沟群落已经不存在了，请您接受我的求婚。"邢明说："请您允许我做短时间的思考。"邢明和邢化来到偏室,邢明说:"请您允许我赐给妹妹以自杀的权利。"邢化说:"那样将会使您立刻失去王国。"邢明说:"请您允许我再次使用抽签的办法。"邢化说:"您将重蹈渔沟群落的覆辙。"邢明说:"请您允许我接受灰古王国的求婚。"刑化说:"灰古王国感兴趣的是土地和犁。"邢明说:"您有更好的办法告诉我吗?"邢化说:"请联合重岗王国。"邢明和邢化回到王室,邢明说:"我尊重您对爱情的决心,但我不能采取不公正的办法,请您接受我妹妹的选择。"陈军说:"我接受她的选择。"于是陈军在山头城等待重岗王侄儿的到来。这时在沱水北岸的黄湾王国里,黄湾王赵恒和他的助手祁顺,正在听取随从关于各地局势的报告。随从退去以后,祁顺说:"您怎样看待灰古王国那边发生的事情呢?"赵恒说:"灰古王国是个生命力强盛的国家,我认为它的强盛现在超过了任何一个大国,在商国里是第一位的,它将扫除它发展过程中的障碍。"祁顺说:"一个国家的强盛难道不是会转化的吗?强盛的国家也可能败给弱小的国家,众多的兵马也会被寡少的兵马所打败,有时候一个统领或一个谋士就会改变全局,历史上这样的例子还少吗?"赵恒说:"您说的这些情况有可能发生,让我们等待着事情的结果吧。"祁顺说:"那么请问您对符离王国那里发生的事情是怎样看的呢?"赵恒说:"符离王国正在强盛和发展之中,它的趋势也将是强劲的。它将会消灭周围的小国变得庞大起来,它的发展的远景我还看不出来。"祁顺说:"您对王李中迁都的事情是怎样看的呢?"赵恒说:"他将遇到极大的困难,即使迁都成功,他也将面临难以摆脱的困境。"祁顺说:"您对黄湾王国的未来是怎样看的呢?"赵恒说:"我的王国只能在夹缝中小心翼翼地存在下去,我们只能默默地发展然后强大起来,我们再出现的时候,就会令周围国家大吃一惊。"祁顺说:"您认为我们能默默地发展起来而不被注意吗?"赵恒说:"我们离强大的国家都有相当的距离,但我们没有高声喧哗和长长吁气的机会,我们在商国的社会事务里的态度也只能表现得谦虚甚至懦弱。"祁顺说:"那么您认为怎样才能尽快地发展起来呢?"赵恒说:"像灰古王国那样,先是农业,然后是手工业和贸易。"祁顺说:"请您允许我加强对农业的管理。"赵恒说:"您的请求是合理的。"于是祁顺加强了对农业和畜牧业的管理,他来到沱水附近的农村和牧场,向老百姓讲解四季和农时的道理,教他们耕播收打和扩大放养的方法,告诉他们施肥灌溉的好处。黄湾王国的老百姓很闭塞,他们一年只播种和收获一次庄稼,他们抱着瓦罐到水道里汲水来灌溉,他们不知道施用肥料。祁顺就改进了他们,让他们在固定的地方居住并且生育发展,让他们在季秋播种冬小麦,在初夏收获,然后在仲夏栽种红芋,到晚秋收获,王国的粮食产量就大幅度地提高了。祁顺又教给他们汲水灌溉的办法,他发明了一种汲棒,就是在一根埋在地里的棍棒上横绑着另一根棍棒,横着的棍棒两端分别系着水桶和石头,需要汲水时把石头轻轻抬起,另一端的水桶就会在水道里汲满水。祁顺又教他们施肥的方法,告诉他们掩埋树叶和野草可以使庄稼茂盛,使用人畜的粪尿可以使庄稼增产。夜晚来临,祁顺就和农人在一处休息,向农人讲述发展国家、繁荣富强的道理。农人说:"国家真是可以变得强大的吗?"祁顺说:"请你们允许我讲述一个小的故事。以前有一个高士名叫许由,他年轻的时候到山里去学习天地宇宙的道理,每天晚上去了,早晨回来。有一天晚上许由进山时,看见路边横躺着一块大石头,以为是伏在地上的老虎,就拉开弓箭射它,箭头射进石头里,连箭羽都射进去了。许由走过去观看,才知道那是一块石头。于是他站回到原来的位置,又向石头射了一箭,箭却折断了,石头上什么痕迹也没留下来。后来的人说:真心诚意到了极点,像金石那样坚硬的东西都是可以射穿的。"农人说:"但是我们没有圣明的大王。"祁顺说:"黄湾王不就是你们圣明的大王吗?我看见过这样一件事,有一次我和黄湾王一起到沱水去,到了沱水边时,看见有一个女人在水里裸身而洗,她的乳房有三尺长,我感到很奇怪,就派人去询问她。女子说:第三辆车里是谁呢?第三辆车里坐着黄湾王赵恒。女子说:他是上天专派的。"农人说:"但是我们没有超凡的将军,我们遇到战斗时是不会打胜的。"祁顺说:"难道你们真不知道王宫里发生的事情吗?有一个叫韩广的人来投靠大王,大王说:你有什么本领呢?韩广说:我有超凡的武功。于是黄湾王带着他到树林里游猎。在树林里他们遇见一头黑熊,黄湾王命令最好的射手射杀它。射手一连射了五箭,却被黑熊挡开了。于是黄湾王命令韩广射击,韩广才拿起弓箭,黑熊就哭着爬到树上去了。他们又走到原野上,韩广说:我能够虚拉弓而不放箭就叫飞鸟掉下来。黄湾王说:您的射技真可以达到这种地步吗?韩广说:能。过了一会儿,一群大雁从头顶上飞过,韩广虚扯了一下弓弦,一只大雁从天上掉了下来。"农人说:"现在我们相信了。"第二天,祁顺又和农人一起下地了。他们忙于整治土地,耕种并且收获。天气仍然晴好,田原无垠,王李中的迁移队伍已经走得相当远了,当亳城从视野里消失的一刹那,王李中又一次掀开了窗帘,招呼管谷走近。管谷的坐骑靠近了王车,管谷说,"您想告诉我什么呢?"王李中说:"死亡的预感又来到我的面前,死亡的征兆挥之不去。"管谷说:"请问您都看见了哪些征兆呢?"王李中说:"我的面前飘来一个长翅膀的男孩,他的双眼注视着我,他一言不发,久久地深深地注视着我,他的注视令我害怕。"管谷说:"那将是上天的恩赐,您的夫人快要生育了,她正在向阳城等候您。"王李中说:"我看见我的身躯飘动并且飞起来,树林的梢头在我的胸脯下面掠过,我想抓住它们以使我的身体停止下来,但是无济于事,我飞离了陆地,飞到无边的大水上,我感到陌生而且危险,我感到孤独和恐惧,但是我控制不了我的身体。"管谷说:"那是您的事业和商国的事业的升华,您不必为此而担心。"王李中说:"我看见一群蚂蚁在啃咬我的骨头,它们密密麻麻,往来攒动,十分瘆人,我听见它们的声音了,它咬骨头的声音使我的脑袋发疼。"管谷说:"那是您的敌人的尸体,他们已经或者正在受到上天的惩罚。"王李中说:"我看见我的母亲正在向我走来,她的面容苍白而且淡漠,她一句话也不说,她离我越来越近,我想扑向她,得到她的帮助,但是我动不了,我的嘴也喊不出声音,她与我擦肩而过,她的下身流出红红的鲜血。"管谷说:"这是您对您的母亲的怀念之情,她是被您的父亲误杀的,您忘不了她。"王李中说:"我看见一支剑对着我,对着我的脸颊,我看见剑的后面是一双血红的眼睛,血红的眼睛注视着我使我毛骨悚然,剑的利刃开始向下滴血,血的鲜红在我的面前正溅成一片,血滴在车的踏板上,刮刮有声。"王李中突然提高嗓门说:"血红的眼睛依然存在,它注视我并且向我逼近,滴着鲜血的眼睛啊!"管谷离开王车,拔出剑来,大声喊道:"杀死你们中眼睛发红的人!"这时王车的速度突然加快了,驭手尤同回过头来的时候,管谷看见他的眼睛里喷出血一样的红光,他的面颊因为狂热和冷漠的相互交织而变得可怕并且狰狞,令人毛骨寒彻。像有一柄剑扎在管谷的心脏上,管谷痛苦地呻吟起来,但他还是扬着剑纵马追上去,卫士们的铁骑也在后面跑成一片。他们追近并且靠近尤同的时候,他们听见尤同的喉管里发出咯咯的噬咬枯骨的声音,他们听见他的寒冷的哑笑声。王车的车轮因为马的疾奔而呈现出不正常的扭动。尤同的车技是极其高明的,他策马奔向无际的秋天的原野,管谷卫队的万名铁骑在无边的原野上堵截他。他操纵着马儿的奔跑,像表演他的最后一套绝技,悠娴而且高雅,情真意切,恋恋不舍。他的马儿和车儿在一纵之后飞掠过十米宽的水道,它们旋转了三百六十度的急弯,它们猛然刹住车轮和马蹄深陷入滩洤平原的深处,它们后退时疾如飞翔。管谷的卫队策马狂奔也追赶不上。它们在高埤上用一个轮子旋转,它们在疏林里可以绕树而行,它们重新回到原野上时开始了笔直的狂奔,狂奔的王车从浩荡的百官和百姓的面前风驰电掣而过。尤同叉开双腿、上身前倾、抖动缰绳并且发出一连串的炸喝,王车比闪电更快更疯狂,最后在即将消失于百姓和百官的视界之外的时候,它们缓慢而完美地分解了。分解成大的碎块,人、马、车都飞向了四面八方,大的碎块在空中缓慢而浑圆地飞动,逐渐又分解成小的碎块,分解成更小的碎块,分解成微小的碎块,分解成纤尘细末,最后在秋天的暖融融的明亮的阳光里消失了。一切都沉静、沉寂下去。卫士的战马在急停时高高地扬起前蹄,百姓和百官的表情在震惊中蒙晕了,有人抱着头缓缓地蹲下,有人睁着迷惘的双眼,有人冷漠地看着远方君王消失的地方,有人向旁边的人疑问地张大着嘴,有人从战马上缓慢地跌落下来,有人从战马上俯身看着阳光里看不见的东西,有人在战马上前倾着伸开了双臂,有人勒紧了缰绳,脸因为极度的呼喊而扭曲。管谷命令百官和百姓全部回到亳城去,他调来更多的部队围住了亳城,同时向正在返回的大宰朱响派去了特使。特使尚未赶到的时候,朱响说:"我似乎有了不祥的预感。"孙季说:"您的预感是可靠的吗?"朱响说:"年岁愈大的人,他离上天就愈近,他的预感也就愈真切、强烈并且完整。"孙季说:"那么您有什么决定呢?"朱响说:"我想加快我们的进程。"孙季说:"进程这就加快,用不到十天,我们就可以赶到亳城了。"

第九卷

商国发生了很大的事情,商都的形势很紧张,伊尹紧急返回。

商王遇害的消息像风一样吹遍了整个商国。消息传到草滩王国,草滩王刘康还等候在山岗上,他听到这个惊人的消息后,一时不能相信自己的耳朵,他愣站在山岗上,然后扑通一声跪倒,热泪盈眶,向上天伸出了双臂,大声喊道:"感谢你啊上天,感谢你对我的帮助!感谢你啊!"然后他站起来,整理好衣饰佩剑,对蔡弥说:"请集合您的部队,我们获得了历史上最伟大的机会。"蔡弥说:"您是要向亳城进军、重新取得您的权力吗?"刘康说:"这是上天赐予我的机会啊!"蔡弥集合了在森林中训练和在原野上驻扎的军队,刘康带领他们,策马向亳城的方向驰去。即将走出边境的时候,刘康的坐骑逐渐慢了下来,最后完全停住了脚步。蔡弥说:"您是怎么了呢?"刘康说:"我没有取得权力的能力啊。"蔡弥说:"您为什么这样说呢?"刘康说:"我现在只是一个王国的大王,我的军队在数量上能战胜管谷和关全吗?"蔡弥说:"不能。"刘康说:"我重新取得权力是名正言顺的吗?"蔡弥说:"不是,因为您没有得到元圣的认可,因此也就得不到各国和老百姓的认可。"刘康说:"我现在明白了欲速不达的道理了。让我们回到我们出发前的位置。"刘康回到草滩城,回到自己的房间里独坐沉思。蔡弥进来问候他。刘康说:"我的优势是什么呢?"蔡弥说:"您的优势是您的锐利的军队。"刘康说:"但是现在这些还比不上灰古王国的军队啊。"蔡弥说:"您的优势是已经发展起来的农牧业。"刘康说:"但是现在这些还比不上灰古王国和符离王国啊。"蔡弥说:"您的优势是您的麻木冷漠的杀手和暗谍。"刘康说:"但是他们的任务现在已经完成了啊。"蔡弥说:"您的优势是您曾经拥有的威望。"刘康说:"但是现在人们正在淡忘它啊。"蔡弥说:"那么您的优势是什么呢?"刘康说:"我的优势就是元圣曾经答应过我的那句话啊,我现在感觉到我的希望是多么脆弱。"蔡弥说:"您为什么这样说呢?"刘康说:"请问您假如元圣遭遇了意外,谁还能兑现他的诺言呢?"蔡弥说:"没有人能兑现他的诺言,也没有人会放弃自己的权力。"刘康说:"假如元圣自己违背了诺言呢?"蔡弥说:"您将没有申辩的机会。"刘康说:"让我祈求元圣的安康。"蔡弥说:"上天会听到您的声音的。"刘康说:"请向元圣返回的方向派出五批特别的使者,请给他们快的飞马。"蔡弥说:"您为什么要派出五批特别的使者呢?"刘康说:"请安排他们分批出发。请第一批特使告诉元圣:商国发生了谋害事件,商王倒在了血泊中。请第二批特使告诉元圣:草滩王为商王的遇害难过,他已经设立了祭天的祭坛,并且亲手宰杀了牺牲。请第三批特使告诉元圣:草滩王盼望元圣早日归返,以他的崇高威望来安定商国的动荡。请第四批特使告诉元圣:草滩王已经动员了他的微小的力量,他愿意随时听候元圣的调遣。请第五批特使告诉元圣:草滩王的修行仍在继续,他已经遣散了他的微小的力量,祈求上天赐予商国最明智的君王。"蔡弥派出了草滩王的特使,他们分批出发,他们骑着日行千里的骏马,向朱响归返的道路上迎去。第一批特使在树林边迎到了朱响,特使从马上滚下来,伏在朱响的脚下哭泣着说:"草滩王派我们来向您报告:商国发生了谋害事件,商王倒在了血泊中。"朱响一行受到了极大的震动,朱响扶起了特使,命令加速返回。第二批特使在小溪转弯的地方迎到了朱响,特使从马上滚下来,伏在朱响的脚下说:"草滩王为商王的遇害而极度悲痛,他已经设立了祭坛,并且亲手宰杀了牺牲,祈求上天接纳商王的灵魂。"朱响满含热泪,扶起了特使。第三批特使在荒原上迎到了朱响,特使从马上滚下来,伏在朱响的脚下说:"草滩王盼望您早日归返商都,以您的崇高威望来拯救动荡的商国。"朱响点头扶起了特使。第四批特使在山坡上迎到了朱响,特使从马上滚下来,伏在朱响的脚下说:"草滩王为商国的安全而担心,他已经动员了他的微小的力量,随时听候您的调遣。"朱响伸手扶起了特使。这时管谷派来的特使赶到了,朱响说:"请您告诉我商王遇害以后的情况。"管谷的特使说:"迁移的臣民都已经返回亳城,近郊的部队都已经动员起来,远郊的部队在关全的统领下正在向亳城开进。"朱响说:"请您用最快的速度返回商都,告诉管谷加强商都及其近郊的戒备,并请随时向我报告最新的情况。"管谷的特使上马而去。这时草滩王派出的第五批特使赶到了,特使从马上滚下来,伏在朱响的脚下说:"草滩王还在继续他的修行,他已经遣散了他的微小的力量,祈求上天赐予商国最明智的君王。"朱响扶起了特使。商王遇害的消息传到了黄湾王国,黄湾王赵恒说:"请保持我们的弱小形象,并请加强与灰古王国的联系。"于是祁顺来到了灰古王国,向灰古王献上了景仰的厚礼。消息传到符离王国,符离王江让说:"我看不清将要发生的事情。"鲁炎说:"那么您怎么做呢?"江让说:"请告诉我芒砀首领最近的情况。"鲁炎说:"芒砀首领已在弥留之际。"江让说:"请再次向芒砀王国派出探望的特使。"鲁炎向芒砀王国派出了探望的特使。特使带着礼品来到芒砀城,请求探望弥留中的芒砀首领,但是特使的请求没有被允许。两天后,芒砀首领去世,他的小儿子逃到了符离王国。商王遇害的消息传到了山头王国,山头王邢明说:"这意味着什么呢?"邢化说:"这意味着我们处于更加危险的境地,因为灰古王国受到的约束更少了,请立即向重岗王国派出第二批特使。"邢明向重岗王国派出了第二批特使。第二批特使日夜赶进,在重岗城外追上了先行的特使,他们一起去见重岗王。重岗王在王宫的花园里接见了他们,特使说:"请您接受山头王的诚意,山头王愿意将他的妹妹嫁给重岗王国。"苏大说:"请向山头王转告我的感谢!"特使说:"但是请您体谅山头王的难处,山头王国受到了灰古王国的威胁。"苏大说:"灰古王要怎么样呢?"特使说:"请重岗王国的求婚者和灰古王国的求婚者,接受山头王的妹妹的选择。"重岗王说:"您是要重岗王国接受山头王国的当众羞辱吗?"特使说:"山头王国将选择您的求婚者。"苏大沉吟了一下说:"请您允许我短暂地离席。"苏大和袁礼离开花园来到宫室。苏大说:"我应该接受吗?"袁礼说:"您不接受您就丧失了大国的地位和尊严。您接受了您就会陷入尴尬的境地,您将直接面对挑战。"苏大说:"请您告诉我应该采取的行动。"袁礼说:"您别无选择。"苏大说:"您是要我同山头王国联姻吗?"袁礼说:"请您同山头王国做紧密的联合。请您在边界地区部署您的军队。"苏大说:"您是对的。"苏大和袁礼回到花园里,苏大说:"您的国家将消失在灰古王的思路里。"特使说:"在山头王国之后将是重岗王国。"苏大说:"重岗王国是个大而强的国家,它的军队能保卫自己,那就让我们结成亲密的关系。"特使说:"您是对的,请您动员您的军队。"苏大说:"我的军队将消灭冠先和他的王国。"特使说:"请您允许求婚者与我同行。"苏大把侄儿交给了特使,特使离去之后,苏大调整并且部署了他的全部军队。他的军队有几十万人,有精悍的骑兵和坚实的战车。苏大说:"我想把它们部署在边界,让它们封锁边界,敌人将不能进犯。"袁礼说:"敌人将各个击破它们。"苏大说:"那么请允许我集结它们,我们将在适当的地方与敌人决战。"袁礼说:"敌人的高度机动性将使我们顾此失彼。"苏大说:"我想把它们分开成两个大的集团部署在边界附近,并且在王城附近准备一支强大的接应部队,使它们既有机动性又可以互相呼应。"袁礼说:"请您发布王令。"苏大发布了王令,部队集结部署在指定的地方。这时特使和重岗王国的求婚者已经到达山头城。山头王邢明说:"您的求婚是真挚的吗?"重岗王国的求婚者说:"我的求婚是真挚的。"邢明说:"您能遵守您的诺言吗?"重岗王国的求婚者说:"我将对选择的任何结果承担我的责任。"邢明说:"您的求婚是真挚的吗?"陈军说:"我的求婚是世纪之婚,我将尽全力得到您的妹妹,决不让她落入别人的手中。"邢明说:"您能遵守您公平地对待选择结果的诺言吗?"陈军说:"她决不会使我失望。"邢明击掌为号,他的妹妹在婢女们的簇拥下,头上披着纱巾,来到求婚者们的面前。邢明说:"请你选择你的夫婿。"山头王的妹妹说:"请灰古王国的求婚者原谅我的失礼。"陈军说:"您的选择也许是对的,您给我创造了历史上最好的机会,您激发了我的热情,我决不会失去您的。"邢明说:"请您遵守您的诺言。"陈军说:"谁也不会对真挚的爱情进行指责。"邢明说:"我将不会再一次接受您的威胁和侮辱。"陈军说:"我将再一次命令我的将士来饮用潼水里的清流。"陈军回到灰古,冠先说:"上天给我们的时间也许很长,也许很短。"陈军说:"您为什么这样说?"冠先说:"商王遇害后的情况将会怎样呢?"陈军说:"天下也许会大乱的。"冠先说:"那么上天给我们的时间也许就会很长。"陈军说:"天下也许会大治。"冠先说:"那么上给我们的时间就会很短。"陈军说:"那么您是希望大乱呢还是希望大治?"冠先说:"我希望上天能赐给我历史性的机会。"陈军说:"您有什么打算呢?"冠先说:"请您派能言善辩的人去联络关全。"陈军说:"关全能带给灰古王国最好的机会吗?"冠先说:"关全所带来的机会可能是另外的人的。"陈军说:"另外的人是谁呢?"冠先说:"难道不会是草滩王或者别的人吗?"陈军说:"是符离王江让吗?"冠先说:"我不知道。"陈军说:"是重岗王苏大吗?"冠先说:"请您告诉我选择的结果。"陈军说:"是您所希望的结果。"冠先说:"请您向山头王国的边界派出声势浩大的部队,再请您向重岗王国派出抢亲的部队。"于是陈军向重岗王国派出了抢亲的部队,他们由精壮的男女战士组成,扮成商人。他们乘坐黄一为贸易而改装的货车,拉着土特产,赶着牛和羊,去重岗王国进行贸易。他们越过边境,从重岗王军队的防区附近走过,他们在小村镇里和当地的人交换皮货、黄花菜和香油,他们斤斤计较,但有时又很大方,他们遇到询问的时候,就告诉对方他们是潍溪王国的老百姓,他们的国家被符离王国合并了,他们变成了流浪的商人。他们一路交换着货物,不断向重岗城靠近,他们缓慢地行走着,他们赶着的大批的牛羊也成了他们的拖累,他们的行进很慢,他们沿着山头王国到重岗城的大路缓缓行进,牛羊在路边吃着草,他们要寻一个好价钱才肯把牛羊脱手。草滩王派出的特使陆续返回了草滩城。刘康说:"请你们描绘当时的情景。"第一批特使说:"大宰朱响露出了震惊的神色。"第二批特使说:"大宰朱响受到了极大的感动。"第三批特使说:"大宰朱响恢复了冷静和思考的面容。"第四批特使说:"大宰朱响处于警惕的状态之中。"第五批特使说:"大宰朱响的态度难以形容。"刘康说:"谢谢你们的劳累。"特使们退下去以后,蔡弥说:"大宰的震惊说明了什么呢?"刘康说:"他被特使报告的内容所震动。"蔡弥说:"大宰的感动说明了什么呢?"刘康说:"他为我的及时通报和为国分忧的精神所感动。"蔡弥说:"大宰恢复了冷静和思考说明了什么呢?"刘康说:"这是他的经验和经历教给他的呀。"蔡弥说:"大宰的警惕说明了什么呢?"刘康说:"他对权力的趋向总是敏感的,因为他掌握着国家的根本的实权啊。"蔡弥说:"那么他的态度的难以形容又说明了什么呢?"刘康说:"说明了他心中的矛盾和犹豫啊。"蔡弥说:"他难道不是悲痛而是矛盾和犹豫吗?"刘康说:"震惊很快就会过去,从一开始他所想的就是权力的更迭和新君王的人选问题啊。"蔡弥说:"请不要失去您的机会。"刘康说:"我难以把握住这样的机会啊,我只想偷偷地去亳城附近看看,我怀念它以致夜夜惊醒。"蔡弥说:"请伪装你的面容。"刘康和蔡弥伪装了面容,乘坐最快的货车赶往亳城,他们白天隐蔽在郊外的树林里,夜幕降临时赶着货车在离城较远的地方绕城走了一圈。从远处看亳城,是黑黝黝的一尊巨大的影子,管谷的部队封锁了所有的出口,城墙不时有一些灯光在闪烁,战士的吆喝声偶尔也能听到。刘康在货车里啜泣道:"请上天赐予我忍耐的毅力吧!"车上的蔡弥和卫士都默默无语,只有刘康的啜泣声历历可闻。天将明时刘康命令返回,驭手把马赶得飞奔起来。这时关全统领的远郊部队也已经靠近了亳城,他们在宿营地点灯造饭的时候,灰古王冠先派出的使臣赶到了,并且请求关全的接见。关全说:"灰古王要告诉我什么呢?"使臣说:"灰古王预祝您的成功。"关全说:"预祝我成功什么呢?"使臣说:"预祝您谋求王位的成功。"关全大喝道:"来人!把胡说八道的说客推下去砍了。"卫士们冲进来抓住了使臣,使臣笑着说:"请原谅灰古王错误的预测,您并不是他想象中的那种人。"关全说:"灰古王想象的是什么样的一种人呢?"使臣说:"请您找人把我的头带回灰古王国。"关全说:"请您回答我的问话。"使臣说:"请您将我的身体掩埋在我的祖国的土地里。"关全说:"请您回答我的问话。"使臣说:"请您与强盛的灰古王国为敌。"关全喝退了卫士,邀请使臣重新入座。关全说:"请您告诉我灰古王要说的话。"使臣说:"灰古王将支持您的谋求。"关全说:"您能肯定灰古王的态度吗?"使臣说:"您能肯定您的态度吗?"关全说:"请您向灰古王转告我的谢意。"使臣离去,关全在营帐里思考了一夜,第二天他来到附近的符离王国,符离王设盛宴招待了他。关全说:"请您告诉我人世间的事。"符离王说:"人世间的事都是自己努力得到的。"关全说:"难道上天不是主持一切的吗?"符离王说:"上天只赐予人机会。"关全说:"请您告诉我人生的事。"符离王说:"人生的明天总是未知的。"关全说:"因为未知就应该畏缩不前吗?"江让说:"因为未知才应该无所顾虑。"关全告辞符离王返回营地。鲁炎说:"关全为什么说那样的话呢?"江让说:"因为他还未下定决心。"鲁炎说:"他要下什么样的决心呢?"江让说:"他要下生与死的决心。"鲁炎说:"您有什么打算呢?"江让说:"我将'被迫'向他提供粮草和物资的帮助。"鲁炎说:"您为什么要'被迫'呢?"江让说:"我希望有回旋的余地。"关全回到营帐,召集他的部下来喝酒。酒喝到一半的时候,关全说:"谁能告诉我人生的目的?"葛佩说:"人生难道不是为了做一种大事业吗?"胡定说:"人生难道不是为了沉静和思考吗?请允许我去寻找一个思考的地方。"关全说:"我尊重您的选择。"胡定就离开部队,带着三五个亲密的随从,到西北方的草原上独处思考去了。谢会说:"人生难道不是为了战胜自己的敌手吗?"樊晋说:"人生难道不是为了一种奇迹吗?"何显说:"人生难道不是为了一种突破吗?"关全统一了部下的意见,晚上又来到符离王国。江让在王宫里设宴招待他,关全说:"您是说上天要赐予人机会吗?"江让说:"上天只赐予人机会。"关全说:"您是说人要努力去争取吗?"江让说:"人世的事都是自己努力后才得到的。"关全说:"上天已经赐给我这个机会,请您支持我努力去得到它。"

江让说:"请您抬走我的粮草、猪牛羊。"关全说:"我将报答您。"关全回到营地,就召集部下的会议。关全说:"一个狠心的人将会得到什么样的报答呢?"葛佩说:"他也将得到狠心的报答。"关全说:"一个恶毒的人将会得到什么样的报答呢?"何显说:"他也将得到恶毒的报答。"关全说:"一个违抗天意的人将会得到什么样的报答呢?"樊晋说:"他将受到上天的惩罚。"关全说:"管谷为什么要安排尤同谋害君王呢?"关全的话迅速在各地传播开来,单孟在东方大水中的小岛上说:"关全想干什么呢?"灵寺王徐榜说:"国家开始动乱了呀。"关全命令部队分成三路,葛佩和谢会右路,何显和樊晋左路,他居中路,到亳城去讨伐罪人。两天后关全的部队包围了亳城。管谷的部队在近郊设置了障碍物,并且配备了弓箭手。亳城又开始了骚动和不安,各种流言传播不止,城中抢劫、纵火、杀人的事情不断发生。管谷说:"事情发展的结果会怎样呢?"王仲说:"会导致您的死亡,而现在失去了您就将没有人能与关全抗衡,就没有人能阻止关全。"管谷说:"大宰也不能吗?"王仲说:"您失去亳城后大宰将不能阻止关全。"于是管谷加强了城郊的防守,并且封堵了城的出口,管谷还加强了城内的管治,发布了严厉的命令,同时他派出使者穿越关全部队的包围,向大宰返回的方向去报告亳城的紧急情况。朱响在离亳城还有五天路程的地方听了使者的报告,朱响说:"请管谷镇压一切骚乱者或者起事的官宦。"使者努力返回亳城,向管谷报告了朱响的表态,管谷镇压了骚乱的百姓和散播流言的官宦。这时关全围都的消息传到了草滩王国,草滩王刘康说:"我陷入了矛盾的心境之中。"蔡弥说:"您想得到哪一种结果呢?"刘康说:"我想得到关全获胜的结果,那样我就有了起兵的理由。"蔡弥说:"您真是这样想吗?"刘康说:"我又想得到管谷获胜的结果,那样我复位的机会也许更大。"蔡弥说:"您真的这样认为吗?"刘康说:"但我难以把握元圣的态度啊,我不知道他站在谁的一边,我也不知道他是否还有控制局势的能力。"蔡弥说:"那么请您寻找机会,并且试探各方的态度。"于是刘康向大宰和灰古王派出了使者,使者来到灰古王国,冠先说:"草滩王在做什么呢?我的看法将和他是一致的。"使者说:"您怎样和他一致呢?"冠先说:"我将支持他的复位。"使者离去了,冠先说:"请抓紧我们的时间吧。"于是陈军集结了一些部队,由他自己统领着来到了山头王国的边境,他们在战车的后面挂上树枝,战车奔驰起来时烟尘升得很高。陈军命令部队扩散开来,分成数十里的单线向前挺进,挺进时发出混杂的呐喊声,并且不断敲击战鼓、吹响号角。夜晚陈军命令部队在营地大量挖制地灶,每人不少于一个,挖制好以后点火熏黑,同时留下灰烬。入侵的消息传到山头王宫,邢明召来了邢化,对他说:"请您告诉我御敌的办法。"邢化说:"请立即派人查明入侵部队的情况。"邢明派出了侦察人员,侦察人员仔细观察以后,返回王宫向邢明报告说:"入侵的部队很多。"邢明说:"他们有多少呢?"侦察人员说:"他们的战车在行进时烟尘布满了整个边境,他们宿营时做饭用的土灶布满了山坡和荒地。"邢化说:"请您在潼水北岸布置您的全部部队,请您向重岗王国通报您的处境。"邢明在潼水北岸部署了他的全部部队,同时向重岗王国派出了特使。特使来到重岗王国,在郊外快乐地拜见了重岗王。重岗王苏大说:"请您和我一起喝酒并欣赏大自然的美景。"特使说:"请您原谅,我的国家正在遭受入侵。"苏大说:"是灰古军队的入侵吗?但他们已经不可能进行偷袭了。"特使说:"不是偷袭,是明目张胆的入侵。"苏大说:"难道山头王国的军队没有准备吗?"特使说:"山头王国的军队已经部署在潼水北岸,但山头王国的军队显然是不够的。"苏大说:"难道入侵的敌人很多吗?"特使说:"敌人的战车不可计数,他们行走时烟尘遮天蔽日,他们煮饭的土灶布满了山坡和原野。"苏大说:"请您稍候。"苏大和袁礼来到密室。苏大说:"我应该怎样回答?"袁礼说:"请您辞除婚约。"苏大说:"我不可能做出那样的决定。"袁礼说:"那么请您迎娶新娘,并以姻亲国的名义向山头王国派出支援的部队。"苏大说:"敌人难道不会向我的国家发动进攻?"袁礼说:"敌人没有分身的法术,请查清入侵者的数量。"苏大和袁礼回到室外,苏大说:"请核查敌人的数量。"特使派人赶回山头王国去核查敌人的数量。派回去的人得到情报后又火速赶回,肯定了最初的报告。来人说:"敌人已经接近潼水南岸,正在荒原上调整兵阵,他们的战车铺展开几十里路,他们的旌旗像树林一样茂密。"苏大说:"请允许重岗王国去迎娶新娘,我们将派出强大的军队去消灭入侵者。"重岗王派出了他的军队,他抽调了边境地区部队的二分之一去驰援山头王国,他们在潼水北岸组成了坚固的防御,他们的旗帜看起来比对岸入侵者的旗帜还要多。迎娶新娘的队伍也出发了。他们由礼仪队和卫队组成,他们以急切的速度奔向山头王国。在大路上他们碰到了一群驾车的商人,商人防碍了他们的前进,卫士说:"请你们赶快让开,不然你们将要受到严厉的惩罚!"驾车的商人一边让路,一边说:"你们驾着红绸的马车,你们是去娶亲的吗?"赶红绸车的卫士说:"我们将娶回山头王的妹妹。"驾车的商人说:"让我们分享你们的幸福,我们将送给新娘一车礼物。"卫士说:"多谢你们的美意。"辞别了商人,他们继续赶路,走到一半的时候他们被一群牛挡住,卫士说:"请快点把你们的牛赶开,不然你们将要受到严厉的惩罚。"赶牛的人一边把牛赶开,一边说:"你们驾着红绸的马车,你们是要去娶谁家的妹妹吗?"赶红绸车的卫士说:"我们去娶山头王的妹妹。"赶牛的人说:"请允许我们分享你们的幸福,我们将送给新娘一群牛。"卫士说:"多谢你们的好意。"辞别了赶牛人他们继续赶路,走了不一会儿,前方有一群羊挡住了去路。卫士说:"快把你们的羊赶开,不然我将要惩罚你们。"赶羊的姑娘一边把羊赶开,一边说:"你们驾着红绸的马车,你们是为别人送嫁衣裳、为别人接回新娘的吗?"赶红绸车的卫士说:"我们将娶回山头王的妹妹。"赶羊的人说:"请允许我们分享你们的幸福,我们将送一群羊给新娘。"士说:"我们将接受你们的礼物。"夜色尚未褪尽的时候,关全统领的部队开始了对亳城的攻击,他们在午饭时间到来以前,攻占了亳城近郊的防御阵地,他们杀死管谷部队的统领,把管谷部队的战士扣押在战车里。葛佩来问关全:"您打算怎样处理这些战士?"关全说:"如果我攻占了亳城我将杀死他们。"战斗在中午也没有间断,关全的部队继续向管谷的部队发起攻击,他们用弋射的方法射出火箭,然后把火箭在建筑物中拖拉,促使更多的建筑物起火,他们驾驶着封有铁甲的战车和战马直冲入街巷之中,来回奔驰,杀死敌手。到晚饭时间到来的时候,亳城近郊已经全部为关全的部队所占,他们在亳城的城墙外燃起火堆,准备着第二天的攻势。消息传到正在匆忙赶回的大宰的耳朵里,这时天色将晚,夜的凉意正在聚拢上来。孙季说:"您怎样看这件事呢?"朱响说:"请您命令队伍停下来。"队伍停了下来,燃起了篝火,马儿在附近打着响鼻,朱响坐在篝火边沉思,随从都默默不语。这时草滩王的使者来了,朱响说:"草滩王想告诉我什么呢?"使者说:"草滩王和您永远是一致的。"朱响说:"请您向草滩王转达我的谢意。"使者离去了。朱响说:"请问您从这儿到亳城还有几天的路程?"孙季说:"还有四天的路程。"朱响说:"请您从统领的角度看待这件事,您认为在四天里会出现什么样的结果呢?"孙季说:"将可能出现四种结果。"朱响说:"可能是哪四种结果呢?"孙季说:"一种结果是关全攻占了亳城,并且控制了整个商国的局势,那时候将没有人能够限制他的行为。"朱响说:"草滩王不能限制他吗?"孙季说:"草滩王还没有限制他的实力。"朱响说:"符离王不能限制他吗?"孙季说:"符离王没有限制他的理由。"朱响说:"灰古王不能限制他吗?"孙季说:"灰古王限制他的结果对您和商国来说将是一样的。"朱响说:"请您告诉我第二种结果。孙季说:"第二种结果是关全攻占了亳城,但仍尊奉您为元圣,那样对您将是有利的,您将一如既往地领导着商国,并且推举您认为是符合上天要求的君王。"朱响说:"您的分析是符合实际的。那么请问第三种结果呢?"孙季说:"第三种结果是管谷守住了亳城,等待您的到来,那时候将由您决定双方的对错,您的威望将得到进一步的加强。"朱响说:"那时候将会有无数的变化啊。请您告诉我第四种结果。"孙季说:"第四种结果是管谷战胜并且消灭了关全的部队,那时管谷将会尊重您的威望,并且请您来推举新的君王。"朱响说:"这些都是您的经验之谈啊。"孙季说:"那么您希望出现哪一种结果呢?您不希望出现第一种结果吧?"朱响说:"那时候我就可以告老还乡了,这是我多年的愿望。"孙季说:"假如出现第二种结果呢?"朱响说:"我将履行上天交给我的职责。"孙季说:"假如出现第三种结果呢?"朱响说:"我将判定双方的对错,并且推举我的人选。"孙季说:"假若出现第四种结果呢?"朱响说:"对我来说,它和第二、三种没有什么不同。"孙季说:"请您采取您的行动。"朱响说:"让我们加速转向桑梓王国,并在那里发布元圣的训令。"于是元圣的队伍连夜向桑梓王国速进。天亮时关全的部队又开始了对亳城的攻击,但上午的攻击没有明显的效果,因为亳城的防御坚固而且能够持久。关全看到了这种情况,关全问:"攻城的结果会是怎样的呢?"葛佩说:"一种结果是攻占亳城并且斩杀了管谷,那时您将是世界上真正最强的人,您将可以自立为王,没有人能够阻拦您。"关全说:"您是对的。"葛佩说:"第二种结果是与管谷僵持,那时大宰就会归来,将由他判定您的正确和错误,您将不能掌握自己的命运。"关全说:"我不希望出现这种结果。"葛佩说:"第三种结果是您被管谷所击败,您将没有其他出路,我们也将没有其他出路。"关全说:"管谷有击败我的能力吗?"葛佩说:"管谷没有击败您的能力,但大宰和管谷的联合却能够击败您。"关全说:"那么我应该怎么办呢?"葛佩说:"请您向大宰派出特别的部队,将他迎接到您的营帐中来,那时候他将受制于您;同时请您加紧攻击亳城。"关全采纳了葛佩的建议,向大宰归返的方向派出了由谢会统领的特别的部队,并且加强了攻城的势头。管谷的部队承受着巨大的压力,管谷说:"抵抗的结果将会怎样呢?"王仲说:"抵抗将会有几种结果。"管谷说:"将会有哪几种结果呢?"王仲说:"将会有三种结果。"管谷说:"请您告诉我。"王仲说:"第一种结果是您击败了关全,您将成为最强有力的人,您将有选择的余地。"管谷说:"这是最好的结果。"王仲说:"第二种是您和关全的僵持,那时候将由归返的大宰判决您的对错,而您将难以解释推荐并且使用尤同的事情。"管谷说:"这不是我愿意看到的结果。"王仲说:"第三种是您被关全所击败,那时候您将不能决定您自己的命运。"管谷说:"第三种结果的出现将不再会使管谷知道后面发生的事情。"王仲说:"您选择哪一种呢?"管谷说:"请上天赐给我第一种结果,请您告诉我得到它的办法。"王仲说:"请您分别向大宰和向阳王国派出使者,向大宰派出的使者重申您对君王李中和大宰的忠诚,向向阳王国派出的使者向您的王国说明立即起兵的道理;同时请您向灰古王国、符离王国、重岗王国以及其他国家派出您的使者。"管谷向各地派出了使者,使者们在管谷部队的前导下冲出了包围圈,向四面八方奔驰而去。关全得到了这些消息,命令葛佩派出精悍的部队去追杀突围的使者。追杀的部队挑选了最快的马,最精悍的骑手,他们向四面八方追击而去,并且在路途上杀死了大部分使者。他们把使者的脑袋带回来向关全报告,关全说:"你们都是在哪些方向追杀他们的呢?"追杀的部队说:"我们在往灰古王国、符离王国、重岗王国、泗洪王国、古井王国、青王国、曲王国的道路上追杀了管谷的使者。"关全说："那么你们在哪些地方放走了他们呢?"追杀的部队说："在其他方向我们没能追上管谷的使者。"追杀的部队退了下去,关全说："我没有良好的感觉,请抓紧攻击亳城。"葛佩说："亳城十分坚固,一时难以攻下,请采用新的攻城方法。"关全说："有什么样的新方法呢?"葛佩说："在北方的寒冷地区,人们挖掘地穴,在地洞里取暖、生活,地洞蜿蜒而去,就可以伸向很远,请您下令挖掘地洞,通至亳城城里。"关全说："请在四门的方向同时挖掘地洞,并请抓紧地面的攻击。"关全的部队展开了猛烈的攻击,弋射的火箭在城内的许多地方引起大火,攻城的部队使用了云梯和抓钩,攀爬到城墙上的士兵与管谷的部队进行了肉搏,管谷把王宫的卫队也投入了战斗,到夜幕降临的时候,关全的部队又退回到城外的营地里。关于亳城的情况报告到符离王国,符离王江让说："我们不能坐视,坐视将失去上天赐予我们的良机。"他派人向芒砀群落的新首领提出了抗议,抗议他违背了逝去的首领的意志,并且驱逐了首领的继承人。芒砀首领说："请给我进贡的机会,我将当面向符离王解释这一切。"但是符离王江让已经派出了攻击的部队,攻击的部队进入芒砀群落的土地,他们占领村镇、封锁道路。芒砀首领说："我可以割让三分之一的土地给符离王国。"但是,符离王的部队已经占领了芒砀群落三分之二的土地。芒砀首领说："请允许我割让三分之二的土地给符离王国。"符离王的部队攻占了芒砀城,消灭了芒砀群落,扩大了自己的领土和势力。这时亳城的战事已经传播到了全国,山头王邢明说："请告诉我潼水南岸的情况。"邢化说："敌人已经占领了潼水南岸的所有土地,陈军的部队正在扎制船筏,准备渡过潼水。"邢明说:"他们是这样猖獗吗?"邢化说:"敌人有强大的实力。"邢明说:"他们能渡过潼水吗?"邢化说:"山头王国和重岗王国有强大的防御力量,我们的旗帜比敌人的旗帜还要多,况且潼水北岸较为陡峭,敌人渡水时我们将在他们没上岸的时候消灭他们。"邢明说:"我充满了信心。请告诉我,我们消灭了渡水的敌人后,将怎样继续我们的战斗?"邢化说:"我们将在重岗王国军队的支援下,渡过潼水击溃敌人,收复潼水南岸的失地,并且向灰古王国的土地进军。"邢明说:"您是对的,但重岗王是否会趁机侵占我国的土地呢?"邢化说:"那时候我们将在战斗中变得强大。"邢明说:"请尽快与重岗王国联姻。"这时重岗王国的娶亲队伍已经来到了山头城,山头王举行了简短的仪式,红绸车队就载着新娘向重岗王国归返了。车队在路上加速行驶,他们从山头王国的丘陵地带盘旋而出,在未进入重岗王国的低山地区时,他们奔驰在一望无际的荒原和草场上,马蹄嗒嗒,车轮滚滚,红色的绸布在微风中抖动,天地很大,白云蓝天,秋鸟飞翔,远处连绵不绝的低山的山影清晰可见,路边赶羊的姑娘唱着悠扬的歌曲,歌曲唱道:"小路曲折倾斜远远地通向秋天的深山,山中白云缭绕,有几户人家若隐若现。我喜爱傍晚的草原,停下车来细细赏看,经霜的草叶比那二月的鲜花还要红艳。"娶亲的车队嗒嗒驰来,这时羊群正通过道路,车队慢了下来,卫士们在马上说:"你们唱的是哪个国家的歌曲呢。姑娘们,你们的歌为什么唱得这样好听?"赶羊的姑娘说:"我们唱的是灰古王教给我们的歌曲,我们唱得好听是因为我们年轻而且漂亮。"卫士们说:"你们难道不知道我们和灰古王国的关系吗？你们难道会比山头王国的新娘更漂亮？"赶羊的姑娘说："我们就是代表灰古王来告诉你们这些的。您难道不知道野花比家花更香？"卫士们收敛了笑容，催促车队赶路。赶羊的姑娘们说："请允许我们兑现自己的诺言，我们将赠送羊群给你们的新娘。"卫士们从剑鞘中拔出剑来，但是已经晚了，路边的快箭把他们纷纷射下马来。红绸车队拼命奔逃，逃到荒原和草场的中间时，他们才慢下来。这时太阳已经偏西，天空蓝如宝石，草地一片斑斓，前方的道路上出现一群缓行的慢牛，赶牛的汉子唱道："暮山苍茫青山显得多么辽远，隆冬季节山里人家炉火温暖，忽听柴门外传来一阵阵犬吠，夜间有人冒着风雪返回家园。"卫兵和车队闻声而胆战，仿佛有寒风吹到他们的脸上一样。车队在远处停下，看着大路上和大路边缓缓移动的牛群。天高地远，风势渐紧，太阳西去，他们感到了孤立无援的仓皇之感。卫士说："敌人难道不会在后面追赶吗？"车队的统领说："我已经听到了他们的马蹄声。"卫士说："前方难道一定是灰古王国的战士吗？"车队统领说："让我们装成若无其事的样子。"车队开始慢慢地前进。荒野静寂，飞鸟遥远。车队靠近了牛群，歌声渐落下去，赶牛的人斜躺在路边看着走近的车队，他们自顾自地又唱起来："群山间白雪皑皑看不见一只飞鸟，道路上人迹渐绝四野里空旷寂寥，小船上老渔翁身披蓑衣戴着笠帽，风雪中独自在那寒冷的江心垂钓。"卫士们说道："你们唱的是哪一个国家的歌曲呢？你们为什么这么悠闲呢？"赶牛的人说："我们唱的是灰古王国的歌曲。我们在等待我们王国的新娘呢，所以我们就显得很悠闲。"卫士们的手握紧了剑柄,卫士们说:"你们没有兑现你们的诺言呢,你们是要用这群牛来换取新娘吗?"赶牛的人说:"用这群牛做新娘的聘礼,难道太少了吗?"统领一声暗喝,车队猛然向前冲去,但是骑在马上的卫士纷纷被快箭射中而落于马下。车队拼命奔跑,快要把荒原和草场跑完时他们才慢下来。这时整个车队失去了卫队的保护,新娘在红绸车里啜泣起来,低山的边缘越来越近,夕阳把晚霞铺展在天边。风势渐弱,暮色将近,车队沉默地走着,接近低山时,他们看见前方的路上散乱地停着一些货车和快马,赶车的商人躺在路边的大石块上,看着天空,用低沉的嗓音唱道:"高高的翠柳哟,像碧绿的玉树一样美好,长长的柳枝哟,犹如垂下的千万根丝条。不知道一片片细巧的柳叶是谁精心剪裁,二月里的春风呀,恰似神奇灵巧的剪刀。"车队不敢前进,他们停在荒原结束的地方,微风吹动着红绸,马儿低着头去吃路边的枯草。统领说:"难道我们要杀死没上过婚床的新娘吗?重岗王并没有赐给我这样的权力啊。"赶车的商人在低山的边缘耐心地等待着,晚霞更浓,他们又唱道:"篱笆稀稀落落一条小路伸向远方,枝头花儿凋谢树叶没有长成荫凉,天真的孩子啊正追赶翩翩起舞的黄蝴蝶,蝴蝶儿飞进了菜田到处一片金黄。"歌声低沉但是悠长,红绸的车队,在歌声里启动并且缓缓地向前方走去,车队靠近了商人的货车,赶车的精壮汉子都坐了起来,继续唱道:"拉弓就要拉硬弓,用箭就要用长箭,射人先把马射倒,捉贼就把头人拴,杀人自古有限度,各国疆土无界线,假如都能归冠先,何必杀人万万千?"红绸车队在歌声中停靠在货车边,商人们站起来把新娘扶上了货车。红绸车队换了驭手,缓缓地向重岗城驶去,货车和随后赶到的马队驰向了重岗王国的边界。午夜时分,管谷派出的特使来到向阳城,在向阳城新建的王宫里向王后哭诉了商王遇害的经过并表示了管谷的忠诚。王后泪雨涟涟,向阳王国的军队统领程千说:"请维护向阳王国的威严。"王后说:"请您组织有力量的军队去帮助管谷。"程千调集了向阳王国的所有部队,调集了管谷在新都留下的卫队,又征召了向阳王国的青年和壮年。程千说:"请告诉我大宰的态度。"特使说:"已另派特使去迎候并报告大宰。"程千说:"难道大宰会在局势不明朗的时候,去到亳城吗?"特使说:"请您告诉我他的去向。"程千说:"请您直接去大宰的家乡桑梓。"特使换了快马,立即向桑梓赶去。程千说:"我们该怎样行动呢?"程千的副手吴必说:"请您在沱湖西岸与关全派出的部队决战。"程千说:"那就在沱湖西岸做好决战的准备。"吴必带领一些部队去了沱湖西岸,程千带领主力部队赶往亳城。这时谢会统领的特别部队向东已经走出了很远,但是并没有迎到朱响一行。晚上他们在岗地之间避风的地方埋锅造饭,谢会沉默不语,他的副手说:"您为什么不说话呢?"谢会说:"难道我们行走的路线是错误的吗?"副手说:"也许大宰一行改变了方向。"谢会说:"他们会往哪儿去呢?"副手说:"他们也许会往浍水的方向走。"谢会说:"难道他们不是往桑梓的方向去吗?"谢会说完跳了起来,命令部队挖锅起灶,向桑梓的方向追赶。半夜时分,人马都已经困乏,谢会命令停止前进,重新埋锅造饭,就地休息。饭后才睡了半个时辰,有几匹马闯入营地,马上的人高喊着大宰的称号。谢会被喊声惊醒,命令捆绑闯进来的人,原来他们是管谷派出来的特使,谢会命令杀死他们然后上马追赶,天亮时在接近浍水的一道支流边追上了朱响一行。朱响正在渡水,听到了后面的马蹄声和呼喊声,朱响说:"您曾经统领过近郊和远郊的部队。"孙季说:"是的。"朱响说:"您的威望难道不足以使追赶的部队退却吗?"孙季说:"您知道他们是谁的部队吗?"朱响说:"在这样的时候,谁的部队对我们不是危险的呢?"孙季说:"您现在还有告老还乡的想法吗?"朱响说:"人的任何想法都是不现实的啊,哪怕是有经验的老人。"孙季说:"请您带走所有的卫士。"朱响说:"在这种时候,一个人反而是安全的,请您阻挡并退却他们。"孙季手里按着剑柄向来路上走去,他在一个高坡上停住,看着追近的部队。谢会在他的前方跳下马来说:"我统领着关全派出来的特别部队,请您允许我去面见大宰。"孙季说:"您为什么要见大宰呢?"谢会说:"我要向他报告亳城发生的事情,我要向他报告管谷谋害君王的事实。"孙季说:"请您告诉我,我将转达您的陈述。"谢会说:"您为什么要阻拦我呢?"孙季说:"大宰命令我在这儿阻拦一切追赶他的人。"谢会说:"我不想冒犯您。"孙季说:"请您掉转您的马头。"谢会说:"您对我并不重要。"孙季非常生气,挥剑向谢会刺去,谢会跳开并打掉了孙季手中的剑,孙季说:"请您杀死我。"谢会说:"请您使用自己的剑。"孙季从身上拔出短剑来割断了自己的脖子。谢会的部队越过他的身体拥到水道边,但是朱响的队伍已经渡水而去,进入了桑梓王国的土地。谢会返回亳城城郊向关全报告了事情的经过,关全说:"我们还有选择的余地吗?"葛佩说:"将没有选择的余地。"关全说:"请投入一切力量。"关全投入了一切力量,攻城的部队汹涌而且猛烈,他们成队地拥上云梯,火箭像雨点一样落入城内,从地下挖掘的地洞也有挖通的,关全的战士从地下爬出来,与管谷的部队进行肉搏,战斗激烈而且残酷,到夜幕降临时,管谷的部队放弃了外城而退守内城,关全的部队占领了内城以外的全部城区和郊区。关全说:"到明天将会怎样?"葛佩说:"到明天我们将得到全城。"关全说:"那时候将不再会有人轻视我的话。"这时有人进来报告说:"向阳王国程千统领的部队正在接近。"关全说:"他们有多少战车和人马呢?"来人说:"他们只有近千辆战车和人马。"关全说:"这就是向阳王国的全部吗？明天我将会收拾他们。"但是入夜以后程千的部队开始了攻击,他把部队分成数股,他们冲入关全部队的营帐内纵火并且呐喊。关全说:"请驱逐他们。"樊晋的部队驱逐了放火的敌人,但是到午夜时,程千的部队又冲杀过来,他们呐喊、纵火并且射出乱箭。关全说:"敌人的骚扰只能促使我提早对亳城进行攻击。"葛佩说:"疲乏的战士将不会有好的体力和好的智慧。"关全请樊晋去消灭骚乱的敌人。樊晋率领他的部队向程千进攻,程千在接触之后向沱水退去。樊晋说:"我并不想追杀他们。"樊晋命令部队停住,并且就地休息,这时程千的战车又呐喊着冲过来。樊晋说:"程千为什么要这样呢？我并不想追杀他们。"他的副手说:"请您提防敌人的计谋。"樊晋说:"敌人是想惹起我的恼怒吗?敌人是想引诱我到一个新设成的陷阱里去吗?"他命令部队用带火的箭射退暗夜中的敌人,同时命令副手率领一半的部队绕行到程千的背后去。秋夜风凉,荒野里呐喊声和火箭的飞曳不绝于耳目。樊晋在营帐中坐守,等待着天明。樊晋说:"我羡慕胡定的境界啊,但我又不愿意辜负降生的艰辛。"帐中陪伴他的副手说:"您是说人只有一种选择吗?"樊晋说:"难道不是这样吗?"副手说:"您难道不可以选择另外的任何一种途径吗?"樊晋说:"选择另外一种途径的是灰古王、关全、大宰、单孟或者任何一个别人,而不是樊晋啊。"天色微明时樊晋出帐上马,命令部队攻击。程千的部队抵挡不住,向沱湖西岸的方向退去。樊晋说:"请猛烈地追击敌人。"他的副手说:"请防备敌人的陷阱。"樊晋说:"绕行的部队将在半路上截击敌人。"程千的部队边退边等,程千说:"我们将在下午到达沱湖西岸,并在那里消灭敌人。"正午过后,天色阴沉起来,接着下起了大雨,樊晋说:"请放慢追击的速度。"部队慢了下来,程千的部队又掉头进行攻击。樊晋说:"绕行的部队就要到达。"大雨立刻使道路泥泞难行,远处的景物也难以分辨了。樊晋指挥部队缓慢地追击,他的部队也因此得到了休息。正午过去不久,前方骤然爆发了激烈的呐喊和马嘶声,樊晋命令部队火速进击,他们在五里外的荒原上追上了程千的部队,夹击的巨大压力使程千的部队被击溃了,程千死在战车的辗轧之下,樊晋命令战士就地掩埋了他的尸体。关全攻击内城的部队在这一天里尽了最大的努力,他们像蚂蚁一样地纷纷拥上又纷纷倒下或者退下,关全说:"程千分散了我的兵力啊。"攻城的部队损失极重,疲乏至极,但是在大雨滂沱的傍晚他们终于撕开了内城的防线,占领了内城的一角。入夜后管谷派出王宫卫队进行反攻,双方进行了长达三个小时的肉搏,死者在两支部队之间堆积成一道人肉防线,至午夜时双方都已疲惫至极,不再有发起攻击的能力,亳城才安静下来。关全说:"请上天给我最后的机会。"他把谢会的最后一支完整的部队调到了缺口处,让他们在天色微明时发起最猛烈的进攻。管谷则在内城里征召了十五至五十岁的一切男人,让他们拿起武器,固守一方。管谷还封闭了王宫,使王宫成为另一座内城。第二天天色微明时,急驰了一天一夜的元圣特使,从桑梓带来了元圣的特别训令,训令说:"商国的臣民们,我现在在桑梓向你们发布特别的训令。我要告诉你们,我是上天专派的人,我辅助汤王建立了商的大业,我的功德和威望是无尽的。我要提醒你们的记忆,在商王立国的时候,夏桀是多么的强大而且残暴啊,他把我们商国看作禾苗里的杂草,羊群里的野狼,谷粒中的空壳,总想除掉我们。当时商国的老百姓没有不害怕的,没有哪一个人不担心招来横祸的,人们在心里都说,这个太阳什么时候消失呢?我们愿意同你一起灭亡!但是人们敢怒而不敢言。汤王说,我们不能忍受下去了啊!我对汤王说,夏桀的品德已经坏到了这样,我们一定要去讨伐他啊!汤王说,上天会怎样说呢?上天不应该怪罪我们的啊!我对汤王说,上天赐福降灾没有一定不变的常规,对行善的就赐给各种吉祥,对作恶的就降给各种灾难,德行不怕小,即使是小德,天下的人也会尊敬,作恶呢,哪怕小到微小,也可能导致亡国。我告诉我们圣明的汤王,我说,圣明的汤王啊,请您允许我奉行天命,表明天的威严,我们不敢赦免桀的罪行啊,那样将会得到上天的惩罚。我对圣明的汤王说,请您允许我冒昧地用黑色的公牛做祭祀的供品,以便明确地告诉天地的神灵,请他们降罪给夏桀。于是我们去讨伐了夏桀,并且灭除了他的暴政,天下因此而灿然像草木一样繁荣了,亿万百姓也因此而重生了，商的伟业建立起来了。但这时我们的先王成汤却离去了，他安排了商国的伟业，任命我为至高无上的元圣，赐予我统领百官和推举任命君王的权力，我不敢有一点点的放纵和欲望，我树立着汤王的旗帜并且带领你们向前迈进。你们难道不知道我的威严和公正吗？我要警告你们，商国的百姓们，你们正在对抗上天啊，你们的言行必将得到上天的严惩！我要告诉你们，商国出现了令先祖和上天愤怒的事情，商国的君王被人谋害了，商国的小官关全也成了上天和德行的敌人，他错误地带领他的部队攻打商都，他是想要得到上天不分配给他的东西呀！我考察了他的言行，我得到了上天的赐示，商国的臣民们，我现在秉承上天的威严命令，我要率领你们全体士兵，去奉行上天的惩罚，你们都要努力并且谨慎啊！你们要惩罚的是罪恶的头领，你们拿起武器出发吧！你们追随我去到商都吧！"关全杀死了特使，命令全力攻城，他站在内城外亲自向管谷的部队射出快箭。关全说："请立即向樊晋派出信使，命令他立即返回亳城进行攻击。"攻击进行得异常猛烈，缺口在大雨中被撕裂扩大，关全的部队攻入内城，与每一座建筑物里的守卫部队进行搏斗。樊晋的部队在大雨泥泞中返回了亳城，加入了攻击的部队之中。秋日天短，秋雨又急，天色微黑时，关全的部队占领了王宫以外的所有城区，部队已经极度疲乏，攻击只好停止下来。关全说："我明天将得到亳城并且自立为王。"葛佩说："您将能够得到。"谢会说："让我们用敌人的尸体祝贺您。"在这一天中，元圣发布的长篇训令已经由特使传播到商国的许多地方。元圣统领着桑梓的军队，开始了向亳城的进军，同时他不间断地派出大批特使,穿梭于各地,加强与各国的联系,获得最新的情报,并且发布他的命令。元圣的训令传到草滩王国的时候,蔡弥说:"请珍惜这一次机会。"刘康说:"请您向大宰派出特使,报告我对王命的忠诚;再请您率领草滩王国的军队,以执行元圣训令的名义向亳城进军。"蔡弥说:"在国家危难的时候,您为什么不以商王的名义进军并号召众人呢?"刘康说:"我担心那样将会走更曲折的路。"蔡弥率领草滩王国的军队出发了。训令传到向阳王国,吴必说:"请您允许我去为程千报仇并解救管谷。"王后说:"请您带走王国的全部军队。"吴必带领着向阳王国的全部军队火速赶往亳城。训令传到符离王国,鲁炎说:"您怎样看这件事呢?"江让说:"请告诉我最新的情况。"鲁炎说:"关全的部队已经攻占了除王宫外的所有城区,大宰率领的桑梓军队已经向亳城出发,草滩王国的军队也已经出发,向阳王国的军队正在去亳城的途中。"江让说:"他们都是生猛的军队啊,但是结果会怎样呢?"鲁炎说:"结果很难预料,因为关全的部队仍然是十分强大的,他们有很丰富的战斗经验,他们有最优秀的将领。"江让说:"请准备一支随时可以出发的部队,并请随时向我报告战事的进展。"训令传到黄湾王国,祁顺说:"您认为结果会怎样呢?"赵恒说:"我的消息不灵通,我无法预料战事的结果。"祁顺说:"那么您有什么打算呢?您认为我们这样的小国有参加战斗的必要吗?"赵恒说:"我们必须参加赢者的战斗,那样就可以为我们在战后的发展提供有利的条件,同时还可以锻炼我们的军队,使他们有实战的经验,并提高他们的士气。"祁顺说:"那么请问您怎样才能知道您参加的是赢者的战斗呢?"赵恒说:"请和灰古王国的军队保持一致。"训令传到青王国,青王说:"君李中曾给过我们很大的帮助,请向亳城派出军队。"训令传到曲王国,曲王说:"请注意青王国军队的行动。"曲王的助手说:"为什么要注意青王国军队的行动呢?君王李中曾经帮助过我们,难道我们不应该去援助管谷呢?"曲王说:"但是君王李中已经死去了,我们和青王国的争执将会继续下去,我将在青王国空虚时袭击它的王城。"训令传到重岗王国,重岗王苏大说:"亳城的事情对我并不重要,我将为我的侄儿在重岗城举行隆重的婚礼并进行阅兵的仪式。"训令传到灰古王国,灰古王冠先说:"抢亲的事情怎么样了呢?"方时说:"派出的部队可能已经得手。"冠先说:"潼水附近的情况怎么样了呢?"方时说:"部队正在扎制船筏,做出强攻的假象。"冠先说:"请您去换回陈军。"方时到潼水南岸换回了陈军,陈军回到灰古城,陈军说:"听说您得到了大宰的训令,您怎样看呢?"冠先说:"我已经思考了这件事,请问您对亳城战事结果的预测是怎样的呢?"陈军说:"我难以预测战事的结果。"冠先说:"您不认为大宰和管谷会取胜吗?"陈军说:"大宰必须得到更多的支持。"冠先说:"那么您是认为关全还有很强的取胜的实力了?"陈军说:"关全的实力并没有被摧毁。"冠先说:"关全得到胜利以后对我们有什么好处呢?"陈军说:"那时候他将比我们强大十倍。"冠先说:"那么关全失败后商国的实力难道不比我们大十五到五十倍吗?"陈军说:"关全失败以后商都仍将陷于权力的纷争之中,商国的实力也将会分散到各国,商王的实力不会占压倒一切的优势。"冠先说:"那么我的部队加入进去之后,形势将会起什么变化呢?"陈军说:"您支持的一方将获得最后的胜利。"冠先说："请您向亳城派出一支中等规模的部队,请他们支持大宰的行动。"陈军派出了邱立统领的部队,邱立带领部队向亳城的方向出发了。冠先说："请您向高楼王国派出有智慧的特使,再请您集合王国的主力部队并隐蔽在重岗王国的边境,请您派人通知方时的部队造成强渡的声势。"这时抢亲的部队回到灰古,他们从货车上扶下了新娘并且带她到王宫来见冠先。冠先迎上去对她说："请您原谅我用这种方式带您到灰古王国来。灰古王国是一个富庶而强大的国家,它的一切都是第一流的,请您在王宫内休息以消除您的疲劳。"新娘被带去了王宫。冠先说："请您接受我的祝贺。"陈军说："我接受您的祝贺,并请您允许我向您辞别。"冠先说："请您去夺取我们想得到的东西。"陈军带领部队来到了重岗王国的边界,他们隐蔽在树林里,同时不断派人出境探听重岗王国的情况。大雨停止了,潼水涨得又满又急。

第十卷

　　小辛被推举为商国的新君王,他面临的是一些棘手的问题。社会总是滚动发展的吗?

　　关全的部队在天色未明时就对王宫进行了最后的进攻。秋雨渐止。火箭骤雨般地射入王宫,在王宫内引起了大火,战车集聚在王宫的高墙外,关全的部队蜂拥而上。这时郊外的部队来报告说:"向阳王国的军队已经靠近近郊。"关全说:"请全力攻击王宫。"天亮了,管谷的部队在宫墙内拼死抵抗,宫墙外的尸体开始堆积起来,呻吟和呐喊声以及兵器的碰撞声嘈杂不断。郊外的部队又来报告:"向阳王国的军队已经来到近郊。"关全说:"请派出小规模的部队去阻止他们。"葛佩派出了小规模的部队去阻止向阳王国的军队,两支部队在郊外发生了战斗,向阳王国的军队被阻滞在郊区以外。这时郊外的又一支部队来向关全报告:"青王国的部队正在接近郊区。"关全说:"请以相应的部队阻止他们,并请用最大的力量攻击王宫。"攻击王宫的部队已经在宫墙上及宫墙两侧的战车上展开了肉搏,管谷也亲手杀死了一个越过宫墙的关全的战士,鲜血把所有的地方都染红了。这时郊外的部队来报告:"泗洪王国、古井王国和润河王国的军队正在驰向亳城。"关全对何显说:"请您带领您的部队去阻止并消灭他们。"何显带领他的部队来到郊外,何显说:"请问你们是来支持谁的呢?"三国的军队说:"我们是得到了大宰的训令才赶来支持他的。"何显说:"大宰正和我们并肩战斗,以消灭上天的罪人管谷,你们难道不知道吗?"三个国家的军队说:"请允许我们思考。"关全的部队对王宫的攻击现在更加猛烈了,攻击的部队在一些地方已经攀过宫墙,在宫墙的里面搏斗了,杀喊的声音残酷而且绝望,砍断的肢体在战车边抽动。这时郊外的部队又来报告:"草滩王国的军队正在向亳城接近,桑梓王国的军队也正在靠近亳城。"关全说:"谁去阻止他们呢?"樊晋说:"请允许我去阻止并消灭草滩王国的军队。"谢会说:"请允许我去阻止并消灭桑梓王国的军队。"樊晋和谢会分别带领部队去了。关全说:"请问攻击的部队的进展怎么样了呢?"葛佩说:"攻击的部队正在王宫的花园里和敌人进行搏斗。"关全说:"请您告诉我部队的实力。"葛佩说:"我们将能够阻止各国的军队并消灭他们。"关全说:"我们是否能得到符离王的配合呢?"葛佩说:"在局势不明朗的情况下,符离王难道会给我们明确的表态吗?"关全说:"那么我们是否能得到灰古王的支持与配合呢?"葛佩说:"灰古王将有他自己的选择,我们只能默求他的帮助。"关全说:"那么请您告诉我,我们获得胜利后要做的第一件事情是什么呢?"葛佩说:"是确立您的王位。"关全说:"确立王位以后要做的第一件事情是什么呢?"葛佩说:"是清理残破的商都。"这时郊外的部队来向关全报告:"灰古王国的一支中等规模的部队,正在靠近郊区。"关全沉默了下去,葛佩挥手让报告的人离去。关全说:"上天将选择冠先啊。"这时在亳城的郊外,樊晋的部队接近了蔡弥的部队。蔡弥说:"草滩王刘康派我来支持大宰的训令。"樊晋说:"请您原谅我来阻止您。"蔡弥说:"我能理解您的处境。但是您以前不是我的部下吗?"樊晋说:"但是我不能永远是您的部下啊。"蔡弥说:"您的话是对的。让我们用别人的剑来证明自己的身份。"樊晋说:"请问您所追求的是什么呢?"蔡弥说:"我追求的是圣明的君王。"樊晋说:"您为什么要追求圣明的君王呢?"蔡弥说:"因为我自己不能成为圣明的君王。"樊晋说:"假如您追求到的不是圣明的君王呢?"蔡弥说:"我将死去。"樊晋说:"死有哪几种方法呢?"蔡弥说:"死的第一种方法是病死。"樊晋说:"那是可遇而不可求的死。"蔡弥说:"死的第二种方法是老死。"樊晋说:"那不是每一个人都可以享受到的。"蔡弥说:"死的第三种方法是死于非命。"樊晋说:"您是说因为犯罪、偷盗、强奸、抢劫而被打死吗?"蔡弥说:"是的。"樊晋说:"那不是一种体面的死。"蔡弥说:"死的第四种方法是赐死。"樊晋说:"赐死是一种被动的死。"蔡弥说:"死的第五种方法是自刎而死。"樊晋说:"那是一种逃避责任的死。"蔡弥说:"死的第六种方法是战死。"樊晋敞开衣服说:"这才是一种主动而且壮烈的死。请您命令您的射手射穿我的胸脯。"蔡弥说:"请您原谅我的冒昧。"蔡弥说完,就让开线路,请战车上的射手向樊晋射击。射手拉开硬弓,向樊晋的胸脯射出利箭,利箭射穿了樊晋的心脏,他慢慢地倒了下去,身旁的战士扶住了他,然后把他的尸体护送到他的家乡。谢会率领的部队这时已接近了桑梓王国的军队,桑梓王国的军队统领马信说:"请结束你们的反叛。"谢会说:"我们是向上天的罪人发动攻击。"马信说:"事情的正确或者错误应该由元圣来评判并且裁决。"谢会说:"国家为什么一定要由固定的几个人来治理呢?他们还有新鲜的感觉和判断吗?"马信说:"您将是第一个被施以酷刑的人。"谢会说:"请允许我告诉您我所做的一个梦。"马信说:"您要告诉我什么样的梦呢?"谢会说:"我梦见一头牛生下了两个头的小牛,这是国家将要分裂的征兆。"马信说:"让我们用剑来结束谈话。"谢会哈哈大笑起来。谢会说:"让我们战胜各自的敌手。"说完就驱动战士投入战斗。这时黄湾王国的部队赶来参战,他们在人数和体力上都超过了谢会的部队,谢会在战斗中死去,他的部队被歼灭了。何显的部队和三个国家的部队已经对峙了一段时间,这时四面八方都响起了战斗的号角,许多支部队正在奔驰过来。何显的副手们说:"我们为什么要和上天作对呢?"他们杀死了何显,向蜂拥而来的部队交出了武器和战车。攻进王宫的部队还在花园里进行残酷而激烈的肉搏。这时天色仍然阴沉,关全和葛佩坐在营帐中,关全说:"您说的第一件事是什么呢?"葛佩说:"是清理残破的商都。"关全说:"清理商都以后将会怎样呢?"葛佩说:"您将治理您的国家。"关全说:"治理国家以后将会怎样呢?"葛佩说:"您的国家将会富强。"关全说:"国家富强以后将会怎样呢?"葛佩说:"国家富强以后,老百姓将会愉快地生活。"关全说:"老百姓愉快地生活了将会怎样?"葛佩说:"人们的思想将会有所变化。"关全说:"人们的思想将会有什么变化呢?"葛佩说:"人们将会追求以前没有得到的东西。"关全说:"人们以前得不到的是什么呢?"葛佩说:"是更高的地位、更多的财富、更大的权力以及其他欲望。"关全说:"欲望发展了会怎么样呢?"葛佩说:"欲望发展了会导致争夺。"关全说:"争夺发展了会怎么样呢?"葛佩说:"争夺发展了会导致动乱。"关全说:"动乱发展了会怎么样呢?"葛佩说:"动乱发展了会导致战争。"关全说:"战争发展下去会怎么样呢?"葛佩说:"会导致都城的破败。"关全说:"都城破败以后会怎么样呢?"葛佩说:"将会有另外的人来清理它的。"关全说:"请允许我告诉您我称王以后要做的第一件事。"葛佩说:"您要做的第一件事是什么呢?"关全说:"是向商国以外的四面八方派出远征的部队,并且在他们征服的地方竖碑纪念,我将亲自撰写那些碑文。"葛佩说:"您是在缅怀王刘康时代的一些事情吗?"这时外面响起了嘈杂的战车、马蹄、呐喊和兵器的碰撞声。关全站起来说:"清理都城的人们到来了,让我们腾出位置给他们。"说完他拔出佩剑,割断了自己的脖子。葛佩也倒在他的身边。在这一天的早晨,重岗王国守护王城的卫士发现了弃置的红绸车队,车里已没有新娘,而是被捆绑了手脚堵住了嘴的驭手们。卫士向重岗王报告了这件事,苏大怒不可遏,咆哮着说:"我要灰古王用他的头来作冒险的代价。军队立即向灰古王国开进!"袁礼说:"请您息怒,灰古王的行动难道不是有预谋的吗?"苏大平静下来,然后说:"请您告诉我山头王国的情况。"袁礼说:"连日的秋雨使潼水猛涨,两岸已成遥望,灰古王国的军队将难以渡水。"苏大说:"难道我现在考虑的还是防守吗?请安排战车送我到山头王国去。"袁礼安排了战车,苏大就到山头王国去了。这时冠先派出的特使来到了高楼王国,向高楼王周形献上了厚礼。周形说:"高楼王国是个小国,您为什么要这样呢?"特使说:"小国也可以变得强大起来,只要它的大王选择了正确的道路。"周形说："您为什么要这样说呢?"特使说："难道不是这样吗?当年灰古王国也很弱小,但是灰古王选择了灵活而务实的治理方针,从农业入手,并且发展了林牧业,又发展了贸易业,才使王国发展到这样的强大而旺盛。"周形说："那么我现在想要发展并繁荣我的国家,我有些什么选择呢?"特使说："您有两种选择。"周形说："哪两种选择呢?"特使说："第一种选择是封闭式的发展,您杜绝与外界的交往,专心治理国家的事情,每年都有所积累,数十年后您的国家就有了一定的实力。"周形说："这是不现实的选择,这种选择将会永远使我的国家贫穷而且弱小。"特使说："第二种选择是联络一个强大的国家并且向它学习,您既可以得到治理的办法,也可以得到物资的帮助,在动荡的商国社会里,您还有了安全的发展环境。"周形说："您的话是对的。请问我可以联络哪个国家呢?"特使说："请您联络世界上最强盛的国家。"周形说："您是要我联络冠先的灰古王国吗?"特使说："这难道不是最理想的联络吗?"周形说："那么灰古王国有一些什么条件呢?"特使说："请借出您的潼水上游水道给灰古王国使用。"周形说："灰古王国要使用多长时间呢?"特使说："从您晚上睡眠开始,到您早晨醒来为止。"周形说："对于弱小的高楼王国来说,与强盛的灰古王国的联络,是必然的也是必要的。"特使返回灰古城向冠先报告了高楼王的表态,冠先说："请向高楼王国派出工程部队,请给高楼王送去母牛和母羊。"重岗王苏大带领他的部队来到了山头王国,山头王邢明设盛宴招待他。苏大说："您知道新娘被抢走的事情了吗?"邢明说："我已经得到了报告。"苏大说："难道我们还有同灰古王国和解的余地吗?"邢明说:"完全没有和解的余地。"苏大说:"让我们联合起来惩罚敌人。"邢明说:"这也是山头王国的愿望。"宴后,苏大和邢明来到潼水北岸观察,潼水果然暴涨起来,泡沫飞溅,浊流滚滚,对岸的军队已经后退了数里。苏大看着南岸很远的地方说:"假如退却了,我们能得到谁的保护呢?"邢明说:"商王已经遇害,亳城正在激战,我们将没有诉说和评理的地方。"苏大说:"让我们竭尽全力!"邢明说:"请您指挥两国的军队。"苏大说:"谁能告诉我取胜的方法?"邢明说:"请坚守两国的土地。"苏大说:"您是要我们吞下羞辱的苦果吗?"邢明说:"敌人已经有了充分的准备,况且灰古王国的军队又是强大的。"苏大说:"灰古王国的军队已经分散一部分去了亳城,他们有了骄横的习惯,他们总是处于进攻的状态之中而没有防守的准备。"邢明说:"请您告诉我您的想法。"苏大说:"我将统领我的部队去进攻敌人并进行决战,请您守卫潼水北岸。"邢明说:"山头王国的军队将不足以守卫。"苏大说:"暴涨的大水将使您有十天的准备时间,那时候我已经凯旋。"苏大说完就带领自己的部队上路了。他在边界上会合了守卫边界的部队,整顿好队形,越过边界进入了灰古王国的土地。他们沿着草场上的小路向西进发,队伍和战车绵延数十里不断,苏大说:"我的军队难道还不够强大吗?"袁礼说:"请您谨慎而有效地使用强大的军队去战胜敌人。"在他们经过的地方,到处都很平和寂静,他们的前方出现了一片树林,他们转过树林时看见了无尽的战车和战士。苏大命令部队迅速排列成战斗的队形。陈军说:"我不会在您立足未稳的时候袭击您的,请您设计好自己的队伍。"苏大排列好了部队的阵形。陈军说:"您为什么要进入灰古王国的土地呢?"苏大说:"您为什么要在重岗王国的境内抢走重岗王国的新娘?"陈军说:"上天赐予的,终究不会落入他人的手中。"苏大说:"让我们用搏斗来代替空谈。"陈军说:"我已经在这里守候您很久了,我做了充分的准备,我的战车排列起来不比您的短,我还有强大的支援部队,您对我有多少了解呢?"苏大说:"让我们在搏斗中加深了解。"这时山头王国的特使飞奔而来,向苏大报告说:"潼水突然跌落,仅有细流,灰古王国的军队渡过了潼水,正在发动进攻。"苏大说:"进攻的部队是强大的吗?"特使说:"进攻的部队精锐而且犀利。"苏大说:"我将歼灭力量已经分散的敌人。"袁礼说:"请您有效而谨慎地使用您的部队。"苏大调整了部队的阵势,陈军说:"您要进攻了吗?请问您将使用什么样的进攻战术呢?"苏大说:"我将把您的部队切为三段,而集中力量攻击中段。"陈军说:"我的中段部署得非常厚实。"苏大说:"我将采用包抄的战术围困您的部队,然后和您进行肉搏。"陈军说:"我可以很轻松地冲断您的包围圈,然后逐一歼灭。"苏大说:"我将使用火箭焚烧您的战车,您和您的战士将无处藏身。"陈军说:"我的战车都已经涂上了阻燃的漆料,我的火箭的威力比您的更大,您对灰古王国的技艺的发展真的一无所知吗?"苏大说:"我将和您对峙,并且在您的国土上修筑工事,占领您的草场和原野。"陈军说:"您的国家的实力难道比灰古王国更强?"苏大说:"请结束我们的对话。"说完就指挥部队发动进攻。陈军指挥战车上的战士放射利箭,箭如急雨,冲在前面的战马纷纷中箭倒地,苏大的战车不断倾翻,并且阻碍了后继战车的攻击。陈军说:"我已经使您有所损失,请允许我脱离和您的战斗。"说完就指挥部队向重岗王国的境内驰去。袁礼说:"请您追赶他们。"苏大说:"请用最快的速度追赶并攻击敌人。"陈军的部队使用的是一种新式的战车,结实灵活,速度很快,他们进入重岗王国的土地后,很快就在视野里消失了。苏大指挥部队尽力追赶,这时山头王国的特使来报:"灰古王国的军队已经接近山头城,山头王国将没有抵抗的能力。"袁礼说:"请您在心里下定牺牲山头王国的决心。"苏大说:"请尽力追赶。"追击到暮晚,不见陈军部队的踪影,苏大命令部队停下来,挖灶煮饭,就地宿营。苏大说:"敌人是往重岗城的方向去的吗?我将怎么办呢?"袁礼说:"您能够紧追不舍,敌人就将没有机会攻击王城。"苏大说:"您是对的。"晚饭才过,苏大又命令部队追击,至午夜时分,后续部队发生了混乱,后续部队的统领派人来向苏大报告说:"强陵指挥的部队在后面追击我们。"苏大说:"请您告诉我应该采取的办法。"袁礼说:"请用最快的速度返回王城。"商都的战斗已经平息下来,朱响清理了大宰府,然后发布了元圣训令,训令说:"商国的臣民们,我曾经告诉过你们,先王有谋略,有教训,这些谋略、教训明白无误地证明了可以安邦立国。先王能够谨慎地对待上天的告诫,百姓能够奉行常规法典,百官能够尽职尽责地辅佐,国家就能够成功。商国的百姓们,我要告诉你们,我元圣是奉行天命的,我现在已经剿灭了关全的叛乱,我将剿灭他的家族,你们都听明白了吧?我要严正地施行惩罚,你们不可以轻举妄动,你们要服从我的命令,那样的话,我将善待你们。"训令发布后,管谷来见朱响,管谷说:"您知道我对商国的诚意了吗?"朱响说:"我知道您对商国的诚意了。"管谷说:"请您允许我统领向阳王国的军队返回,我将致力于向阳王国的治理。"朱响说:"您难道没有称王的想法吗?"管谷说:"那不是我所能想的事情,那是上天的安排。"朱响说:"您能给我一些好的建议吗?"管谷说:"请您命令各国的军队返回,他们长期滞留在亳城,将会有大的问题。"朱响说:"这也是我要办的事情。"管谷说:"请您任命自己为新的商王,您的威望将有助于商国的稳定和发展。"朱响说:"我的年岁太大了,不可能再面对具体的权力和责任。"管谷说:"那么就请您尽快推举并任命新的商王,权力的真空将会导致许多不利的情况出现。"朱响说:"谢谢您的建议。"管谷回到王宫,王宫的清理工作已经快要结束。王仲说:"请您告诉我新商王的任命。"管谷说:"新商王还在大宰的酝酿之中,我应该做什么呢?"王仲说:"请您回到向阳王国去做大王。"管谷说:"大宰并没有允许。"王仲说:"您参与商王的竞争将会给您的生命带来危险。"管谷说:"您为什么这样说呢?"王仲说:"因为商王将是万众瞩目的焦点。"管谷说:"我愿意回到我的王国去,但在返回之前我将尽到我的职责。"王仲说:"您还有什么职责呢?"管谷说:"我将清理亳城并且恢复它。"大宰朱响送走管谷后,发布了新的训令,任命马信为商都近郊部队的统领,任命胡定为远郊部队的统领,同时命令各国的部队立即离开商都,返回自己的国家。新训令发布后,黄湾王国的部队统领祁顺和韩广来见朱响,祁顺说:"黄湾王国是个弱小的国家,但在执行您的训令时尽了最大的努力,请您在今后的发展中给它以帮助。"朱响说:"我记住了您的国家的支持。"符离王国的军队统领、符离王江让来见朱响,江让说:"符离王国曾经在武力的逼迫下,被迫为关全的部队提供过粮草,但符离王国的军队已经在战斗中表明了自己的立场。"朱响说:"我能理解您的处境。"灰古王国的军队统领邱立来见朱响,邱立说:"灰古王国一贯崇敬您的威望,灰古王国听从您的号令将会是不遗余力的。"朱响说:"请转达我对灰古王的谢意。"草滩王国的军队统领蔡弥来见朱响,朱响站起来迎接他,蔡弥说:"请接受草滩王对您的敬意。"朱响说:"请转达我对草滩王的谢意,大宰府里的杏林和桃林将在明年开春的时候灿烂一片。"蔡弥说:"草滩王对德行的修养已经深入骨髓。为了商国的安定和发展,请您尽快推举新的君王。"朱响说:"请遵从上天的旨意。"各国的军队都返回了自己的国家。蔡弥回到草滩城,向刘康报告了事情的经过。刘康说:"我将耐心等待结果,我祈求上天的恩赐。"符离王江让带领部队回到符离城,鲁炎说:"您为什么忧心忡忡?"江让说:"我掌握不了大宰的态度,现在商国将稳定下来,我们乱中夺取的机会将会减少,让我们沉默下来,治理自己的国家。"江让说完就带领百官到芒砀城巡查去了。青王国的军队在返回的途中,接到了曲王国入侵的报告,他们加快速度返回国内,去参加另一场战斗。邱立统领的部队回到灰古城,向冠先报告了亳城发生的事情。冠先说:"您处理得很好。请您带领另一支睡眠良好的部队去接管重岗城。"邱立带领部队来到了重岗王国,他的部队在丘陵地区撞见了正在驰来的苏大的部队。邱立说:"我为什么不能参加这场战斗呢?"邱立指挥部队截击敌人,苏大的部队遭到了突如其来的攻击,转而向荒原上驰去。

陈军和强陵的部队在后面追赶他们,邱立说:"请您允许我参加这场战斗。"陈军说:"请您去接管重岗城并维护它的安定。"邱立带领部队向重岗城驰去了。苏大的部队来到荒原上,后面追击的部队已经赶上,而前方又出现一支浩大的部队。苏大命令部队停下,用战车构筑成防御的阵势。苏大说:"前方是谁的部队呢?"袁礼说:"是方时统领的部队。"苏大说:"上天对人间的事情,总是有所侧重的啊。"袁礼说:"您为什么这样说呢?"苏大说:"现在我知道灰古王获胜的秘密了。"袁礼说:"他的秘密是什么呢?"苏大说:"对一件事情,他们事先总是精心地谋划,然后锲而不舍地追求,难道不是这样吗?"袁礼说:"那么您将怎么办呢?"苏大说:"我将面对现实,并且遵从上天的意旨。"袁礼说:"您将战斗到只剩下最后一个战士吗?"苏大说:"那是在浪费生命。"袁礼说:"您将自杀殉国吗?"苏大说:"那并不是有勇气的表现。"袁礼说:"您将向陈军的部队投降吗?"苏大说:"那将失去我的面子。"袁礼说:"那么您将怎么办呢?"苏大说:"我将和陈军的部队谈判我的条件。"这时陈军的部队已经追到近前,苏大说:"我将和陈军对话。"陈军说:"您要说什么呢?"苏大说:"我明白了上天对您和您的国家的侧重,我也钦佩您处理事务时的凝重和潇洒,请允许我说明我的条件。"陈军说:"您认为您现在有谈条件的权利吗?"苏大说:"上天给了每一个人生存的权利,哪怕是最软弱无力的人和最困顿的人,难道不是这样吗?"陈军说:"您是对的,请您说出您的条件。"苏大说:"战争就是游戏,游戏结束了,敌对的双方将和好如初。"陈军说:"您的话是对的。"苏大说:"请您给我一座很小的城池和一块并不富饶的土地,我和我的臣民将成为灰古王国的一员。"陈军说:"请您选择合适的地方,但请您迁移到滩水沿岸去。"苏大说:"我们将过安定富足的生活。"冠先合并了山头王国和重岗王国,并且把宽阔的大路修到了重岗城和山头城,把贸易和技艺的方法带到新的土地上。大宰的训令传到管谷的耳朵里时,管谷对王仲说:"您是对的,我已经失去了我的职务,我应该回到向阳王国去。"王仲说:"您在向阳王国将得到发展,您的生命也将是安全的。"于是管谷去见朱响,管谷说:"请您允许我再次提出离开商都的要求。"朱响说:"为什么呢?"管谷说:"因为我的使命已经终结,我对商王的辅佐也已经结束,在商国已经没有需要我的地方。"朱响说:"我将向您委以重任,请您先返回王宫。"管谷离去之后,朱响召集百官在大宰府开会。百官陆续来到,马信的部队守卫在各处。朱响说:"谁曾经支持过关全或者向他妥协过呢?"大宰府里一片寂静,朱响高高在上,以威严而锐利的目光注视着百官。百官中陆续有人站起来走到花园里拔剑自杀。终于没有人再站起来的时候,朱响说:"我的威严是无边的。谁能向我推荐新君王的人选?"老士萧远说:"请您说出您的人选,您的推荐将是正确无误的。"朱响说:"是谁保卫了商国的尊严不被玷污呢?是谁用生命和上天的罪人进行了生死的搏斗呢?是谁表现了高雅而不屑于私利呢?难道不是我们的新君王管谷吗?"百官中无人提出反对的意见。百官散去后,老士萧远和孔庆留在朱响的身边,萧远说:"管谷的能力是完备的吗?"朱响说:"完备的能力会使用在其他地方,我不想再使商国动荡和混乱。"孔庆说:"管谷的领导或许会使国家的发展减缓。"朱响说:

"难道不比挫折所带来的损失更小吗？"萧远和孔庆离去,朱响请来了管谷,他起身接迎管谷的到来,对管谷说："我已经推举您为商国的新的君王,请您不要拒绝上天的安排。"管谷说："君王的职责是我能胜任的吗？"朱响说："您已经承担了君王的职责,您的行为举止已经在百姓和百官中树立了您的威武的形象。"管谷说："我将尽力而为。我将以您的言行为榜样。"朱响说："我将发布元圣的训令。"管谷回到王宫,任命吴必为王宫卫队的统领。王仲说："您接受元圣的推举了吗？"管谷说："我已经接受了元圣的推举,我将成为新的君王并治理商国,请您尽力地辅佐我。"王仲说："您的生命处于危险之中,请您加强您自身的防卫。"管谷说："我将加强王宫和我自身的防卫。"王仲说："我已经看到了您生命终结的日期。"管谷说："您是在提醒我要警惕吗？我将命令吴必随时把手按在剑柄上。"王仲说："元圣的训令发布后,您将在位三日。"管谷说："我将努力在商国实行德治。"朱响发布了元圣训令,推举管谷为商国的新君王。灰古王冠先在灰古城得知了新君王的推举和任命。冠先说："我可以安心地去滩水边钓鱼了。"陈军说："您为什么这样说呢？"冠先说："管谷将不会有大的作为。"陈军说："管谷作为统领对君王的辅佐难道不是有目共睹的吗？"冠先说："居于高位的人有三种。"陈军说："是哪三种呢？"冠先说："一种是辅佐别人的,他们作为助手可以做得非常出色,但他们永远做不好君王；第二种是做君王的人,他们做君王可以做得非常出色,但永远做不好助手；第三种是既可以辅佐别人,又可以做君王的人,他们在两个位置上都可以做得非常出色。"陈军说："那么我们应该怎样办呢?"冠先说:"请向新君王派出祝贺的使者,并献上我们的礼物。"陈军派出了使者。草滩王刘康在草滩上得知了新君王的推举和任命。蔡弥说:"请允许我表达我失望的感情。"刘康说:"大宰是希望我修炼得更彻底啊,我将静下心来完成我的功课。请向大宰派出使者,送上我亲手饲养的牛羊,并表述我的心意。"特使来到大宰府,见到了朱响,特使说:"请您接受草滩王亲手饲养的牛羊。"朱响说:"请向草滩王转达我的谢意。"特使说:"请接受草滩王对您的祝贺,祝贺您为商国推举了睿智的君王。"朱响说:"请转告草滩王,我没有忘记我对他的承诺,请他接受上天的安排。"特使说:"我将转告。"朱响说:"请告诉我草滩王现在的面貌。"特使说:"草滩王现在清亮而儒雅。"朱响说:"我将记住并推敲您的形容和描绘。"特使返回草滩城向刘康报告了朱响的话,刘康说:"我将磨炼我的耐心。"然后他召来蔡弥,对他说,"请您继续扩大并训练您的军队。"祁顺带领军队回到了黄湾王国后,来见黄湾王赵恒。赵恒说:"您从战争中学到了什么呢?"祁顺说:"学到了力量强大的不可言传的好处。"赵恒说:"您还学到了什么呢?"祁顺说:"学到了追击敌人的方法。"赵恒说:"那是什么样的方法呢?"祁顺说:"掌握胜败的方法。"赵恒说:"您还学到了什么呢?"祁顺说:"学到了联合的方法。"赵恒说:"那是怎样的方法呢?"祁顺说:"是由弱变强的方法。"赵恒说:"您还学到了什么呢?"祁顺说:"还学到了广阔的激动。"赵恒说:"那是怎么样的激动呢?"祁顺说:"那是来自心底的激动。"赵恒说:"我将老去,您将成长、成熟并且强大。"女山王在女山城听到商国的各种消息,女山王说:"我们终于有了安定的环境。"于是他带着随从和舞女到女山湖上泛舟游乐去了。元圣的训令传布到各地,王宫已经清理并整修一新,各国的使者向新君王献上了贡礼。管谷在王宫中说:"从明天开始,我将以商王的名义施行政令。"王仲说:"请原谅我向您说出实际的情况。"管谷说:"请您告诉我实际的情况。"王仲说:"您上任的第一天将有战争来搅扰您,第二天将有不好的消息来刺激您,第三天将有恶劣的天气来使您心烦,第四天您就将告别您的王位。"管谷说:"那么这些都将意味着什么呢?"王仲说:"意味着为王的艰难。"管谷说:"我知道您对我的提醒出于好意,但我对您的话并不十分高兴。"王仲说:"请等待着结果的到来。"第二天早晨管谷醒来的时候吴必等候在正厅,管谷说:"您要告诉我什么事情吗?"吴必说:"青王国的特使来请求您的帮助和裁判,曲王国的军队正在攻击它的王城。"管谷说:"在商国里我将不再允许这类事情的发生。"管谷派出了由桂胜统领的一支部队,部队来到青王国的境内,并且接近了青王国的王城。桂胜说:"请结束你们的纷争和战斗,商王不再允许他的国家里出现侵犯和欺侮的事情。"曲王国的统领说:"是新君王管谷吗?"桂胜说:"是的。""这是他发布的第一道命令吗?"桂胜说:"是的。""那么君王为什么不来调查一下是非曲直呢?""王管谷派我来制止战斗,请你们退回到自己的土地上去。""我们将暂时结束战斗。"曲王国的统领说,"请允许我告诉您一个小故事。"桂胜说:"您要告诉我什么样的故事呢?"曲王国部队的统领说:"很久以前,滩水沿岸有一个人姓池,他家里经常酿酒,他酿出来的酒非常好喝。有一天他看见三个怪客,一齐带着面饭来到,向他要酒喝,喝完就走了。过了一会儿,有人来告诉池师傅说,在潍水沿岸出现了三个很大的国家。"桂胜说:"您为什么要告诉我这个呢?"曲王国部队的统领说:"我是要告诉您'三'这个数字的奇妙。"桂胜说:"谢谢您的好意。"曲王国的军队就从青王国撤走了。桂胜带领部队返回营地,他到王宫向王管谷报告事情的经过。桂胜说:"曲王国部队的统领在撤退之前,向我讲述了'三'这个数字的奇妙。"王管谷说:"'三'这个数字奇妙在哪里呢?"桂胜说:"曲王国的军队向我讲述了一个故事,他说很久以前在潍水沿岸,有一个人被无故地杀死了,他的魂灵在大街上行走,去拜访一个做手艺的人,他叫做手艺的人去借三匹木马来。手艺人到东街的祠庙去借了三匹木马,他用凉水喷在马身上,木马都变成真马,马鞍和马勒都齐全,后来潍水沿岸就出现了三个很大的国家。"管谷说:"你说的是哪三个国家呢?是灰古王国、符离王国和草滩王国吗?"桂胜说:"我不知道。"民间的传说传到陈军的耳朵里,陈军来告诉冠先,陈军说:"您听到了关于'三'个奇妙的数字的故事了吗?"冠先说:"我没有听到您听到的那事,但是请允许我做一些片面的猜测。"陈军说:"请您做出您的猜测。"冠先说:"两个三是六,三个三是九,六是女人的极点,九是男人的极点,是这样的吗?"陈军说:"您的猜测是错误的。"冠先说:"上天、土地和生灵,太阳、月亮和星辰,植物、动物和岩石,跑动、跳动和走动,高、中和低,君王、百官和民众,出生、成长和死亡,幼稚、强盛和衰微,它们都是奇妙的三的组合,是这样的吗?"陈军说:"您的猜测不是实在的,请让我告诉您实在的故事。"冠先说:"请您告诉我。"陈军说:"很久以前在潍水岸边,有三个人死去了,他们的身子变成了一种怪草。怪草的叶子繁茂,它的花是黄色的,它的果实像绒球,当地的人都食用这种怪草,于是在滩水沿岸就出现了三个很大的国家。"冠先说:"是哪三个国家呢?"陈军说:"难道不是灰古王国、符离王国和草滩王国吗?"冠先说:"符离王国将会停滞不前,草滩王将会恢复他的王位,哪儿还有三个强大的国家呢?您是说我们已经成为世人瞩目的目标了吗?"陈军说:"请正视这个现实。"冠先说:"您是对的,我们已经没有退路。请告诉我邻近的国家的情况。"陈军说:"高楼王国正在加快和灰古王国一体化的进程,灵寺王国的羊群经常越过边界吃草,灵璧王国的大王每日淫欲无度,天井王国已经放弃了对北部贫瘠地区的管理。"冠先说:"请追究灵寺王国羊的责任,请向灵璧王提出德行的责问,请向天井王国提出德政的质问。"陈军派出了部队或特使去实施冠先的命令。消息传到亳城,吴必向管谷报告了正在发生的事情。吴必说:"灰古王国的军队进入了灵寺王国的边界,灰古王派出的特使质问了灵璧王和天井王。"王管谷说:"为什么要这样呢?"吴必说:"灰古王派来的使者说,灵寺王国的羊群经常非法侵入;灵璧王淫欲无度,已经荒废了国事;天井王则因为北部地区的贫瘠和穷困而放弃了管理。"管谷说:"灰古王都借助了正当的理由啊,我将怎样实践我的诺言?"吴必说:"您指的是不允许出现侵犯和欺侮的诺言吗?"管谷说:"是的。"吴必说:"请您向灰古王国派出您的部队。"王管谷说:"无法承担这样的行动所引发的不可预测的后果啊。请您给我思考的时间。"王管谷一个人留在王宫里思考,思考疲劳的时候他就到花园里走动。花园里的花师在侍弄花草和树木,管谷说:"我思考得很疲劳,您能告诉我一些有趣的事情吗?"花师说:"我有很多有趣的事情,您想听什么样的呢?"王管谷说:"我没有什么选择。"花师说:"我随便说个故事,不会冒犯您吗?"管谷说:"您没有冒犯我的理由。"花师说:"很早以前,有三个雕刻神像的工匠,他们在一个富商家里做工。富商晚上睡觉,做梦梦见自己来到了天上,天国的门前拴着三匹备好鞍子的马。守门的人说,请您带着三匹马回去。富商带着三匹马回来了。第二天早晨,富商觉得奇怪,就把晚上的梦告诉了三个匠人,三个匠人放下手里的工具就走。富商说,你们要到哪儿去呢?工匠说,我们得赶紧回去见见家人,再晚就见不到了。隔一天,三个工匠一齐死了。"管谷听了花师的故事,并不觉得有趣,反而更加烦躁,但他有言在先,就应付两句走了。夜晚管谷的睡眠并不好,他一直找不到解决事情的办法。第三天的早晨,天气的温度突然降了下来,冷霜冻死了许多植物,东部有关于冰雹的报告,说冰雹砸死了小牛和山羊,还砸坏了民居,北部有寒气把人冻伤、把庄稼冻死的报告,亳城的街道上还有因冰霜而摔伤行人、跌断马腿的报告。管谷命令各地的部队去救援灾区,命令他们在必要时以军用粮草救济灾民。太阳出来以后温度逐渐回升,管谷命令备车到郊外去查看灾情。受灾的地方很多,符离王国的一些住房被击毁,一些庄稼被砸烂,鲁炎说:"我们应该采取什么样的办法呢?因为冬天就要到了。"江让说:"让我们勒紧裤带,度过这个冬天,以待来春。"草滩王国也受到了冰雹的袭击,蔡弥说:"您将采取什么样的措施?"刘康说:"损失在我能够承受的范围内,请继续向大宰贡献礼品。"

蔡弥亲自带着礼品来到大宰府,朱响接见了他,蔡弥说:"请接受草滩王亲手栽植并采摘的玉米,请您接受他的诚意。"朱响说:"我听说玉米是很好的食物,它是怎样种植的呢?"蔡弥说:"玉米可以在春天播种,也可以在夏天播种。在春天播种到夏季就可以收获,在初夏播种到晚秋就可以收获。播种前先挑选饱满的种子,在细雨纷飞的时节把它们种植在肥沃的土中,出苗后要注意它们的通风和养分,要锄去危害的杂草并减去多余的幼苗,成长期要防止各种虫类的危害,要追施粪肥、浇灌透水以便它们结实抽穗,收获下来的玉米要挂在屋檐下晒晾,贮藏时仍要预防虫害和鼠类的咬啮。这就是玉米种植、生长和收获的过程。"朱响说:"请向草滩王转达我的谢意,请告诉他我时常在园内的杏树苗林和桃树苗林附近沉思。"蔡弥返回草滩城向刘康转述了大宰的话。刘康说:"时间的流逝总是那么漫长,机遇的轮回又总是那样的难得。我已经向灰古王国派出了说明我们灾情的使者。"蔡弥说:"您为什么要向灰古王国说明您的灾情呢?"刘康说:"我希望加深两国之间的感情,并且得到灰古王的支持。"使者来到灰古城,请求冠先的接见。冠先接见了他。使者说:"草滩王国遭受了冰雹的袭击,有些房屋被击毁,有些牛和羊被砸死。"冠先说:"请向草滩王转达我的慰问,并请您告诉他,明年开春以前,我将给他的百姓以帮助。"使者离去了,陈军来见冠先,陈军说:"您在想什么呢?"冠先说:"我在担心草滩王的存在。"陈军说:"您为什么担心他的存在呢?"冠先说:"上天总是把竞争的人安排在一起啊。"陈军说:"您现在有的是机会和时间。"冠先说:"请您告诉我邻国的情况。"陈军说:"灵寺是个很小的国家,您的军队已经得到了它。灵璧王国和天井王国正在接受我国的质问。"冠先说:"请分别向他们派出军队,请用武力发表我们的质问。"陈军统领着军队出发了。这时王管谷已经跑过了郊区的许多地方,灾情分布不均,但受灾的面积很大。傍晚时分,管谷郁郁不欢地回到了王宫,坐在正厅里沉思。守宫外的吴必向他报告:"大宰来看您了。"管谷急忙站起来迎接朱响,两人相对而坐,朱响说:"您为什么发愁呢?"管谷说:"我为这三天发生的事情而发愁。"朱响说:"这些变化难道不是再自然不过的天的变化吗?而且这些变化都是有规律的,日月星辰的运行,春夏秋冬四季的更替,无论在五十年以前还是五百年以前,都是一样的,上天不会因为人们厌恶寒冷而取消严冬,也不会因为人们厌恶遥远而缩小地面,风雨的失调,日亏月亏的出现,是世代常有的事,不足为奇。至于战争和纷争,更是不能杜绝,人类生来就有感官上的要求,饿了要吃饱,冷了要穿暖,疲累了要休息,耳目爱好声色,人情有嫉有恶;吃饱的人想吃得更好,穿暖的人想穿贵重的皮毛绫缎,休息得太多的人想发泄他的精力。人的欲望没有满足的时候,所以世界上的争斗也就不会停止,这难道不也是再正常不过的事情吗?"管谷说:"您的话对我很重要。"大宰告辞而去。管谷召唤吴必进来,对他说:"请您加强王宫内外的巡逻,没有我的允许,不得放任何闲人入内;请您加强对王宫园内人员、厨师和仆人的监视,有形迹可疑或言行有异的,您可以立即自行处置;再请您守候在我的卧房的门口,不准任何人进来。"吴必执行了管谷的命令。这时已经入夜,管谷半躺在床上,似睡非睡,秋夜寂静,风声渐紧又渐松,秋霜凝结时哗哗有声。城里有鸡鸣叫起来，管谷翻身而起，然后复又躺下，辗转反侧，看见自己在沱水岸行走的情形，麦原翻卷，麦香扑鼻，那是完全不同于王宫园林的野景。猛然间醒来，看见天已发亮，阳光已从窗外射入，就下床来到门外，看见吴必还按着剑坐在门外椅上。吴必说："夜晚您睡得好吗？"管谷说："上半夜不好，下半夜很好。"吴必说："您今天的精神好吗？"管谷说："天气晴朗，秋深云淡，心情格外好起来，往日的烦恼也都烟消云散了，那些昨天看起来还令我绝望的事情今天都通解了，那些昨天还严重的事情今天看起来都无足轻重了，精神和体力对人来说，真是至关重要啊。"吴必说："那么您今天要做的第一件事是什么呢？"管谷说："第一件事是和王仲的对谈。"吴必说："您今天要做的第二件事是什么呢？"管谷说："第二件事是和灰古王的联络，我将要求他以会谈的方式解决邻国的问题，如果他不听从我的劝告，我将考虑采取决定性的行动。"吴必说："今天您要做的第三件事是什么呢？"管谷说："第三件事是规划商都的建设，我已经决定不再迁都，我将治理涡水，我将扩展亳城，并且使它极其繁荣。"吴必说："我将随时追随在您的身边。"管谷说："请您先去召唤王仲。"吴必去召唤了王仲，王仲来到管谷的面前，管谷精神饱满，面带微笑。王仲说："请您告诉我今天是您治理商国的第几天。"王管谷说："今天是我治理商国的第四天。"王仲说："第一天发生了什么事情呢？"管谷说："第一天发生了战争，但是青王国和曲王国的战争已经结束。"王仲说："那么第二天发生了什么事情呢？"管谷说："第二天发生了使我为难并且不愉快的事情，但是我将采取根本性的办法来解决灰古王国的问题。"王仲说:"那么第三天发生了什么事情呢?"管谷说:"第三天发生了自然灾害,但是灾害已经过去,灾害对商国的影响也将会很小。"王仲说:"难道我的预言是错误的吗?"管谷说:"您的预言并没有结束,请您告诉我第四天将要发生的事情。"王仲说:"第四天您将告别您的王位。"管谷说:"卫队已经封闭了整个王宫,亳城的警戒也加强了,吴必在门外坚守,谁能使我告别王位呢?"管谷说完,脸色骤变,因为他已经意识到了危险的迫近,他想呼唤门外的吴必,又想伸手去拔佩剑,但是已经晚了,王仲拔出剑来对准了他的咽喉。王仲说:"请您回忆我们的初次见面,当时我拿着修削花木用的利刀对着您,我说,我刺中了您。您说,您成功了。那是一次演习,而现在一切都将成为现实。"管谷说:"我并不畏惧死亡,但我蔑视您的品德。"王仲说:"您为什么蔑视我的品德呢? 我的一切都是公开的,我提前警告了您,我的言语表达得再清楚不过了,我甚至实际操作了给您看,难道我有卑劣的地方吗?"管谷说:"请您回忆我对您的帮助和扶持,是我安排了您的一切,您对人世间的'恩泽'一词难道连听说都没听说过吗?"王仲说:"您为什么要跟我谈恩泽的事情呢? 我就是知恩不报那一类的人呀。"管谷说:"上天没有选择我。"王仲说:"上天选择的不是您。请您告诉我您的最后一句话。"管谷说:"想得到的将无法得到,无法得到的将遍地留存。"王仲说:"请您原谅我的非礼。"王仲刺死了管谷,然后招呼吴必进来,王仲说:"请接传君王的最后一句话:想得到的将无法得到,无法得到的将遍地留存。"说完就挥剑割断了自己的脖子。吴必惊呆在两个人的尸体前,然后就默念着君王的最后一句话去向大宰报告。朱响沉默了许久,然后说:"是呀,应该得到的终将得到,不应该得到的将付出自己的一切,包括生命。"朱响说完,就召唤马信进来,命令他动员全国的军队,在各自的位置上高度警戒,商都亳城的戒备要得到极大的加强,同时向全国发出王星陨落的训令,向草滩王刘康派出特别的使者,命令百官备好外出的车马。朱响说:"让我们顺应事物的发展。"马信说:"您的话将有至高无上的力量。"草滩王刘康度过了一个不眠之夜后,清晨很早的时候就召唤蔡弥进来了,刘康说:"我对今后发生的事情没有一点预感,冬季就要到来,请您准备烤火的炭盆。"蔡弥说:"您对军队的安排、对百官的考虑难道不是您的预感的一部分吗?它们不是预感是什么呢?"刘康说:"是一种决心,是信心。"早饭以后,刘康就开始了荒原上的远行,他在荒草里行走,荒草里的路小到几乎看不出来,备用的战车远远地跟着他,车上的卫士偶尔不事声张地把箭射向天空,被射中的野物从天空笔直地掉落下来,猎狗又像快箭一样从战车旁蹿出去衔回猎物。刘康从草场上走到荒坡上,荒坡舒缓,登临坡顶,向四下里望去,也有一种居高临下的辽远感,从坡顶能看见东去的濉水,濉水清白,柔如飘带。刘康在坡顶上站立良久,战车停在坡下等候。天际高蓝。这时蔡弥的坐骑像晴空里一道红色的闪电急驰而来,蔡弥的嘴里呼喊出一种声音,蔡弥的坐骑从战车边掠过时,战车上的卫士都跃动呐喊起来。刘康迷惑不解地回过头来注视着缘坡而上的战马,蔡弥高扬双手,呼喊的声音愈来愈清晰。刘康不能相信自己的听觉,他瞪着眼睛看着飞驰而来的战马,双腿软软地向着蔡弥到来的方向跪下。蔡弥飞身下马,向刘康猛跑,然后扑通一声跪倒在地上,喘着粗气,泪流满面地说:"元圣同意您复位了!这是天意的恩赐啊!"

第十一卷

太甲又恢复了君王的职位,他向百官和百姓宣布了他要做的三件大事。

这一年暮秋的一天,天气晴好,商国元圣朱响带着君王的礼帽和礼服,率领着百官、各邦国、王国和群落的代表以及礼乐队,从商都亳城来到滩水边的草滩王国,迎接君王刘康的复位。部队已经在草滩城外的荒野上堆起了祭祀的土台,八公山上的师傅们也肯定了这一天的吉祥。祭祀的牺牲都已经准备好了,刘康的卫队在各处威严地站立着。太阳越过树梢的时候,牺牲们都被拉到祭坛上宰杀,祭师念着人们不懂的暗语,把鲜血涂满自己的面颊和衣袖,他们向天空伸出双手,祈求上天保护商国、保护商王、保护商国的百姓。祭礼结束后,朱响在马信的伴护下登上祭坛,朱响说:"上天让我召唤您上来,我们的君王。"刘康在蔡弥的伴护下登上了祭坛,朱响说:"请面向您的百姓,跪伏在天地之间。"刘康跪伏在了天地之间,朱响说:"我将代表上天向您发表长篇训辞,您必须记住它们,并贯彻到今后的言行中,您能做到吗?"刘康说:"我将全力以赴。"朱响说:"请您听好了,我们的君王,我将检验您的举动,我也将向上天报告您的品行,您将无法掩盖或者混淆,您将面对上天和百姓的裁决。"刘康说:"我将面对上天和百姓的裁决。"朱响说:"请您听好了,我们的君王。您要有良好的耐心,我要告诉您,商国的老百姓就是您的根本啊,离开了他们,您能干什么呢？先王总是这样告诫我们,对待百姓,只可以亲近,不可以认为他们卑贱卑微,老百姓是您立国的基础,基础稳固了,国家才会安宁。要认为天下的愚笨的人都能胜过自己,一个人会有许多失误和失败,难道一定要在失误或失败明显了的时候,才去考虑它吗？不是,应该在失误没有形成时就去加以防止。我们面对着大众和百官,应该时时想到自己的责任,谨慎的心情就仿佛用腐朽了的绳索套着六匹快马一样,要想到它随时可能要挣断,我们地位在人们之上的人,没有一分钟是能够放松的啊。"刘康说:"您的话是对的。"朱响说:"人民如果没有君王,就不能互相扶助而生存下去；君王如果没有人民,也不能统治四方。放纵情欲就会败坏礼仪法度,不修品德,就会让自己腐烂,就会给自身招来罪过。有时候上天降下的灾祸,通过努力还可以避过去,但自己造成的灾祸,就无法逃脱了。上天没有固定不变的亲人,它只亲近对它恭敬虔诚的人,百姓也并不归附某个固定不变的人,他们只归附有德行品性的君王。实行明智、道德的政治,天下就可以太平；不实行明智、道德的政治,天下就会动乱。采取与先王治世同样的做法,国家没有不兴盛的；采取与乱世同样的做法,国家还有不灭亡的吗？不思考怎么会有收获呢？不实干哪儿来的成功？君王树立了好的榜样,国家就会纯正；君王自始至终谨慎地结交有才华的诚实的人,天下才会明朗。君王不用诡计搅乱国家的治理,百官不凭恩宠和利禄居功,天下就会永远美好。"刘康说:"您的话没有错的。"朱响说:"现在您重新担负起了君王的使命,就要更新自己的品德,要始终如一,坚持不懈。任命百官要任命那些有德有才的人,有德而无才的人没有工作的能力,有才而无德的人是事业的敌人。辅佐你的官员要忠厚良善、有智有谋,既能使他的君王实行明智的统治,又能帮助他的下属和百姓,这样的人确实很难选择,要谨慎地考察,必须是能够同心同德、通力合作的人,必须是始终如一的人。"刘康说:"您的话对我很重要。"朱响说:"从供奉祖先的宗庙里,可以看出先王的功德;从作为千万人首领的君王身上,可以看出治理的政绩。君王不依靠百姓就没有可以使用的人,百姓不依靠君王就不知道应该往哪里走。不要总是认为自己伟大而人家都渺小,如果没有平民百姓尽心尽力地帮助,那么君王有做出成绩来的吗?先人这样告诉我们,抚爱我们的就是君王,虐待我们的就是仇敌。所以您应该树立美德,清除邪恶并且力求根除。"刘康说:"我记住了您的训导。"朱响说:"最好的政治,有遥远的香气,能感动上天,而只有明智的举措,才有遥远的香气。您每天都应该孜孜不倦地努力,不要安逸享乐。请您谨慎啊,您是风,老百姓是草,风吹草动,上行下效,不可不谨慎。治理国事,没有一件是不艰难的,有废除,有兴办,要反复和百官和众人商量,假如大家的看法相同,那么您就要追根究底,然后才可以施行。假如百官有了好的设想,您要允许他们进宫和您商讨,您采纳了他们的好的建议和主张,他们就会到处说,这些主张得以施行,全靠了我们君王的德惠啊。大家都这样说,您的治理就有效果了,您所主张的事也能很快地贯彻下去。"刘康说:"这都是金玉良言啊!"朱响说:"治理国家,不要依仗权势作威,不要仅仅凭借苛刻的刑治,应该宽容相加,举动和谐,百姓犯了罪,应当公平合理地解决,不能主观臆断,错害无辜。当有人不顺从您的政令,不接受您的训化,不惩罚就不能制止时,您应当加以惩罚。有人习惯于犯法作乱,败坏常俗,扰乱民众,对这样的人,您决不能赦免。这就是对待事物的两种态度,不能偏废。对于思想顽固的人呢,您不能愤怒仇恨,不能使用简单的方法处理。对于一个人不能求全责备,必须有忍耐,有耐心,必须宽容,时间长了,就会成功,德行也会积累深厚。老百姓本性淳朴,外界对他们的影响很大,以致他们有违抗君王的时候,所以您要奖励那些有德行的人,惩罚那些失德的人,您要任用那些贤良的人,以勉励那些贤良不够的人,在老百姓面前树立好的榜样,国家就会走向光明,您的美名也会灿烂耀目,您的德行也将会百世称颂。"刘康说:"这就是我的目标啊!"朱响说:"我们的君王啊,请您记住我的训导,请您在复位的一开始,就注意德行的塑造。您是一个明智聪慧的人,您是上天赐给商国的圣明的治理者,请您给商国的百官和百姓带来福祉吧。您努力地施行您的芳香的治理,给商国的民众和您自己,带来一个好的结局!"刘康说:"我记住了您全部的话!"朱响的训导结束,刘康穿上君王的礼服,戴上君王的礼帽,由大宰、百官和各国的代表陪同着回到了商都亳城。元圣的训令也发布到了全国各地。商都的百姓都聚集并跪伏在大街的两侧,迎接复位的君王。刘康来到王宫里,百感交集,站在王宫的花园里久久说不出话来。夜晚刘康就在以前的卧室里休息。第二天早晨刘康向全国发布了简短的训令,王令说:"商国的臣民们,我又回到了你们的身边,作为你们的君王,我将带领你们走向光明的方向,我已经修养了我的品性,我要求你们服从我。我将随时考虑到你们的需要。你们要认真而努力,不可以做出有违王令和天理的事情。我的功德将光照天地,连远方的人民也会被商国的光辉吸引过来的!你们都奋发努力吧!"王刘康任命蔡弥为王宫卫队的统领,然后去拜访大宰朱响。王刘康说:"请您给我以治理的训导。"大宰朱响说:"您有些什么打算?"王刘康说:"我想去巡视各地、各国,并且表明我的诚意。"大宰朱响说:"请您按照您自己的规则行事,请问您的巡视将花费多少时间呢?"王刘康说:"将随着秋季的结束而结束。"大宰朱响说:"您的时间并不多,您将匆忙。"王刘康说:"我想加倍努力。"大宰朱响说:"请您去施行您的计划。"王刘康回到王宫,召来蔡弥,对他说:"我将在仲冬来临以前完成三件大事。"蔡弥说:"是哪三件大事呢?"王刘康说:"第一件大事是巡视各国、各地区;第二件大事是调整、更换百官;第三件大事是发布我的治理的规划。"蔡弥说:"您必将成功!"刘康说:"请预备轻快的马车,并请随时向大宰报告我的行程和忠诚。"蔡弥说:"我将做好充分的准备。"刘康复位的第三天,就轻车简从,离开商都去巡视各国、各地区了。秋季正在结束,刘康来到桑梓群落,桑梓的管理者设宴迎接他,王刘康说:"您这儿有年岁很大的人吗?他们一定知道大宰以前的趣事。"桑梓群落的管理者找来了年岁大的人,请他们讲述大宰的事情。年岁大的人讲:"很久以前在浍水的岸边住着一个少女,少女晚上梦见天上来的一位神人,神人使她怀了孕,并且说,假如你看到石头里冒出水来的时候,你就往有桑树的方向跑,那里将是你儿子的故乡,但是你千万不要回头,你若回头,大水将赶上你。少女感到很奇怪,天亮了,少女醒来了,她果然怀了孕,她爬起来去看院里的石磨,石磨正往外冒水,她想,难道这是真的吗?就头也不回地往前跑,一直跑到有桑树的地方,这时大水已经在她的背后泛滥起来了,但是大水却过不了长着桑树的地方。少女在桑梓群落住下来,她生下了儿子,取名叫朱响。朱响幼小时就非常聪明,桑梓群落的首领收留了他,后来他成了桑梓的首领、商国的元圣。"王刘康说:"这样的故事真令人神往啊!"刘康向大宰派出了特使,让特使报告他在桑梓群落巡视,并且听到关于大宰出生和成长事迹的情况。然后他们来到了黄湾王国,黄湾王赵恒在离王城五十里的地方迎接他。他们来到黄湾城的王宫,黄湾王用当地产的红芋招待刘康。红芋做成了红芋块、红芋丝、红芋饼,还有烤红芋、煮红芋、干蒸红芋。赵恒说:"黄湾王国是个弱小贫穷的国家,没有山珍海味,只能用这种土产来招待您,请您谅解。"刘康说:"您的国家虽然现在很小,也不强大,但我听说您和您的助手做事非常踏实,并且有长远的规划了,这样的领导,国家的强盛还是很久远的事情吗?"赵恒说:"国家的富强要靠长期的积累,不会一蹴而就,我虽然很努力,但我已经老了,我的助手虽然也很努力,但这也才是两代人,两代人的治理对于像黄湾这样弱小的国家来说,是多么的短暂啊。"刘康说:"那么您认为用哪种办法才能使国家的富强持续下去?是任用贤德的人才继任王位好还是以嫡亲的方式继任王位好呢?"赵恒说:"世界上的事情都是各有利弊的,以嫡亲的方式选定大王,可以维护血亲的统治,对最高权力的争夺将只在王室成员内进行,国家的职能部门都不会紊乱,治理有连续性,但这种方式将排斥优秀的人才,国家最终会腐败衰落而无可挽回。"刘康说:"那么,选用有贤德的人是不是要好一点呢?"赵恒说:"选用贤德的人继任王位,将会给国家的治理带来生机,将会摆脱腐败和老朽,国家的面貌将时时更新,但这种方式将鼓励百姓和百官去争夺最高的权力,王室衰落了,国家没有根本的稳定基石,动乱会经常发生,倾轧也时常出现,有野心的人将不择手段去谋取高位,国家最终也将衰微下去。"刘康说:"您是这样看的吗?"赵恒说:"这就是我的观点。"刘康说:"您是一位明智的大王,您的国家在我们都不在的时候,将与世界上的强国争雄。"赵恒说:"我的国家将缓慢地发展。"刘康说:"您对我的复位是怎样看的呢?您是支持我的吗?"赵恒说:"我对您的复位表示欣慰,因为国家将得到长久的稳定。"刘康说:"我将努力地治理国家。"刘康告别黄湾王,来到了符离王国,符离王江让设盛宴欢迎他。刘康说:"我听说关全起兵时,您曾经给他以物资的支持。"江让说:"我是被强迫的,我在关全的刀剑下得以生还。"刘康说:"您后来又参加了对叛军的战斗。"江让说:"我的实际行动表明了我的态度。"刘康说:"您能告诉我有关治理国家的道理吗?"鲁炎说:"符离王对国家的治理凭靠的是一时的冲动,我倒听人说起过治理国家的一些道理。"刘康说:"请您告诉我。"鲁炎说:"治理国家就是要发挥每一个人的特长和聪明才智,力大的让他去挖土造田,这样就能挖得又快又多;脊背厚实的就让他们去背石头,他们可以长时间地干下去而不知道疲倦;一只眼睛的人视力特别集中,他们射出的箭没有不中的;驼背的人只能干一些轻活,种菜薅草累不坏他们,这就是治理国家的道理。"刘康说:

"您是对的。"刘康离开之后,符离王说:"您为什么不让我说话呢?"鲁炎说:"请允许我保护您。"刘康来到银屏王国,银屏王驱车到山外迎接他。刘康说:"我将没有时间去您的王宫,请原谅我的匆忙,请您告诉我一些轻松的事情。"银屏王说:"请允许我告诉您关于山泉和飞瀑的事情。"刘康说:"请讲。"银屏王说:"山间多有泉水,泉水从斜度舒缓的岩石缝隙中流出,水源都在较高的地方。有些山泉的水源较小而又隐蔽,寻找它们颇不容易,但是泉流之处必然是岩石凹陷的地方,较平则流得较缓,陡峭则流得湍急。"刘康说:"陡峭处难道不是瀑布吗?"银屏王说:"山上如果有较大的水源,当流到峭立的石壁处时,便倾泻而下,这就是瀑。瀑远看像悬挂的绢布,所以称作瀑布。瀑布由于石壁缓急形状的不同,而态势各异,所以又有飞瀑、叠瀑的不同名称。高陡的瀑布往往和云气相伴,云气借助了飞瀑的气势,飞瀑借助了云气的渲染,相得益彰,表现都不平凡了。"刘康说:"这是您潜心观察得到的哲理,您的话给了我很深的印象。"刘康告别银屏王,来到泗洪王国,泗洪王雷业在洪泽湖畔的风景地迎接他。刘康说:"您能告诉我关于君王和老百姓的道理吗?"泗洪王说:"作为大王,我认为老百姓比大王更有选择的余地,更加骄傲于自己的身份。"刘康说:"您为什么这样说呢?"泗洪王说:"对于大王来说,他处处小心谨慎,他任用贤才,实行德政,发展经济,鼓励技艺,如果他稍有松懈,国家就会衰亡,民心就会背离,晚景就会悲惨;但是对于无职、无权、无钱、无势的百姓来说呢,他们可以选择肥沃的土地,可以离开将要沉没的航船,他们在哪儿得不到一些粮食,住不到一间草房呢?"刘康说:

"那么既然这样,人们为什么还要去争取权势、夺取高位呢?"泗洪王说:"这就是我没想明白的地方。"刘康说:"您的话对我启发很大。"王刘康辞别了泗洪王,驱车向灰古王国的方向奔驰而去。他们很快进入了灰古王国的边境,边境的部队跟随在君王车队的左面、右面和后面进行保护。车轮隆隆,马蹄嗒嗒,王刘康坐在车里,看到车外奔驰的灰古王的边境部队战马雄壮,战士勇悍,不禁感慨万千。刘康对蔡弥说:"商国有这样的部队吗?"蔡弥说:"商国将会有比灰古王更强壮的军队。"车队奔驰了一整天,仍然在原野上行进。刘康说:"灰古王国已经是这样的广大了吗?"蔡弥说:"灰古王合并了灵璧王国和天井王国,听讲他正在向邻近的栏杆王国派出质问的特使,现在我们驰过的就是原来灵璧王国的土地。"刘康说:"栏杆王国是个小的国家吗?"蔡弥说:"是个较小的国家。您打算制止灰古王吗?"刘康说:"我将见机行事。我现在还无法分散我的注意力。"天色暮晚,车队在一座小城里住宿,小城里商点繁盛,人来车往,灯火通明。刘康说:"当地有聪慧善谈的人吗?"城市的行政官说:"有一位名叫郭立的授徒兴学的游士。"刘康说:"请您邀请他到我的住处来。"游士郭立来到刘康的住处,两人坐下,王刘康说:"您的事业是游荡四方吗?"郭立说:"我的事业是授徒兴学,我从菖蒲到灰古,从灰古到苗庵,从苗庵到山头,从山头到灵璧,我在各地都招收徒弟,教授学业,提高他们的文化水平,为国家培养各方面的精尖人才,并且宣传我的治国思想。"刘康说:"请问您的治国思想是怎样的呢?"郭立说:"得到权力和维护权力是像打猎一样的事情。猎人们在没有猎到野兽之前,总是希望射中的伤口越大越好,因为这样才能更快地置猎物于死地,不会无功而返,但是在得到猎物之后,又总是希望伤口越小越好,因为这样才能得到更好的皮毛和更多的兽肉。君王获取权力然后治理国家,难道不都是这种矛盾的想法吗?难道不都想兼而有之吗?"刘康说:"您是对的。"郭立说:"得到权力后,君王就想长期治理,这时候就应该把老百姓的眼耳鼻舌都堵塞起来,让他们成为君王治理的工具。君王要引导他们去做那些无休无止的工作,让他们陷入工作中而不能自拔,让他们满足于温饱而不计较国事。君王还可以鼓励百姓去发展生产、增加贸易、挣取无尽的钱财,人对财富都有着天生的欲望,人对钱财的欲望也是没有止境的,钱越挣越多,人的胃口越来越大,对国家权力的注意力却越来越小,君王的统治就会非常稳固。君王还应该制定烦琐的礼节,家里死了人,服丧要满两年才能去干别的大事,衣着要讲究,食品要精美,在这些事情上花费的时间越多越好,让百姓注意吃喝玩乐的事情,勾起他们的欲望,分散他们的精力,增加他们对琐碎感情的牵挂,使他们互相间为一些微不足道的小情绪而争斗。死人时葬礼要求隆重,陪葬要求丰厚,婚嫁时婚礼要求铺张,陪嫁要求华贵,让那些大的家族为这样的事损耗财力,甚至倾家荡产。在这种社会风气下,谁还去注意国君,并且去威胁国君的权力呢,反抗和骚乱也就不会发生了,作为君王,治理起来也就轻松得多了。"刘康说:"我从您的话中得到很多启发。"第三天刘康来到了灰古城,灰古王冠先设宴欢迎他。刘康说:"请您带我去参观您的王宫和国库。"冠先带着刘康参观了王宫和国库。刘康说:"您的王宫很普通,您的国库也并不充盈,那么您的实力在哪儿呢?"冠先说:"我听一些有智慧的人说过,打算称王的人必定要使老百姓富足起来,打算称霸的人必定要使武力强盛,亡国败家的人才会搜罗财富,并且把它们堆积在仓库里。我的财富和实力都分散在民众中。"刘康说:"也许真的是这样。"冠先说:"请允许我演示给您看。"冠先请陈军发布了王令,在很短的时间里灰古城就集结了一支强健的部队,他们有战马、战车、粮草和武器。冠先说:"我的国家将尽一切力量支持您对商国的管理。"刘康说:"谢谢您,请您解散这支部队。"冠先说:"请您原谅,我要遵守我的法则,我不能无缘无故地支配老百姓的时间、财才和感情,我必须保持我的言行的始终。"刘康说:"那么您想要怎么办呢?"冠先说:"我将命令他们去责问虐待民众的栏杆王。"冠先下达了命令,他的部队就开往栏杆王国,并使它成为灰古王国的一部分。王刘康离开了灰古王国,蔡弥说:"您对今天的事是怎样看的呢?"刘康说:"国家稳定之后,上天将决定我和灰古王的去留。"灰古王送走了王刘康,坐在王宫里看院中的无花果树,陈军说:"您以前总是谨慎并且隐瞒您的实力的,您今天为什么要这样呢?"冠先说:"我以这种方式表达我对君王复位的支持,难道这对君王来说不是最好的事情吗?"陈军说:"君王对您的警惕也必然会增加。"冠先说:"像灰古王国这样的实力,现在还能隐瞒得了吗? 我们已经没有别的选择,我们只能显示我们的锋芒,扩大我们的实力,并且准备向世界上最强大的力量挑战。"陈军说:"您是对的,请您告诉我应该做的事。"冠先说:"请您到符离王国、泗洪王国和瓦埠王国去访问。"陈军准备了礼物,就带领随从出访了。王刘康来到草滩王国,下车到山坡、草场、水滩和树林里步行,他请随从的人不要跟随他,他一个人站在山坡上沉思,一个人坐在草地上冥想,然后他回到马车上,命令立即返回商都。车马疾行,日夜兼程,刘康回到亳城后就到大宰府去见朱响。朱响说:"您巡视的时间并不长,您是日夜兼程的吗?"刘康说:"我感觉到我的时间的紧迫,我感觉到我对商国的欠负太多。"朱响说:"您的巡视有什么样的收获呢?"刘康说:"我对国家的现状有了清楚的了解。"朱响说:"您将要采取的措施是怎样的呢?"刘康说:"我将要召集百官商讨我的措施。"朱响说:"您有了新的德行,您将会有崇高的威望。请允许我向您提出退位还乡的请求。"刘康说:"您为什么要退还乡里呢?"朱响说:"我的年岁已经很大,我的精力也已经枯竭,我的心情告诉我需要过一种安适而少费神思的生活,对您的承诺我也已经兑现,请您同意我的请求。"刘康说:"您对我对商国都有一种难以言说的分量,请您给我时间。"刘康回到王宫,向百官发布了赴郊外秋游地的命令。老士萧远和孔庆来见朱响,萧远说:"您知道百官将赴郊外秋游地的事情吗?"朱响说:"我已经知道了。"孔庆说:"您是同意的吗?"朱响说:"我没有理由反对君王的决定,我也不准备反对他的任何决定。"孔庆说:"您为什么对君王这样放纵呢?"朱响说:"人总有死去的时候,人难道要一直到死都掌握着别人所应该接替的权力吗?"萧远说:"百官都对先王李中在秋游地的设伏记忆犹新。"朱响说:"请你们采取符合自己利益的做法。"孔庆说:"您是要我们称病吗?"老士萧远和孔庆向王刘康请了病假。王刘康来到大宰府,对朱响说:"请您再给我思考的时间。"朱响说:"请您同意我的请求。"刘康说:"赴秋游地的王令发布后,有少数的高官请了病假,我已经予以同意。"朱响说:"请您按照自己的意愿行事。"刘康说:"您不去秋游地参加这一次会议吗?"朱响说:"请您给我独处的时间。"刘康说:"请您自己决定自己的行动。"刘康回到王宫,命令近郊部队的统领马信和远郊部队的统领胡定,准备一次大规模的围猎活动,刘康说:"冬季即将到来,这次围猎将是今年的最后一次,围猎将给商国带来丰富的皮毛和肉食。"马信说:"围猎将在什么地方进行呢?"刘康说:"将在潍水和沱水的上游进行。"马信说:"您打算动用多少军队呢?"刘康说:"我打算动用七十万军队,其中远郊的部队二十万人,近郊的部队二万人,王宫卫队十万人。"马信说:"远郊、近郊的部队和王宫卫队加在一起并不足七十万人。"刘康说:"我将邀请灰古王国、符离王国和其他邦国、王国以及群落的部队参加,这将是历史上规模最大的围猎活动。您还有问题吗?"马信说:"我已经明白了。"刘康说:"请您立即去做准备,并勘明详细的路线。"马信领命后离开王宫,到大宰府向大宰报告。马信说:"君王已经下达了准备围猎的命令。"朱响坐在椅子上说:"君王打算进行怎样的围猎呢?"马信说:"君王打算进行历史上规模最大的围猎,他将调动七十万远郊和近郊的部队、王宫卫队以及各邦国、王国和群落的部队。"朱响说:"那么围猎的地点选择在哪儿呢?"马信说:"选择在潍水和沱水的上游。"朱响说:"我已经听明白了这件事,请您抓紧时间去准备,并服从君王的指挥。"马信领命而去。胡定留在王宫里没有立即离开,胡定说:"请您允许我离开部队,回到我原来定居的地方去。"刘康说:"您原来定居的地方选择在哪儿呢?"胡定说:"我原来定居的地方选择在很远的西北方向的草原上。"刘康说:"您为什么选择了那个地方呢?"胡定说:"因为我在那儿有很深的记忆,我在那儿碰到了牧羊的鲍镇。请您允许我离开部队到西北方的草原去独处思考。"刘康说:"如果我接受了您的要求,那么这是您第几次离开部队了呢?"胡定说:"这就是第二次离开部队。"刘康说:"您屡次离开部队,这怎样解释呢?"胡定说:"每次都有它的理由。"刘康说:"您在我复位之初就提出了这样的请求,对于任何君王来说,都会认为您的行为是一种不支持和不信任,您难道没有顾忌吗?"胡定说:"我的理由是充分的,我并不惧怕死亡。"刘康说:"那么您有什么样的理由呢?"胡定说:"我并不是您任命并深得您信任的人,我希望为您的巨大作为让开道路,我不想成为妨碍您的石头。"刘康说:"我理解了您的智慧和行动,请您接受我的敬意和挽留。"胡定说:"请您体谅我的坚持。"刘康说;"我将同意您的请求,但请您在围猎结束之前留在您的岗位上,请您对我的行动进行最后一次支持。"胡定说:"您将使商国振兴。请允许我在围猎之后离去。"刘康说:"请您调集三十万远郊部队到围猎地。"胡定领命而去。王刘康离开王宫来到大宰府,刘康说:"请您允许我做仲冬来临之前的最后一件事。"朱响说:"请您告诉我。"刘康说:"我将调集七十万部队到灘水和沱水的上游,进行历史上规模最大的围猎。"朱响说:"请您全力以赴,我将在商都祈祷您的成功。"刘康说:"我将向全国发布君情。"朱响说:"请您向全国发布。"于是刘康向全国发布了君王的训令。训令说:"商国的百官和百姓们,作为复位的君王,我第二次向你们发布王的训令,你们听好了,我将直截了当地告诉你们,我在仲冬到来之前,将做完三件大事。第一件大事是巡视各国各地区,我已经做到了,我已经对商国的情况有了基本的了解。第二件事是调整任命百官,我将使用贤德有才华的人,而丢弃不能胜任的。我正在准备召开百官参加的会议,我将在会上做出我的决定。第三件事是公布我的治理的规划,我还需要有思考的时间,就像你们对待一件事情的态度一样,我需要谨慎的思考。在仲冬到来之前,我还将调集远郊、近郊和王宫的部队,将调集各国的部队,到灉水和沱水的上游进行历史上规模最大的围猎。元圣的想法和我是完全一样的。我将在围猎结束之后,公布我治理的规划,我调集部队的命令已经下达到各地,商国的百姓们,你们将会听到历史上最鼓舞人心的事情,你们将有一个最安心踏实的冬天!"王令发布到商国各地,远郊和近郊的部队以及王宫卫队都调向了灉水和沱水的上游,各国的围猎的部队,也按照王宫的命令调往围猎地。商都的百官正按照君王指定的时间前往秋游地参加会议,他们私下里议论纷纷,不知道调整将是什么样的规模,不知道调整会不会触动自己的利益,一些臣官还私下里结成了抵抗的联盟,约定联合起来采取劝谏的方法来维护各自的职位,他们在秋游地聚合宴饮,歌舞曲乐,估计猜测,等待着君王的到来。第一天过去了,傍晚的时候,王宫卫队的副统领宋位来到秋游地宣布君王的命令,命令说:"商国的百官们,我现在告诉你们,我在仲冬来临之前做完三件大事的决心是不可更改的,我将分别按照事物的轻重缓急和先后顺序,我将首先做完围猎的准备工作,因为天气即将寒冷,围猎的事不可以推延。你们可以在秋游地尽情地享乐,你们可以谈笑或者歌舞,你们可以议论调整百官的事情,你们可以在秋游地乘车乘马四处游逛,你们可以得到你们的府邸或随从送来的任何东西,但是你们将不得擅自离开,因为我的时间是有变化的,我随时可能出现在你们的面前,召集你们的会议。我告诉你们,我已指定王宫卫队的副统领宋位负责秋游地的安全,我已经调集了精锐的王宫卫队保卫你们,你们不要擅自离开,你们都要耐心地等待我的到来。"宋位宣布了君王的命令后,秋游地的守卫并不严密,进出仍很随意,但没有人随意离开。百官们纵情宴饮,不去考虑调整的事情。第二天天亮以后,有些臣官去水泽边或树林里游玩,有些去山岗灌木地狩猎,有些聚在一起谈论或说笑,有些独处思考。傍晚的时候,宋位又宣布了君王的命令,命令说:"商国的百官们,我告诉你们,我将在明天使你们失望,我正在督促围猎的准备工作的进行,我不能让这次历史性的围猎半途而废或者以失败而告终,那样的话我的威望将受到挫折,我不允许失败的事情发生。我明天将不能到秋游地来。作为补偿,你们可以在明、后两天自由离开秋游地,你们可以返回亳城,也可以仍旧留下,但是在后天你们必须返回秋游地,在那里等候我的到来。我将需要你们的配合,我对你们也将十分宽松,请你们思考关于百官调整的事情,我将听取你们的意见。"百官听到了君王的命令,紧张的心情松弛下来,他们中的许多人回到了亳城,有的臣官向大宰报告了秋游地的事情和君王的命令。朱响说:"请你们服从君王,不要违抗他的命令。"三天后百官们又回到了秋游地,他们继续着过去的生活,狩猎或者秋游,宴饮或者谈笑。到傍晚的时候,王宫卫队的副统领宋位来到秋游地,向百官们宣布了君王的命令,王令说:"商国的百官们,我将再一次使你们失望,我的围猎的准备工作已经基本就绪,但我将赴围猎地观看最初的围猎活动,我从围猎地回来时将向你们发布我的见闻。现在我要求你们在最近两天内不要离开秋游地,你们可以在秋游地随意活动,三天后我将到来,并向你们发布我的训话,我也将听取你们的言论。宋位统领的王宫卫队仍将负责你们的安全,你们不要离开,要等候我的到来。"君王围猎的命令传到灰古王国时,陈军来向冠先报告这件事情。陈军说:"君王和放逐前难道不是一样吗?"冠先说:"您认为一个人在遭受挫折前和遭受挫折后,在深深地思考前和深深地思考后,是完全一样的吗?"陈军说:"请您给我确切的答案。"冠先说:"请您告诉我符离王对您的态度。"陈军说:"符离王热情接待了我,但他并没有答应我什么。"冠先说:"我不知道王刘康为什么要调集这样多的军队。那么我们将要参加围猎的部队是多少呢?"陈军说:"我们的部队是两万人,少于符离王国。"冠先说:"君王不会是对我太不高兴吧。请您向指定的地点派出参加围猎的部队。请您通知灰古王国的全部武装力量做好战斗的准备,请您暂时停止对泗洪等王国的访问。"围猎的命令传到符离王国时,鲁炎来见江让,鲁炎说:"您怎样看待这件事呢?"江让说:"王刘康没有改变他的习惯。"鲁炎说:"您认为一个人在挫折之前和挫折之后完全一样吗?"江让说:"他的目标将会是大宰或者别的人,他将显示自己的复位给世人看,以便证明大宰的错误。"鲁炎说:"您是对的。"江让说:"我们参加围猎的部队是多少呢?"鲁炎说:"是五万人,高于灰古王国。"

江让说:"灰古王的目标已经很大,他将遭到王刘康的嫉恨,他将成为王刘康的竞争者,这对我们的生存和发展难道不是最好的事情吗?"鲁炎说:"您是对的。"江让说:"请派出精锐的部队,我们在围猎中的表现将不比其他的国家更差。"鲁炎派出了围猎的军队。命令传到黄湾王国,黄湾王赵恒说:"请不要放过我们锻炼的机会,请派出王国最优秀的部队。"祁顺派出了两千人的部队。围猎的部队都到达了指定的地点,王刘康在王宫卫队的簇拥下也来到围猎地,并宣布围猎的开始,第一天的驱赶野兽的行动是铺天盖地的,几十万军队前后相跟,缓慢移动。到夜晚篝火升起来时,王刘康召来了马信、胡定、蔡弥等人,刘康说:"我们是往哪个方向移动呢?"马信说:"是沿着滩水和沱水的流淌的方向移动。"刘康说:"我们一直顺着水流的方向走,会走到什么地方呢?"马信说:"将走到一些国家的边界。"刘康说:"是哪些国家的边界呢?"马信说:"是符离王国、梅庵王国、芦花王国、永城王国等国家的边界。"刘康说:"那里有什么样的地形呢?"马信说:"有树林草场、荒原和最低的丘陵。"刘康说:"那样的地形适合于做什么呢?"马信说:"适合于进行战车的大决战。"刘康说:"我们这次围猎会有大的收获吗?"马信说:"将有历史性的收获。"刘康对胡定说:"请安排您的部队在后。"第二天围猎的部队继续推进,并逐渐向两水之间的狭窄地带收缩,马信的近郊部队排列在前,蔡弥的王宫卫队机动行驶。到夜晚篝火升起来的时候,刘康召来了蔡弥、胡定和马信。刘康说:"谁能告诉我大家想不到的故事。"蔡弥说:"请允许我告诉您。"刘康说:"请讲。"蔡弥说:"从前有一个人,他乘车到远处去,路过一个山口时,看见山口的树下站着一个穿白衣服的少女。少女脸上流着泪,手里拿着一封信,对乘车的人说,请问您到哪里去?乘车的人说:到前方去。少女说,我想托付一封信给您。乘车人说,我该把它送到哪里去呢?白衣少女说,您往前方去,经过一个有水的地方,水边长着一棵大椿树,树下有带条纹的石头,您拿起石头敲椿树,就会有男孩子回答,你就把信交给他。乘车人依照白衣少女的话,找到了椿树并且用带条纹的石头敲它,果然有男孩子来取信。第二天,一个大国的大王死了。"刘康说:"围猎的收获现在怎么样了呢?"马信说:"围猎刚刚开始,收获自然不会太大。"刘康说:"我们现在离符离王国和永城王国、芦花王国的边界还有多远呢?"马信说:"用缓慢的速度,需要五到十天,用迅疾的速度,只需要两到三天。"刘康说:"请您向大宰派出信使,告诉大宰我们的方向、速度和收获。"马信说:"我已经向大宰派出了信使。"信使来到亳城,向朱响报告了围猎第一、二两天的情况。朱响说:"他们离各国的边界还有多远呢?"信使说:"行动缓慢的话需要五到十天,行动快捷的话只需两到三天。"朱响说:"请转告王刘康,我在商都祈祷围猎的成功。"围猎的第三天,部队进入了两水相夹的狭窄地带,晚上篝火再次升起时,王刘康召来了蔡弥、胡定和马信。刘康说:"大宰有什么消息呢?"马信说:"大宰在商都祈祷您的成功!"刘康说:"请告诉我今天围猎的情况。"马信说:"部队现在离几个国家的边界更近了,今天已经有了较大的收获。"刘康说:"您是说离符离王国的边界更近了吗?符离王国的边界以前是谁的边界呢?"蔡弥说:"是濉溪王的边界。"刘康说:"濉溪王的边界为什么会成为符离王的边界呢?"蔡弥说:"因为符离王合并了濉溪王国。"刘康说:"这是怎么回事呢?"王刘康派出使者去召唤符离王国参加围猎的部队的统领,符离王国的统领来见王刘康,王刘康说:"请您告诉我您的国家边界的位置。"符离王国的统领说:"它们离这儿还有三到四天的路程。"刘康说:"三天路程以外的地方难道不是濉溪王国的边界吗?"符离王国的统领说:"濉溪王国已经不存在了。"王刘康说:"为什么不存在了呢?"符离王国的统领回答不出来。王刘康说:"难道这种事情是我所能够允许的吗?"这时王宫卫队的战士已经出现在营帐的门口。符离王国的统领说:"请赐给我死的权利。"王刘康说:"我并不要求您一定去死。"符离王国的统领说:"我已经明白了您的意图,我钦佩您决断的能力,但我必须为祖国捐躯。"王刘康说:"我将记住您的名字。"符离王国的统领说:"名字和个人并不重要,势才是最重要的。"王刘康说:"您所说的势是指的什么呢?"符离王国的统领说:"势就是声势、气势、趋势、势焰和势头,气势磅礴者将先声夺人,乘势而起者将会顺应潮势而把握住时机,居高临下者将势不可遏,大势已去者将连言语的权利都没有。您还认为我有保留生命的必要吗?"王刘康说:"您是对的。请允许我赐给您死的权利。"符离王国的统领大步走出了营帐。待帐外的声音在初冬的夜里消失后,王刘康命令胡定去消灭符离王国参加围猎的部队,并派出特使驰向四面八方,特使们在秋冬交替的气候里穿梭四方,他们来到濉水下游的时候阴云已经布满了天空,初冬的天气有可能由此而变坏。灰古王冠先已经到浍水沿岸的菖蒲城去了。泗洪王雷业正坐在王宫里默想,黄湾王赵恒和祁顺谈论着国内的事情,向阳王吴必心情不好正向王后发着脾气,瓦埠王薛居乘船入湖歌舞宴饮去了,芦花王洪安正巡视芦花城的市场,归仁王杨鲤正患着微恙,润河王钟城已经乘车到长着许多白杨树的土地上去游玩了,正阳王姚庆在淮水的堤岸上看民间放风筝的盛景,晓天王冯修正指挥士兵从山上砍来过冬的木柴,夹沟王吕志因昨夜睡得迟到现在还在床上打着呼噜,百官们正在秋游地等候君王,大宰朱响日复一日地坐在对着花园的大厅的躺椅上沉思。王刘康的特使来到大宰的身边,向他报告围猎地发生的事情,并向他转达王刘康的计划和问候,朱响说:"请转告君王我对他的支持。"特使把王刘康的训令传达给王宫卫队的副统领宋位,宋位在傍晚的时候来到秋游地,向百官宣布了王的训令,王令说:"商国的百官和百姓,你们在秋季和冬季将经常听到我的训话,我将密切和你们的联系,我将把国家发生的大事详详细细地告诉你们,并且赢得你们的支持,我将在严冬到来之前使你们振奋,使你们为商国发生的巨大的决定性的变化而鼓舞并且激动。然后在严冬中你们将有沉思的机会,你们将有准备的时间和环境,你们将有吸收并且适应我的规划和设想的时间,在这之后,到了明年的春天,我将再次动员你们,使你们为我的计划服务,使你们有良好的能力。我提请你们注意,我曾经说过在仲冬之前我将做完三件大事,第一件大事是巡视各国和各地区,我已经做过了,第二件大事是调整任命百官,我已经在商都郊外的秋游地准备了会议,第三件大事是公布我的治理的规划和方案,现在我要在围猎地向你们公布我的方案的第一个行动,我将统领七十万大军向符离王兴师问罪,因为符离王国用暴力的手段得到了他不应该得到的东西,符离王破坏了商国社会的公德和固有的平衡。我告诉你们,我的决心是不可变更的,我将严厉地惩罚上天的罪人。我将不留情面地对待威胁商国安全的人。我告诉你们,商国的臣民们,我统帅的各国和各地区的联合军队已经进入符离王国的境内,并且已经消灭了符离王国三分之二的军队,我将在三天内取消符离王国的存在,把它划归我的直接管理之下。你们都听好了,我是威严和不可侵犯的,你们决不要试图和我作对,我是强大不可攻破的,上天也随时在保护我并且保护商国,你们都记住了吧!"王令在百官中引起了骚动,百官们亦忧亦喜,喜的是商王扩大了百官的管辖区域和权力,加强了商都的直接治理,忧的是自己的前途未卜。第二天的傍晚,宋位又来到秋游地宣布王的训令,王令说:"商国的百官们,我并不是故意使你们失望,我确实有更要紧的事情脱不开身,我要一字一句地告诉你们,我是不会忘记你们的存在的,我正在为你们设计你们的去留。我会恰如其分地对待你们的,我现在已经攻占了符离王国的王城,我将很快去秋游地召集你们的会议,我希望你们不要离开,你们可以放松一些,我将用最恰当的方式对待你们。"王刘康的部队攻占符离城时,符离王和他的百官都已经自杀身亡,刘康取消了符离王国,任命了地方官员,遣回了各国和远近郊的部队,然后召唤蔡弥、胡定和马信到他的身边。刘康说:"战事已经结束,你们难道没有话要对我说吗?"胡定说:"请允许我重复我的请求。"刘康说:"您是说您要离开部队,到西北的边地去吗?"胡定说:"请您同意我的请求。"刘康说:"我同意您的请求,但我将任命你为西北部队的统领,您将在西北驻防,守卫并且扩大商国西北的疆土。"胡定说:"您为什么这样说呢?商国只有远郊部队、近郊部队和王宫卫队,您所说的西北部队是不存在的。"王刘康说:"我将改变商国部队的组织结构,我将把商国部队划分为九个部队,您将是第一个被任命的统领,您将在西北地区执行君王的命令,您会拒绝吗?"胡定说:"我将接受您的任命并遵守您的训令。"刘康说:"请您带走您的十万名战士和近郊部队的三万名战士,以加强西北部队的力量。"胡定领受了命令,带领部队向西北边地去了。王刘康对马信说:"您有什么话要对我说呢?"马信说:"我没有话要对您说,我将执行您的命令。"刘康说:"您为什么不辞去您的近郊部队统领的职务呢?"马信说:"您并没有要求我这样做。希望您征得元圣的同意。"刘康说:"难道我不是商国的君王吗?"马信说:"我尊重您的威严,但大宰是任命百官的人。"刘康说:"那么我的存在还有意义吗?"马信说:"请您允许我辞去近郊部队统领的职务,并请您允许我回到商都。"刘康说:"我允许您辞去职务,但不允许您回到亳城。"马信说:"请您允许我返回桑梓群落。"刘康说:"桑梓群落将会有所变动。"马信说:"我明白了您的意思,请您允许我成为一个自由的流浪的人。"刘康说:"您将到哪儿流浪呢?您不会反对我吗?"马信说:"我将在土地上流浪,并走遍天涯海角,我将不会反对您。"刘康说:"我曾经被放逐过,知道失去的东西再得来的不容易,我也深知历史将不会停下来等待一个人,或者给一个失望的人第二次机会,我还深知一个人的生命力和耐力会是多么强盛,请您原谅我不能同意您的任何请求。"马信说:"您是对的,请您离开房间。"

刘康离开了房间,带领蔡弥和王宫卫队急速返回商都,他坐车在路上没有一分钟的停留,每驰二百里就更换驾车的马。到商都亳城时,夜幕已经降临,蔡弥命令王宫卫队的副统领韩承带领王宫卫队到商都各处去执行君王的计划。刘康说:"我将直接到大宰府去见大宰。"刘康来到了大宰府,朱响仍旧坐在对着花园的躺椅上沉思。刘康在朱响侧面的椅子上坐下,面对着朱响的侧面。朱响说:"您带来的是什么样的人呢?"蔡弥和随行的人都在花园的外面,朱响看不到他们。刘康说:"我带来的是偏激冲动的人。"朱响望着夜色中的花园说:"作为君王,从您的角度看,您认为我是一个怎样的人呢?"刘康说:"您是有史以来最伟大的政治家之一,后人将永远学习并且纪念您。"朱响说:"您的决心已经下定了吗?"王刘康说:"这次我将决不放弃,除非别人把我的尸体从王宫里抬出去。"朱响说:"您是对的。请您告诉我一件有趣的事。"这时府中的女仆送上来一碗浓汤,朱响慢慢地喝了,摆手让女仆退去。刘康说:"从前有一个大王,他宠爱他的夫人,他的夫人死去后,大王每天思念她,夜不能寐。王国有一位术士,说能招来夫人的灵魂,术士晚上支起了帐篷,在帐篷里拉起了透明的丝布,他点起了灯烛,用纸剪成了夫人的侧影,放在灯烛和丝布之间晃动。大王在丝布的另一面看到了夫人移动的侧影,觉得非常亲切,但同时也感到更加悲哀,这时丝乐响起来了,缠绵凄婉,天亮了,丝乐停止了,夫人离开了,大王的悲痛和思念更甚了。"刘康讲完了,大宰府的随员轻轻走过来,流着泪抬走了大宰沉冥的身体。刘康低头坐着,直到天明。天明后刘康离开了大宰府,带领由偏激冲动的人组成的部队来到郊外的秋游地,向百官发布他的训令。刘康说:"你们现在将没有说话的机会,我将不允许你们开口,我现在正式地告诉你们,我将撤换你们中的一半而任命一些新的人,新任命的臣官,都有贤明的才能,都有独当一面的能力,都能胜任商国将要开始的大业。我要郑重地告诉你们,商国的元圣已经离我们而去,我很悲痛,但你们对这件事情不要考虑太久,你们必须服从我的命令,你们的全部必须追随我去完成商国的大业。我的诺言和决心将一一实现,我将独揽商国的大权,我将带领你们去迎接商国光辉灿烂的未来,我将带领你们去继续商国曾经中断了的伟业。你们中有人敢反抗我吗?我将毫不留情地对待你们,我要随时警告你们,我将严厉地对待你们!现在,我要求你们跟随我返回商都,你们都要在大庭广众颂扬我的政绩,你们不能有所保留。然后你们回到自己的家中,不要离开家门,等待我的去留的决定。你们如果敢于轻举妄动,我将严厉地惩罚你们。"王刘康带领着百官返回了亳城,蔡弥统领的王宫卫队已经接管了商都,局势十分平静,王的训令正逐一被发往全国各地。

第十二卷

商国的形势发展到了一个新的阶段,武王和太甲都在认真地注意对方。

百官们回到商都亳城,在大庭广众之中歌颂了商王的功德,他们的歌颂整个商国的百姓都听到了,负责典籍的官员也都用文字记录下来了。他们歌颂道:"商国的百姓们,我们有幸在王刘康的时代生活,这是我们大家的福气啊!我们的君王,他是个什么样的人呢?他有着深邃的智慧,他的文明典雅的气质充盈于天地之间,他潜心加强自身的道德修养,他的行为适当而且美满,他居于高位但并不低视下方,商都的百姓对此有更深切的体会,他慎重地提倡着父亲的道义、母亲的慈祥、兄姐的友好、弟妹的谦恭和子女的孝顺这五种至善的美德,他处理各种政事,处理得井井有条,他明察四方,敬慎节俭,思虑通达,宽容温和,他的光辉普照八方,至于上下,他使家族亲密和睦,家族亲密和睦以后,他又辨明百官的善与恶,百官的善与恶辨明之后,他又使各邦国、王国和群落协调和顺,天下百姓因此也都友好和睦了。他的美德是颂扬不完的,总括起来就是以下的几种:他宽宏大量却又谨小慎微,性格温和却又顽强不移,老实忠厚却又明慧睿智,富于才华却又处事认真,柔和谦让却又刚毅果断,待人耿直却又善解人意,志向远大却又注重小节,刚正不偏却又灵活婉转,坚强不折却又面对现实,他的功德怎么能歌颂完呢?"百官歌颂完毕,都回到自己的府宅以等候君王去留的命令。这时天已略寒,树叶已掉落得差不多了。王刘康公布了对军队的调整和任命的方案,他命令将商国的军队一分为九,九支部队分别为:中央部队、东方部队、南方部队、西方部队、北方部队、西北部队、东北部队、东南部队和西南部队;王宫卫队将负责王宫的守卫和安全。王刘康任命了各方部队的统领,蔡弥为中央部队和王宫卫队的统领,宋位为南方部队的统领,韩承为西方部队的统领,丁昆为东方部队的统领并且治理莲花王国,顾才为北方部队的统领,胡定为西北部队的统领,龚心为东北部队的统领,工筑为东南部队的统领,周新为西南部队的统领。新任命的统领歌颂了君王的功德后,都离开商都到驻防地上任了。王刘康又更换调整了百官,他撤换了大部分居于要职的官员,而任命贤良成熟的新人,他任命盖智为主管百姓食物的官,任命齐号为主管财货的官,任命唐挚为主管祭祀的官,任命荣看为主管教育的官,任命单评为主管工程的官,任命戈驰为主管盗贼的官,任命黄思为主管礼仪的官,被任命的官员歌颂了君王的功德后都去上任了。王刘康又宣布了对边远地区叛反的部队的赦免,宣布了对罪行轻微和中等罪行的犯人的赦免。赦免的命令宣布后,边远地区叛反的部队都安定下来了。王刘康又宣布了取消一些治理不好或争执不休或违抗了王令或无力交纳贡品的国家的命令,王令发布后,各方部队就近去执行王令,执行王令的部队没有遇到太多的反抗就取消了那些君王认为不适宜独立存在下去的国家。王刘康稳定了国家之后,又向全国的百姓发布了训告,说明他想要广纳贤言、广集贤士的心情,王的训告发布到全国,各地贤良有智慧的人纷纷来到商都。王刘康在王宫的正厅召见了他们。王刘康说:"你们都是贤良智慧的人吗?请你们告诉我最好最有效的治国的方法,我将在国内施行它们。"人群中一位身穿带补丁衣服的人站起来说:"请允许我告诉您我的想法。"王刘康说:"请讲。"站起来的人说:"请您扩展商国的疆域,请您向远方不可知的地方派出使者。"王刘康说:"为什么要这样呢?"站起来的人说:"您派向远方的使者将负有两项君王的使命,他们带着您的礼品,沿途结交远方的国家和臣民,他们还必须了解那些国家的情况,了解当地的地形、地貌和国力的强弱,然后回到商国向您汇报,您就可以采取征服或者占领的办法。"王刘康说:"您的建议是适时的,请您告诉我您的姓名。"站起来的人说:"我的姓名叫严雨。"王刘康说:"请您从商国领取您所需要的财物,请您去施行您的设想。"严雨辞谢而去。第二个站起来的人说:"请允许董在向您提出好的建议。"王刘康说:"请讲。"董在说:"请您在商国修筑几条主要的大道,它们从商都开始,经过一些重要的城市和国家,然后到达商国的四方,它们宽敞得可以并行十辆最大的战车,它们的长度有数千里,它们将给商国部队的调配带来极大的方便,使君王训令的传达加倍快速,商国人民相互间的交往也更加便利了。"王刘康说:"您的想法是对的,请您向主管工程的臣官报到,并提出您的详细规划。"董在辞别而去。第三个站起来的人说:"请允许我向您提出我的想法。"王刘康说:"请讲。"站起来的人说:"请您废除死刑,并颁布新的法令。"王刘康说:"为什么要这样呢?"站起来的人说:"犯了重罪的人您可以把他们流放到北方极远的地方,他们将不再能够回来,您给他们开垦荒地和狩猎的权利,您给他们相互间结婚生子的权利,您给他们建筑村镇城市的权利,您给他们谈论并且思念商国故土的权利,您给他们使用技能和体力的权利,久而久之,他们心中邪恶的欲火就会熄灭,他们就会成为自食其力的人,他们就会恢复人的本性,他们就会教育子孙尊奉商国商君,他们的子孙仍然是健全的人,他们所开垦的土地仍然是商国土地的一部分,他们所建造的村镇城市仍然是商国的财富,两代人之后,过去的一切都将湮灭无闻,后人看到的只是商国的广大和富饶,而不知道它们最初的开垦者是犯过重罪的人。"王刘康说:"您的话有一定的道理。"站起来的人说:"您还可以把犯了重罪的人流放到东方大海中的小岛上去,他们将无法离开,您留下最初的食物和用具给他们,您要求他们开发荒岛,并言明二十年后他们改正了就可以重新返回商国的故土。您要求他们在岛上组织种植和采摘,并且建筑、结婚、生子,您不断向岛上补充罪犯,让他们保卫自己并且扩大生产,就像您曾经向淮水以南迁移罪行较轻的人一样,您逐一开发大海中的岛屿,您十年后偶尔再想起时,那里都已经是繁荣的并且讲着商国语言的商地了,您难道不觉得这样是最好的吗?"王刘康说:"您的话对我很有启发,请您负责实施您的设想,请您从各地调遣五万名罪行较重的犯人,并把他们流放到东方大海中的岛屿和北方寒冷的地方。"第三个人辞别而去。第四个站起来的人说:"请允许夏奎向您提出最精彩的建议。"王刘康说:"请您说出您的建议。"夏奎说:"请您在边远的长期设防的部队里安排慰问将士的女人,商国边远地方的部队经常处于不稳定的状态之中,他们远离故乡和亲人,在边远地区与人的接触也很少,他们生活单调、枯寂乏味,因此就很容易滋生事端或产生异想,他们在控制不住时就借助某种突发事件发起兵变,他们需要表达、发泄他们的情绪和感觉,他们没有前途的观念没有今后的打算,这时如果您向边远地区的部队派出商国多余的女子,或者派出牢狱中不能赦免的女子,或者派出从异域得到的女子,让她们与边远地区的部队混为一体,互相补充,获得配偶的就在当地定居开发,没有婚意的就让她们在军中周旋,您将会得到多少安定和收获呢!"王刘康说:"您的话有一定的价值,请您负责边远地区部队的女子供给。"夏奎辞别而去。第五个站起来的人说:"请您允许我向您提出我的建议。"王刘康说:"请您告诉我。"站起来的人说:"请您下令继续开挖以前青王国和曲王国境内的水道。"王刘康说:"青王国和曲王国已经被我取消,为什么还要开挖那里的水道呢?"站起来的人说:"水道的开挖并贯通,将给那一广大的地区带来农业、林果和畜牧的丰收,东部的大片土地得到了水道的调节,旱涝都将远去,百姓的生活能够富足,国家的收入也会增加,社会的安定有了保证,难道不是您治理的政德吗?水道的贯通还会促进航运的开展,人民往来,商贸活跃,各地的物产互相调运,国家的力量就会进一步增强。水道开通还对您的部队的调动有极大的便利,您控制那一地区的能力也就增强了。"王刘康说:"过去的水道的开挖已经到了什么样的程度了呢?"站起来的人说:"已经到了半途。"王刘康说:"请您去办完这件事,您将会得到王的训令、工具和人力。"站起来的人辞别而去。第六个站起来的人说:"请您允许我说出自己的想法。"王刘康说:"您的姓名叫什么呢?"站起来的人说:"我的姓名叫蒯元。"王刘康说:"请您告诉我您的想法。"蒯元说:"请您在商国的一些地方建造大型的驯养场。"王刘康说:"您是说商国的肉食太少吗?"蒯元说:"肉食的来源不是很稳定而且时常是紧张的。"王刘康说:"您指出了实际的问题,请您说出您的想法。"蒯元说:"请您在商都郊区圈围大片的土地,请您派人用木桩把圈出来的土地紧紧围住,请您派人捕捉可食的野物在驯养地驯养,让它们定时进食,改变它们的兽性,请您命令保留母兽以便繁殖增加数量,这样,在商都附近生活的百姓就可以得到大量的肉食的供应,他们可以用粮食、水果、手工制品或者自己的体力来换取,他们的身体将会更加强健有力,他们的智力也将大大提高,国家将会得到取之不尽的人力资源,百姓也会因为生活的提高而增强对商国的信心。同时,在亳城的王宫和在亳城的百官也会得到大量的肉食,围猎的次数和范围将会减少和缩小。围猎的目的将会更加集中,田原山林的用处将会更多,这难道不是一举数得的事情吗?"王刘康说:"您是对的。"蒯元说:"在亳城以外的商国土地上,您都可以建立大型或中小型的驯养场,它们都能增加当地和部队的肉食供应。您可以在人口稠密的地方和位置适中的地方建立这样的驯养场,您可以逐步增加驯养场的数量,到一定的时候,它们就能够完全代替从野外获得肉食,那样的话,您的治理的功绩,还不是千秋传颂的吗?"王刘康说:"我采纳了您的建议,请您在商都的附近和商国的各地建立十个大型的驯养场,请您动用当地的部队去完成圈围的事情。"蒯元辞别而去。第七个站起来的人说:"请您允许我提出自己的设想。"王刘康说:"请您告诉我您的宏伟的设想。"站起来的人说:"我的名字叫祝开,请您允许我在商国东部的大水边建造特别大的航船。"王刘康说:"您要建造多大的航船呢?"祝开说:"我要建造能乘坐两千人的大船,大船上有睡觉的地方,有吃饭的地方,有操练武术的地方,有祈祷祭祀的地方,有堆放粮食的地方,有饲养畜禽的地方,有捕捞海产的地方,有锻打武器的地方,船划起来像风一样快,我们所见过的最大的风浪都掀不翻它,它航行在水上就像商国的一座浮动的城市,或者一块流动的陆地,它航行到哪里,商国的土地就扩展到哪里,商王的威严就施布到哪里,商国的语言就流传到哪里,您难道不为此而展现您的笑容吗?"王刘康微笑着说:"那么您要用它做什么呢?您要航行到哪里去呢?"祝开说:"我将带领商国的战士乘坐它航行到我们从未去过的地方,我们将绕过单孟的部队到达并且开发过的小岛,我们将向极东和极南的地方航行,我们将占领一切有土地的地方并且宣布它们是商国的疆域,我们将使一切蛮族归顺商王您,我们将发现极多的物产和风景,我们将给商国人民带来数不清的好消息。"王刘康说:"我答应了您的请求,请您从东方部队的统领那里领到一支有丰富远征经验的部队,请您在莲花王国的海岸边建造您的大船。"祝开辞别而去。第八个站起来的是况有,况有说:"请您允许我告诉您您的敌手的情况。"王刘康说:"您知道谁是我的敌手呢?"况有说:"请您允许我告诉您灰古王国的事情。"王刘康说:"请讲。"况有说:"灰古王国在冠先和陈军的治理下,已经成为商国内最有力量的国家,它有着广大的田原、草场、山丘,它有着数不清的牛羊、数不清的人口,它的城市既繁荣又众多,它的财富难以计数,它在合并周围国家的过程中积累了极其丰富的战争经验,它的有智慧的人成百成千,它的民众都很团结,并且支持大王的治理,它的技艺很发达,熟练的工匠到处都是,它有生命的活力,目标专一,它稳当地抓住时机并且利用合理的手段消灭邻近的国家获取它们的土地、牛羊和人口,它不可能不是您的最大敌手。"君王刘康说:"您还能告诉我什么呢?"况有说:"请您发展您的国家,强大您的军队,巩固您的治理,在时机成熟时和灰古王国展开决战。"王刘康说:"您现在已经成为我的谋士,请您在王宫领取俸禄,在我召唤您的时候到我的身边来。"况有辞别而去。第九个站起来的人是鞠可,鞠可说:"请您开办培养商国各级部队统领的学校。请您在商都的近郊开办这样的学校,您从富家子弟或经过战斗的部队中选取勇敢智慧的人,您让他们集中到一个地方,您派年岁大的出生入死的人去教导他们,让他们学习格斗和技击,让他们独自在野外生活五十天,发给他们武器和食品,让他们进入深山野林,让他们翻山越岭到达很远的一个地方,让他们和最凶猛的野兽搏斗,让他们在树林里消失,让他们食物缺乏而只能自己去狩猎和采集,让他们在荒山丛林里接受死亡的折磨和考验,五十天以后他们中生还的就通过了第一关,这时再派他们到边远的地方去生活,他们每人带领五十名战士,没有食品和支援,他们要通过和异地人的战斗获取土地,并且站稳脚跟,一年后他们所占领的土地已经稳定,再派地方官员去接收,他们回来后继续学习统领的技艺,然后才可以分派到各部队去,商国的部队的力量将会因此而有极大的提高,君王您的意愿将可能得以完美地实施。"王刘康说:"我欣赏您的建议,请您在商都的郊地建立这样的学校,您的计划将会得到我的大力支持。"鞠可辞别而去。王刘康说:"仲冬即将来临,天气已经寒冷,我们明天将继续今天的谈话。"从各地赶来的贤良智慧的人都离开了王宫。刘康说:"我已经很疲劳,但我十分兴奋,我被商国的灿烂远景鼓舞着,难以睡去。"蔡弥说:"这是历史上少有的热切和踊跃。"第二天早上,各地的贤者又来到了王宫的正厅,王刘康已经在正厅里等候他们。王刘康说:"让我们继续昨天的谈话。"人群中一位个子矮小的人站起来说:"请您允许我提出我的建议。"王刘康说:"请您说出您的建议。"个子矮小的人说:"请您扩建都城,并请您在商国的合适的位置扩大一些城市,使它们成为当地的大城市。"王刘康说:"请您详细地告诉我您的计划。"个子矮小的人说:"请您在亳城近郊的四个方向,各修建一座较小的城市,它们在发展的过程中将逐渐和亳城相连,变成亳城的一部分,商都就将变得很大而且充满活力。四个小城将分别以手工作坊、土特产交换、粮食集散和畜禽买卖为主,小城东西将各长三箭地,南北各宽三箭地,城内有各种工场、商店和贸易点,每日人来人往,热闹非凡,它们和亳城组合起来,将成为世界上最大最繁华的城市,各地的人都渴望到这里来,来感受一下大都市的气氛,各地贸易和做手工的人也都希望到这里来,他们在这里的收获将比在其他任何地方都丰富。商都将成为名符其实的都城,它将有无可比拟的凝聚力。"王刘康说:"您的建议对我有吸引力,请您做出您的设计然后实施。"个子矮小的人离开了。第十一个站起来的人是程高,程高说:"请您在商国各地大量开挖水井。"王刘康说:"为什么要大量开挖水井呢?难道商国的百姓对水道腻烦了吗?对水泽也腻烦了吗?"程高说:"世界上的地形地貌是各种各样的,有些地方有水,有些地方看起来没有水;有些地方水大,有些地方水却很小;有些水是活的,每日流动,有些水却是死的,永不流动;有些水流得湍急,有些水流得平缓;有些水是无味的,有些水却是有味道的;有些水里落满了树叶并聚纳了死去的动物的尸体;有些水夹带着大量的泥沙;有些水从神秘的山洞里流出,有些水从雪山上淌下;有些水半路上就枯涸了,有些水越汇越大,不可阻挡。世上的水并不都是一样的。"王刘康说:"您所说的都是实际存在的现象。"程高说:"既然各地的水的表现不一样,那么它对人的影响也就不一样;有水的地方就容易吸引人去居住,就会繁盛起来,而看起来没有水的地方,人们就会避开,那里就永远只能荒芜;水大的地方聚集的人很多,水小的地方聚集的人就很少;流动的活水总是清凌凌的,而不流动的死水却污浊得很,不太适于饮用;水流过于湍急,人们就难以驾舟、捕鱼和洗衣,水流徐缓就给人们的生活带来了方便;含盐太多的水喝起来又苦又涩,不含盐分的水喝起来就比较可口了;落满树叶并且聚纳了许多动物尸体的水,一定会有腐烂的气味,那样的水有毒,人喝下去不是生病就是死亡,绝不会感到很安全;夹带着大量泥沙的水饮用起来使人很感痛苦,满嘴满腹都是黄泥细沙,人们还有不离开的吗?从神秘的山洞里流出来的水被上天的物体照射过,可能叫人死去,从雪山上淌下来的水清凉滋润,味道一般都十分不错;有些水在半路上就枯涸了,那么下游等水的人难道不渴死？有些水越聚越大，水边居住的人也越聚越多，土地就会繁荣。天下的事情，总是令人满意的少，令人失望的多，天下的百姓，也总是居住在水源丰盛的地方的多，居住在水源枯涸的地方的少，长期下去，商国的发展将会失去平衡，人们将聚集在少数地区，暴乱就会发生，骚动也不会停止，对君王的治理构成大的威胁，王的权力也将被迫分散。而更广大的地区将只能荒芜，零乱的植物没有条理地生长，野兽随意而无所顾忌地跑过，君王的力量无法到达，时间久了上天就会收回，这对商国和君王您难道不都是大的损失吗？"王刘康说："是这样的。"程高说："但是假如您命令在天下所有缺水的地方开挖水井，情况将大不一样。水井是人们随身携带的水源，人们迁移到哪里，水井就会跟随到哪里，荒芜干渴的地方将会水草丰美，牛羊将成群结队地奔跑，城市将建立起来，部队可以在任何地方驻防，追击或者围困敌人时也将不受时间和地点的限制。水井里的水对人也是绝对安全的，不会致人死亡，必要的时候还可以加盖加压，它的好处是叙说不尽的。"王刘康说："您的建议有实用的意义，请您去推广水井的开挖和使用，我将给您以大力的支持。"程高辞谢而去。第十二个站起来的人是高典，高典说："请您在商国提倡交际的风气。"王刘康说："为什么要提倡交际的风气呢？人们交际得多了，就会对君王的治理形成威胁，闹事的人也会借助交际而筹划阴谋和刺杀的。"高典说："对君王治理的威胁以及阴谋和刺杀，并不是交际的提倡所造成的恶果，因为在历史上不提倡交际的时代，阴谋和刺杀照样进行，而且组织和谋划得更加周密，难道不是这样吗？"王刘康说："是这样的。"高典说："相反的情况是，君王提倡了交际,阴谋反而会减少,阴谋将不再非常周密,人们也很少再愿意使用阴谋和刺杀,提倡交际的风气对君王的治理有极大的好处。"王刘康说:"都有些什么好处呢?"高典说:"提倡交际的风气,人们的心胸将会因此而开朗,人们之间的宽容和谅解将是非常经常的事情,人们解释和互相关照的机会增加了,感情的质量也会提高,民众就会平安,滋生的事端就会减少,互相鼓励和支持的事都会增多;提倡交际的风气,人们对各地发生的事情将会很快知道,君王的训令将会尽快地家喻户晓,君王的意图也会得到最完美的贯彻,行商的人可以很快知道亳城或者草滩城粮食的价钱,想要出去闯天下的人也会立刻知道南方或北方新扩大的疆域的情况;提倡交际的风气还可以改变农民的生活习惯,使他们能够和附近别的村庄里的人交流,他们就会引进好的种子,移栽新奇的果木,交换不同的畜禽,他们也会和外边很远地方的人通婚,他们的后代将会更有智慧,力气也更猛更大,他们晚上将不再早早睡觉,他们在灯火下有许多事情要做,他们在地里的时间也不会太多,他们在地里摆弄的时间将会是恰到好处的,他们的庄稼的收成将不会减少只会增多。您会反对这种好事的提倡吗?"王刘康说:"我将不反对这种事情的提倡,请您按照自己的想法去做,礼仪长官将会给您以帮助和支持。"高典辞别而去。第十三个站起来的人是卫驾,卫驾说:"请您在商都及商国的土地上修造高大、宏伟、永久性的建筑。"王刘康说:"修造怎样高大、雄伟、永久性的建筑呢?"卫驾说:"请您在亳城的中心扩大大理石广场,在广场的西、北、东三面建造百官议政、百姓议事和各国各地敬献贡品的大厦,它们将是高大、雄伟、永久性的,它们的石料都是从南方运来的,它们的木料都是从北方运来的,它们的图案都是从西方民间摹绘来的,它们的装饰都是从东方得到的,它们建成后将不是您个人享受的东西,它们代表着商国的威望和威严,它们是君王您的无声的训令,看见它们的人都会肃然起敬,心里充满了激动的感觉,对商国的信心也会大大增加。您还可以在全国各地选择有纪念意义或地势险峻雄伟的地方修造一些永久性的建筑,记述商国的伟业,记述君王的功德,使它们成为后世永传的景观。"王刘康说:"您的建议是有意义的,先请您筹备在大理石广场附近建造宏伟大厦的事情,大厦将不是个人享乐的地方。"卫驾辞别而去。第十四个站起来的人说:"请您允许我提出我的建议。"王刘康说:"请您提出您的建议。"站起来的人说:"作为君王,您应该重视对天象和天气的观测。"王刘康说:"我在八公山专门设立了祭祀和观测的地方。"站起来的人说:"请您在商国的东南西北中设立五个这样的场所,它们除了祭祀以外还有观测天象和天气的使命,观测天象是要预测上天的大的动向,是要揣摩上天的长期的趋势,以便人世的行为能与天界的构想协调一致,这样就不会犯方向和路线性的错误,就不会和天意背道而驰,就减少了上天对商国的惩罚。观测天气是要减少商国土地上的灾难,天气是上天安排的,上天对天气的安排没有错误和惩罚,上天对天气的安排是久远以前就固定的,人世之所以受到了天气的惩罚,是因为人违背了天气安排的规律,冬天寒冷交加,春天气暖草萌,夏天植物茂盛,秋天果实成熟,如果在冬天去催芽生长,还有不招致失败的吗?如果在夏天收获果实,还有不得到青果的吗?

天气常旱的地方,是因为骆驼养得太少,天气常涝的地方,是因为我们没有废田成泽养鱼喂蟹的愿望,但是人们的错误已经经年累月,没有改正的办法了,这时就只有注意天气的征兆以便减少灾害的袭击。上天给每一种天气都安排了征兆,目的就是让人间的生命能够顺应上天的意旨,暴雨前青蛙总要大叫,地动前人总感觉烦闷不适,干旱前总有些植物提早开花结果,洪水前山石总会松动不牢。得到了上天的这些征兆,君王您的治理就不会是盲目的了,您在大雨前命令您的部队留在营房里,在旱年到来之前就可以告诫百姓少植藕莲而大种花生,在起风的时候就可以知道第二天将是晴朗的,在暖热和煦的日子里可以知道两天后寒潮的到来,在闰三月的年头您可以提早警告百姓不要过早地修剪果树的枝干,在月亮被黑影遮挡时就能想到来年将有不顺利的天气,您掌握了上天发给人间的征兆,您凡事都可以胸有成竹,都可以从长计议,您所做的事情,还有不成功的吗?"王刘康说:"我被您的建议吸引了,请您在商国的五个地方实施您的计划,请您随时向我报告您的预测。"第十四个人辞别而去。第十五个站起来的是胡芥,胡芥说:"请您允许我告诉您我的想法。"王刘康说:"请您告诉我。"胡芥说:"请您提高技艺和工匠的地位。"王刘康说:"为什么要提高技艺和工匠的地位呢?"胡芥说:"因为技艺和工匠将会给商国带来飞跃般的发展。"王刘康说:"为什么这样说呢?"胡芥说:"请允许我告诉您一件小的事情。灰古王国在与重岗等王国的战争中,使用了改进过的战车,这种战车坚固结实,灵活轻便,马拉起来也十分省力,他们在前面奔驰的时候,敌人是完全追赶不上的,但当他们追击敌人的时候,他们可以为所欲为,可以非常轻松地赶上或超过,他们像一阵风一样地从敌人的战车边掠过,敌手还没反应过来,就被利箭射中或被锋利的刀砍落了脑袋,在这种情况下,战争对谁有利呢?"王刘康说:"我明白了您举的例子。"胡芥说:"技艺的进展和工匠的熟练,既可以为您的部队创造速度、力量、机动灵活和威慑,又可以为百姓的生活增加新的内容。在泗洪王国,人们正在使用一种新式的牛拉犁,这种犁既坚实耐用,它的角度又使犁容易深入土地,耕起来的土还可以尽快地翻到一边去,牛和人都十分轻松,一个人可以干十个人的活,这种技艺难道不值得推广吗?铸造这种犁的人难道还不应该得到许多人的尊重吗?在黄湾王国人们使用一种新式的网具捕鱼,新式的网具用一种野生的叫麻的植物的皮做成,柔韧而坚固,长期浸泡在水里也不会使它腐烂,网的结构非常奇特,但又十分简单,用麻绳结成大小均等的网眼,网的下端系上青铜的铸块以使网能迅速下沉,当捕鱼的人把它收在手里的时候,它只有一件衣服那么大,当渔人把它撒开的时候,它可以覆盖一小半水面,这种网一个人就可以操作,但是半天捕到的鱼就是五十个渔人一天捕到的鱼的总量,黄湾王国的百姓还有饥饿的后患吗?在芦花王国,人们用一种土做成长方的形状,然后放在炭火上烧烤,那种土有较好的黏性,在商国的大部分地方都有,是非常普通的一种土,但是当工匠用规定的时间和火量烧烤它们之后,它们就变成青色,或者红色,就变得十分结实了,比从山上采下来的石头差不到哪里去,当地的人用它们来盖屋、砌墙、铺地、修筑城堡,既省力省时,又可以大量烧制,这种奇妙的东西难道还不是既实用又吸引人吗?在灰古王国的南部,人们在铸炼青铜的时候,往里面加入了不同比例的杂物,加入杂物的不同,使炼出来的东西有不同的硬度,有的过于硬脆,适合做不用弯折的物件,有的过于柔软,适合做装饰的物件,有的非常坚硬,做出来的东西击打不断,有的弹性很好,甚至可以做弯弓,像这样的技艺和工匠,难道不使您注意吗?"王刘康说:"这些都是我应该注意的,我给您很大的权力,请您主管这方面的事情,并请您加快您的进程。"胡芥辞谢而去。第十六个站起来的是万展,万展说:"请允许我提出我的想法。"王刘康说:"请您告诉我您的想法。"万展说:"请您普及草药的种植。"王刘康说:"为什么要普及草药的种植呢?"万展说:"草药对人体的疾病有极大的治疗作用。"王刘康说:"它们有什么样的神奇作用呢?"万展说:"它们有起死回生的作用,快要死或刚刚死去的人,用草药治疗可以使他们生还,它们有祛除伤痛的作用,被刀剑砍伤或者其他疼痛,都可以用草药来祛除。它们有治疗内疾的作用,身体的内部出现了疾病,肉眼看不见,用手更摸不到,以草药的汤汁灌入,就可以把病害除掉。"王刘康说:"您能具体地向我介绍一些有效力的草药吗?"万展说:"请允许我具体地向您介绍。第一种是山茱萸,它有温补肝肾、祛痰健胃、补阴壮阳、补血强体、健腰膝的作用;第二种叫天南星,它有搜风祛痰的作用,主治中风、破伤风、小儿惊风、风痰癫痫等症,外敷可治痈肿;第三种叫杜仲,它有补肝肾、强筋骨的功能,主治腰脊酸痛、足膝痿弱、胎漏胎坠等症;第四种叫白术,它有健脾益气、利水化湿的作用,主治脾虚泄泻、水肿、痰饮等症;第五种叫白芷,它有祛风、散寒、燥湿的功能,主治感冒风寒、头痛、眉棱骨痛、牙痛、鼻渊等症;第六种叫桔梗,它有宣肺、祛痰、排脓的功用,主治咳痰不爽、咽喉肿痛、肺痈等症;第七种叫柴胡,有解表退热、疏肝解郁的功能,主治寒热往来、胸肋胀闷、疟疾、月经不调等症;第八种叫党参,它有补血益气的功能,主治中气虚弱、脾虚泄泻、血虚萎黄、便血崩漏等症;第九种叫含羞草,它有安神镇静、止血收敛、散瘀止痛的功能,主治失眠、肠胃炎、诸疮肿毒等症;第十种叫牡丹,它有凉血、清热、散瘀的功能,主治血热发斑、吐血、鼻衄、劳热骨蒸、经闭症瘕、疮痈肿痛等症;第十一种叫菊花,它有散风清热、平肝明目的功能,主治感冒风热、头痛、目赤症,散风清热多用黄菊,平肝明目多用白菊;第十二种叫菟丝子,它有补益肝肾的功能,主治肾虚、遗精、小便频数、腰膝酸痛等症;第十三种叫芍药,它有调肝脾、和营血的功能,主治血虚腹痛、肋痛、痢疾、月经不调、崩漏等症;第十四种叫鼠牙半枝莲,它有清热解毒、利尿的功能,主治咽喉肿痛、口腔溃疡、烫伤、疮疡痈肿、蛇咬伤等症;第十五种叫丹参,它有去瘀生新、活血调经的功能,主治月经不调、瘀血积滞、心悸胸痛、关节酸痛、痈肿等症;第十六种叫麦冬,它有养阴生津、润肺止咳的功能,主治肺虚燥咳、热病伤津等症。"王刘康说:"您的具体介绍使我受益匪浅,请您在全国推广普及草药。您将得到我的支持。"万展辞别而去。第十七个站起来的是谢宾,谢宾说:"请您允许我提出我的建议。"王刘康说:"请您提出您的建议。"谢宾说:"请您在百官中推行反省的原则。"王刘康说:"为什么要推行反省的原则呢?"谢宾说:"反省就是一种回忆、一种审视,是对自己已经做过的事情的总结,一个人只知其然而不知其所以然,怎么能够进步呢？怎么能变得更有智慧呢？怎么能有条理地处理以后的事情呢？所以您应该在百官中推行反省的原则，使他们在一天结束的时候，有一个总结的时间，这样您的治理就不是您一个人在拉动商国的巨大车轮了，百官都必须而且有能力使出他们的全部力量，商国的繁盛就会尽快地到来，您的王令的贯彻也会顺利而不被曲解。"王刘康说："我赞同您的建议，请您成为百官的一员并负责推行反省的原则，请您大力地宣传它。"谢宾辞别而去。第十八个站起来的是褚连，褚连说："请您允许我提出我的建议。"王刘康说："请您告诉我。"褚连说："请您将管理的机构下设到乡村，并在乡村实行各种礼祭。"王刘康说："请您讲得详细点。"褚连说："您的治理是怎样进行的呢？您的治理是层层下传的，您有了一种想法，您就发出了君王的训令，或者告诉您身边的官员，您身边的官员又传达给他身边的较低的官员，这样层层铺开，您的训令才能让全国的百姓和官员都知道，才能得到贯彻并且执行。这样看起来，商国就像世界上一座最高的山，您屹立在山的顶峰，但山脚的稳固或者松动随时都会影响到您，山脚松动了，您的治理就会出现危情；山脚稳固了，您在山顶就可以高枕无忧了。所以山脚是您必须注重的基础，您加固了它，您的治理也就稳固了。"王刘康说："那么怎样才能稳固呢？"褚连说："请您在乡村设立管理的机构，然后您在乡村各地提倡乡饮酒礼、乡射礼、籍礼、聘礼、婚礼、丧礼、祭礼、朝礼以及社祭和腊祭。乡饮酒礼就是在乡村家庭、家族和人群之间要经常互请饮宴，这样的饮宴应该请乡村的官员到场，他们在饮宴时受到尊重，久而久之形成了习俗，乡村的官员就有了尊严和威望，民众依附在周围,就不会松散崩裂;乡射礼是乡村官员组织的当地的军事演练,由乡村官员担任指挥,每年举行数次,这样既可以用这支力量来维护当地的治安,又可以随时为君王您提供大量的兵源;籍礼是乡村官员组织的教育会议,教育的内容是提醒百姓他们生活在君王您的国土上,教他们有一种家乡的观念,他们对您的忠诚就会时时不忘;聘礼是订婚时男方到女方家送礼品时举行的仪式;婚礼是结婚时举行的仪式;丧礼是治丧时举行的仪式;祭礼是祭祀时举行的仪式;朝礼是百姓向乡村官员提出请求前举行的仪式,这些仪式养成了习惯,百姓就不再会胡作非为了;社祭是春天整个乡村举行的祭祀,在一年中是很重要的活动,社祭时乡村的官员和百姓应该全部出动,在田野里、草场上、水泽边、山坡旁,默念祈祷,以便得到一年的丰收和风调雨顺;腊祭是在冬日里举行的一年中很重要的祭祀,腊祭时整个乡村的官员和百姓也都要全部出动,在大泽边、山坡上、原野里、草场边,默念祈祷,感谢上天在这一年中的恩赐,希求明年再给当地以照顾。在不同的地域,祈求的侧重有所不同,住在高山里的,就面向高山,住在大泽边的,就面对大泽,住在草原上的,就跪伏在草原上,住在原野上的,就把头抵在泥土里。"王刘康说:"您的建议是有意义的,请您负责在乡村推行这些礼祭并设立管理的机构,整个王宫都将支持您。"褚连辞谢而去。王刘康说:"请允许我结束今天的谈话。夜晚已经来临,寒流已经到达,室外飘起了雪花,仲冬大概已经走近了吧,请你们回到住处去休息,我明天还将召见你们。"各地贤惠的人离开了,王刘康仍很兴奋,他来到落着雪的王宫的花园里,仰面看着夜空,用坚定的口气说:"我祈祷上天保护商国、祈祷上天赐予我力量!"蔡弥说:"您必定会得到上天的关照!"王刘康说:"我想象不出灰古王冠先现在在做些什么事。"蔡弥说:"您是用轻松的心情说这句话的吗?"刘康说:"不,我时时提醒自己,我已经没有失误和失败的余地。"蔡弥说:"灰古王冠先视察了他的土地。"这时冠先的视察已经结束,晚上就住在菖蒲城里。陈军从国外回来赶到菖蒲,向冠先报告他出访的情况。陈军说:"我访问了泗洪王国、瓦埠王国、黄湾王国、芦花王国等二十几个国家,我和有些国家达成了联合发展的协议,和有些国家建立了感情,和有些国家增进了联络。"冠先说:"您在国外时看灰古王国有什么感受呢?"陈军说:"我感觉灰古王国是健康和强盛的,它受到了普遍的钦佩和尊敬,它在商国有很高的威望。"冠先说:"您知道商王在做些什么吗?"陈军说:"王刘康正在理顺他的治理。"冠先说:"您对今后有些什么预测呢?"陈军说:"我们将面临商王的不退让的竞争。"冠先说:"您对双方的实力有什么估计呢?"陈军说:"我们的国土面积和军队的人数都少于商王,但我们有更高的质量,灰古王国的基础和发展也是第一流的。"冠先说:"那么您对假设的决战的结果有什么看法呢?"陈军说:"双方都有胜利的机会。"冠先说:"雪花已经飘落下来了,寒潮也已经袭来,今年的冬天将会是寒冷和安定的。"陈军说:"您是说明年春天将会有大的变故吗?"冠先说:"变故的到来难道是可以避免的吗?"陈军说:"不可以避免。"冠先说:"让我们做好最充分的准备。"大雪落了一夜。天亮以后王刘康又召集各地的贤者来王宫谈话。王刘康说:"让我们继续昨天的谈话。"第十九个站起来的人是计战,计战说:"请允许我提出自己的建议。"王刘康说:"请您告诉我。"计战说:"请您修建高大坚固的涡水堤防,并疏浚水道;请您调集部队和青壮百姓,在亳城上下三百里以内,从堤外取来荒土,垫高堤岸。堤岸须各宽七十步,高不低于四人,平整夯实,然后从深山里运来石料,垒砌护坡,绵延数百里不中断,堤岸造好,须在堤防上植树种草,草就种亳地到处蔓生的扒根草。扒根草贴地而生,繁育迅速,根系发达,走到哪儿根就扎到哪儿,很快就可以覆盖土地,泥土就不会流失,树可以种淮水以北常见的刺槐,刺槐长势迅捷,扎根较深,耐瘠耐涝亦耐肥耐旱,对环境的要求不是很严格。刺槐植下去两三年后,就可以长成阵势,风吹不倒,雨淋不倒,寒冻不死,酷暑也晒不死。两三年后它会自己串根发芽,长出成片的新刺槐树来。以上这一种草、一种树,都易取易得,却又都能胜任人世安排给它们的工作,所以极是难得,土石的堤岸也会因此而一劳永逸,不再有后顾之忧。堤防造好了,水道还须时常疏浚,疏浚应在冬春进行,冬春水源枯竭,底土暴露,这时动员百姓和部队,深挖三尺,挖出的淤土可以倒在田里,第二年庄稼的长势就会好,疏浚后的水道,深陡流畅,夏季再来暴雨洪水时,渲泄就会迅速,再加上堤防的束缚,亳城即可万无一失,君王您就可以一年四季都高枕无忧了。"王刘康说:"您的计划简便可行,既然涡水亳城可行,那么其他沿水的城市就不可行吗?"计战说:"其他沿水的城市同样可行。"王刘康说:"请您先治理亳城涡水,请您负责这项工程的实施,请您在明年春季完成,您所需要的人力和物资都会得到满足。"计战辞别而去。第二十个站起来的是贾泉,贾泉说:"请允许我说出我的想法。"

王刘康说:"请您说出来听听。"贾泉说:"请您命令全商国的妇女都穿优雅多变的服装,并配以多姿多彩的饰物。"王刘康说:"为什么要这样呢?"贾泉说:"妇女的色彩绚丽了,百姓的精神就能够振作,奋斗的意志就会得到加强,国力自然而然就可以变得厚实,反之,妇女的色彩黯淡了,人民就会无精打采,社会就会停滞,事情就会难办,战斗也会以失败而告终,这都是浅显而深奥的道理。"王刘康说:"那么怎样才能使妇女变得更加绚丽多彩呢?"贾泉说:"让她们穿多色多彩的衣服,衣服的布料是商国能够生产的,也有的是从南方、东方、北方和西方传过来的,它们华美而高雅,大致可以分为十种,第一种叫布,用植物的纤维织造而成,挺括耐用,产量很大;第二种叫绢,是一种较普及的平织绢,是一种生丝织成的料子;第三种叫绝,是一种较粗的绸布;第四种叫纱,纱是一种极薄的透织物;第五种叫绫,绫为绫织;第六种叫罗,罗是较轻的织物;第七种叫锦,锦是用各种彩色的丝所织造成的最精巧华丽的料子;第八种叫绮,绮是一种细幅的织锦;第九种叫绸,是一种缀织的布料;第十种叫褐,褐是毛织物。以上这些布料织造好以后,就要染成各种不同的颜色,染料多为植物性的,也有山上的石头,地下的泥土,有桑、蓁、茜等多种,染出来的颜色大约可以分为十四种,一种叫青,是蛋青的颜色;一种叫绛,绛是赤色;一种叫黄,是西方土地的颜色;一种叫白,是北方羊群的颜色;一种叫皂,即为黑色;一种叫紫,是熟桑葚的颜色;一种叫缥,是青白的颜色;一种叫碧,是晴空的颜色;一种叫蓝,是深水的颜色;一种叫绿,是植物树林的颜色;一种叫绀,是微带红的黑色;一种叫绯,是嫩红粉淡的颜色;一种叫朱,是大红的颜色;一种叫赭,是红褐的颜色。布料染织完毕,就要刺绣各种图样和纹理,图样和纹理多种多样,有孔雀、鸳鸯、鹦鹉、立鹅、仙鹤、盘龙对凤、芝草以及蒲桃纹、水纹、云纹等等。妇女穿上了多彩的衣服,还要梳理好她们的头发,头发可以做成许多花样,来展现女性之美,头发的花样大致有半翻髻、反绾髻、乐游髻、双环望仙髻、回鹘髻、愁来髻、归顺髻、盘桓髻、惊鹄髻、云宝髻、长乐髻、飞髻、百合髻、高髻、坠马髻、柔顺髻等。头发梳理好了,还要戴上不同的装饰物,装饰物有梳、钗、步摇、钿等。制作饰物的原料也是多种多样的,不同的原料显示不同的质地,原料大致有金、银、珠、玉、珊瑚、琥珀、水晶等等;装饰物上还要雕刻图形,图形有凤凰、鸳鸯、燕、雀、蝉、魏鹉、蝶、鱼、牡丹、白菊、月季、兰草、玉兰等等。梳理好髻鬟,妇女还应该进行面上的妆饰,面上妆饰有额黄、肩黛、红粉、口脂、花钿、妆靥等,额黄就是在前额的发际施以黄粉。眉黛就是画出不同的眉毛,不同的眉大约有十来种,一种叫鸳鸯眉,一种叫小山眉,一种叫五岳眉,一种叫三峰眉,一种叫垂珠眉,一种叫月棱眉,一种叫却月眉,一种叫分梢眉,一种叫柳烟眉,一种叫拂云眉,一种叫晕倒眉。红粉就是在面颊上施以朱粉,以映衬出花容月貌来。口脂就是用妆品涂沫口唇,花样有大红春、燕脂晕品、石榴娇、小红春、嫩嫩春、半边娇、万金红、圣檀心、露珠儿、内家圆、天宫巧、淡红心、猩猩晕等。花钿是贴在面上的妆饰,妆靥是花钿的一种,都可以使面部灿若桃花,引人拱动春心。"王刘康说:"您的说法是有道理的,请您去推行您的想法,您将得到王宫的帮助。"贾泉辞别而去。第二十一个站起来的是邵祥,邵祥说:"请您鼓励大众参加游山玩水的活动。"

王刘康说:"为什么要鼓励大众游山玩水呢?那样岂不要亡国亡家吗?"邵祥说:"参加游山玩水的活动,并不是奢侈和挥霍,而是在农闲时或精力有余时,到各地去参观赏游,这样的活动有很多的好处。"王刘康说:"有什么样的好处呢?"邵祥说:"第一个好处是可以使终年劳累者有轻松的心情,山水是俊美而灵秀的,置身于山水之间,劳累的人疲乏顿消,心绪得以调整,力量得以泉聚,肌体得以新生,再回到劳动的地方时,必定精神饱满,干劲倍增,以往不想做的事,可以很快地做好,以往厌腻了的工作,可以兴致勃勃地重新开展起来,以往过累了的家庭,可以和好如初,以往绝望了的希望,可以重新恢复和获得。第二个好处是可以激发人的智慧,开阔人的眼界,到没有到过的地方去,会看到许多从未见过的山川野莽,看到许多从未见过的动物、植物,看到许多从未见过的工具和方法,听到许多从未听到过的谈话,吃到许多从未品尝过的食物,观察到许多从未经历过的天气和图形,人的思路就会开阔起来,人还有学习和模仿的欲望,自然而然就会把新奇新鲜的东西带回自己生活的土地,人的技能就会增加,人的见识就会丰富,人的创造和发明也会多起来。第三个好处是扩大人的襟怀,人总是囿于一方土地,心胸就会狭窄,肚量就会缩小,争斗就会激烈,参加了游山玩水的活动,就知道世界很是广大,就不会再计较于小事,就不会再施行小的手段,就会在国内形成一种宽大的风气,您的治理也就容易得多了,您的意图和设想百姓也能听得懂了,您的话他们都能理解了。"王刘康说:"我同意您的话,请您去负责实施这项计划,请您逐步地推行您的设想。"邵祥辞别而去。第二十二个站起来的是甄广,甄广说:"请您允许我说出我的想法。"王刘康说:"请您说出您的想法。"甄广说:"请您选定一种吓人的图案作为商国的标志和商国旗帜上的标志。"王刘康说:"为什么要这样呢?"甄广说:"这种标志有一种代表性,它代表商国和君王您的威严、土地、权力和势头,代表上天对商国的恩赐,代表商国百姓的聚合。您的标志装饰在哪里,就能鼓励那里的人民,威吓那里的敌人,您的旗帜飘扬在哪里,就把您的权力、尊严和治理带到了哪里,您的百姓将聚集在有标志的旗帜下,您的敌人将在有标志的旗帜的抖动中落荒而逃,您将无往而不胜。"王刘康说:"那么我应该选定什么样的图案作为标志呢?"甄广说:"您可以选定三环的图形作为标志。"王刘康说:"三环的图形是怎样的呢?"甄广把随身带来的说:"它们代表着君王、百官和百姓的关系,代表着上天、君王和国家,代表着青年、中年和老年,代表着高山、平原和水流,代表着东方、中央和西方,代表着南方、中央和北方,代表着权力、抚爱和刑罚,代表着大的、中等的和小的,代表着锐利、坚固和锈钝,代表着您、我和他,代表着固体、液体和气体,代表着早晨、中午和晚上。"王刘康说:"您还有其他的图形向我推荐吗?"甄广说:"您还可以选择交叉的剑作为您的标志。"王刘康说:"交叉的剑的标志是怎样的呢?"甄广拿出了随身带来的交叉的剑的标志给王刘康看。刘康说:"它有什么意义呢?"甄广说:"它代表了您的武力与尊严,不管是对内还是对外,您都将以武力为基础,您的发言都将是强有力的,您的权力和尊严都将是不可以侵犯的,您都将是说一不二的。"王刘康说:"请您再给我选择的余地。"甄广说:"您还可以选择日、月、星的图案作为国家的标志。"王刘康说："它是什么样子的呢？"甄广拿出了随身携带的图案。王刘康看后说："它的意义是什么呢？"甄广说："它们组合在一起就代表了天意，它的尊严也是不可抗拒的，它将护佑商国和君王您，您的言行也将是天意的表现，您是必胜无疑的，您是上天专派的。"王刘康说："我将同时使用您的三个图形作为商国和我的标志，请您在军队中使用双剑交叉的标志，请您在商国各地有治理者的地方使用三环的标志，请您在商都和王宫使用这第三种标志。"甄广辞别而去。第二十三个站起来的是常实，常实说："请您允许我提出我的建议。"王刘康说："请您告诉我。"常实说："请您在较大的城市设立夜市。"王刘康说："为什么呢？"常实说："夜市的出现将使都城和其他较大的城市更加繁华，将给初次和数次来到都城的人留下极其难忘的印象，一个在边远的地区穿着生羊皮袄的人用了二十天和二十夜的时间来到都城，他白天游玩了一天，按照惯例，晚上应该睡觉了，但是都城热闹而且繁盛的夜市吸引了他，他走走看看，然后掏出口袋里的钱参加进去，他从夜市中得到许多享乐，他从夜市中学到许多生活的方法，他对商都的生活再也忘记不了，他觉得世界上再也没有比商国的城市更好的地方了，那么他的心灵就会在无意之中完全归顺商国的君王。"王刘康说："您是要我取消入夜后不准进行聚会的命令吗？"常实说："请您取消这项禁令。"王刘康说："我取消了这项禁令，请您去组织夜市。"常实辞别而去。第二十四个站起来的人说："请您允许我说出我想说的话。"王刘康说："我正听着您的话。"站起来的人说："请您命令杂交部队中的战马。"王刘康说："为什么要杂交部队中的战马呢?"站起来的人说:"战马的种和人的种一样,长时间单一地使用,就会使质量下降,马就不会高大、健壮彪悍,就会变得瘦弱、单薄,寿命也会下降,这时就应该杂交它们,从中选择生命力强壮的加以培养。"王刘康说:"那么应该怎样杂交呢?"站起来的人说:"杂交的办法是选择一些有代表性有特色的品种,然后让它们交配繁殖,南方山地的马矮小但是灵活,东方水泽边的马俊美但是力气稍差,西方戈壁上的马耐力很好但是不适应别的气候环境,北方的马高大健壮但是脾气过于暴躁。把它们的优点结合起来它们就会变得比较完美,南方的马和北方的马杂交产生的后代,将既灵活又有适中的体力,西方的马和东方的马杂交产生的后代,将既有很大的耐力又有俊美的身材,北方的马和西方的马杂交产生的后代,将既彪悍又有广泛的适应性,南方的马和东方的马杂交,将既高大又灵活,西方的马和南方的马杂交,产生的后代将有很强的适应性和灵活性,北方的马和东方的马杂交,将产生既高大有力又适合人使用的后代。马和驴杂交也能产生特别的后代,公马和母驴杂交产生的后代叫驴骡,母马和公驴产生的后代叫马骡,马骡和驴骡都有高大结实的身体,力气也都非同一般,是部队使用的极好的战争工具。经过一段时间的改良杂交后,您的部队的面貌将会焕然一新,您的战车将跑得更快,您的骑兵将像风一样地追上敌人并杀死他们,您扩展疆域的事情也将有飞速的进展,您巡视国家时将耗费更少的时间。战争的间隙或者战争结束以后,您还可以在百姓中推广使用杂交的马,它们将为国家的生产带来崭新的气象,这难道不正是您所期望的吗?"王刘康说:"这正是我所期望的,请您去负责这项计划的实施,您将得到大力的支持。"站起来的人辞别而去。第二十五个站起来的人是宫欣,宫欣说:"请您重视计谋和游说的作用。"王刘康说:"我很看重计谋和游说的作用,但对它们并不了解,请您告诉我。"宫欣说:"计谋有事半功倍的效力,过于坚硬的东西容易折断,但用计谋去指导它,就会发挥加倍的作用,就会产生十倍的效益,过于柔弱的东西没有抵御的能力,使用计谋去指导它,就能变弱为强,锐不可当。世界上的事情并不都是由强大和众多来决定的,强大和众多只是一时和表面的现象,计谋才是决定它们真正强大众多或者弱小寡少的因素,有了适当的计谋和方法,弱可以转化为强,小可以转化为大,寡可以转化为众,少可以转化为多,相反,没有适当的方法和计谋,强就会变弱,大就会变小,众就会变寡,多就会变少。有了适当的方法和计谋,还需要有人去推行它、使用它。一个在农田里耕种的人,有了好的计谋和方法,但指挥战斗的统领并不知道,因此统领就战败了;一个在作坊里修鞋的人有了好的计谋和方法,但开挖水道的人并不知道,因此开挖水道的人就浪费了许多工时;一个平常的人有了好的计谋和方法,但一国之君并不知道,因此国家的治理就糟糕了。所以好的计谋和方法,还需要及时地推广和使用,采用游说的办法,让应该知道的人尽早知道,让有权使用的人尽早明白,是很重要的事。您依靠您身边的高官和谋士来获取计谋和方法,这并不是错误,但是更多和更精绝的计谋和方法,却蕴藏在老百姓和民众之中,您在全国提倡了游说的风气,您就可以源源不断地得到对待事物的计谋和方法,您本来要用十分力气去办成的事情,现在用一分力气就可以办成两件,您本来要用十年办完的事情,现在用一年就可以办成,这还不叫事半功倍吗?"王刘康说:"您的话对我启发很大,请您留在我的王宫里,我将经常和您讨论关于计谋和方法的问题。"宫欣辞别而去。第二十六个站起来的人是乔真,乔真说:"请您把这几天这么多人的谈话都记录并且整理出来。"王刘康说:"为什么要这样呢?"乔真说:"要争取一国国君的信任和重用,不但要说服君王,还要驳倒反对的人,要在对外活动中,争取支持的力量和孤立敌对的一方,都需要进行争论和说理,天生有说服才能的人很少,大多数需要学习和借鉴,把已经发生过的游说的过程和说理的内容整理出来,既有利于君子的温故知新,又有利于学习的人掌握知识和技巧,游说风气的提倡才有实在的基础和内容,游说的风气才能历久而不衰。整理和记录可以分门别类,第一种是计谋,第二种是国事,第三种是故事,第四种是短语,第五种是权变。计谋类的就专门记载计谋和游说的前因后果和计谋的效力,国事类的就专门记载国家大事和计谋游说的关系,故事类的记载计谋和游说的过程,短语类的记载有关计谋和游说的片断和语言,权变类的记载计谋和游说的技巧以及变化。这样下去,您的治理才能真正地按照健康的轨道发展下去。"王刘康说:"您是对的,请您负责记录和整理的事情。"乔真辞别而去。第二十七个站起来的人说:"请您允许我提出我的建议。"王刘康说:"请您告诉我。"站起来的人说:"请您和我围着火盆做彻夜的长谈。"王刘康说:"雪已经下得非常大了,室外的积雪也已经超过了最深的皮靴,严冬已经到来,夜幕早已降临,请允许我结束和大家的谈话。"各地来的贤惠人才都离开了王宫,只有第二十七个站起来的人和王刘康对坐在熊熊的火盆边。王刘康说:"请原谅我在黝暗的正厅里没有认出您来。"高士许由说:"您对事物的参与已经到了全神贯注、忘记自我的程度了,您难道会没有收获吗?"王刘康说:"您是从哪儿来的呢?"许由说:"我记不得我的来路了。"王刘康说:"您何时会离开呢?"许由说:"我随时都会离开。"王刘康说:"请您告诉我世界上的一切。"许由说:"您正在接触和了解世界上的一切。"王刘康说:"请允许我回忆您和我谈过的每一句话,关于女色、权力和赌博的每一句话。"许由说:"过去的一切都会融化在您的血液中。"王刘康说:"今年将会有一个严酷的寒冬,我能在寒冬里做什么呢?"许由说:"做您没做过的事情。"王刘康说:"什么是我所没做过的呢?"许由说:"您开始做的一切都是您没有做过的,都是新鲜的并且富有挑战性的。"王刘康说:"明年开春局势将会怎样发展呢?"许由说:"我该走了,请您原谅我的离开。"王刘康在王宫的花园里望着许由走远,一阵风卷起了雪花一片,许由已经走出很远,不再能看得见了。

第十三卷

新的季节开始了,后面还有些什么故事和波折呢?

开春的时候,王刘康命令蔡弥和各方部队的统领调集他们的军队。南方的油菜花都黄了,蓝空如洗,黄湾王仰望着瓦蓝的天空对祁顺说:"难道您不是最后的胜者吗?那么不是您又能是谁呢?"祁顺说:"请您允许我到百姓中去,地的垦翻播种都已经在节气中了。"黄湾王说:"请您做您该做的事情去吧。节气真的从天边上来了,请您去吧。"祁顺就带着随从,沿着开花的田埂去了。

1993.2.1—1993.4.23 于合肥

后　记

对这部书稿做最后的修改时,我又坐回到写这本书时用过的现在已经归女儿使用的小书桌边了。还是这一种环境,还是这一个房间,还是这一个圆凳,(似乎)还是彼时的平和而又暗流激荡的心情……当我意识到这些时,我的心里禁不住有一种想要抽动的感觉。这本书的孕育实际上是充满了一种令人追忆难舍的过程的:1992年春天我在上海买到一本厚厚的"怪书"《尚书综述》,说它是"怪书",其实是说这本书的归属很"怪"——它怎么会为一个毫不相干的人所购得?而一个毫不相干的人又怎么会去采购这样一本极端枯燥乏味、考证、注释并附加浓烈古旧气息的学卷?此后的一段日子里,我一直紧紧地怀抱着它,在上海到南宁、柳州到桂林、昆明到上海的似乎是永无止境的旅途上沉思、冥想和无端地激动!我想这是一种平实而绚烂无比的文化来到了我的身上;谁在敲打我的骨骼?是千或数千年前那些睿智的额头、心灵和修长的手指吗?是我的哪一位心静如水的祖先的目光呢?半年后冬季的一个上午动笔写这本书以及此后的八十多个日夜里,激荡我心房的那种类似于静如止水而又潜流澎湃的感觉始终如一,一直没有退去。在小小的乳白色书桌边,我时常有想要叫、哭、喊的愿望,也每时每刻为我得到了一种我非常非常渴望得到的地域和地域文化的强烈感觉而激动、亢奋、自信和感激涕零。她对我的感情和感觉真是太重要了吗？我真就是为了渴望着这本小书而赶紧走了来的吗？

我的这个梦真是做圆了吗？

许　辉

1997.8.16